MERIDIANE

Aus aller Welt

Band 90

Matthias Zschokke

Maurice mit Huhn

Roman

Ammann Verlag

Der Autor dankt dem Aargauer Kuratorium
für die Unterstützung seiner Arbeit.

Zweite Auflage
Im 25. Jahr des Ammann Verlags

www.ammann.ch
Satz: Gaby Michel, Hamburg
Druck und Bindung: Freiburger Graphische Betriebe
ISBN 3-250-60090-3

Der Rabe singt nicht schön, aber er hebt den Kopf, wenn er geschrien.

(Sprichwort)

Wieder nichts zu tun gehabt. Seit Wochen geht das nun schon so. Die Leute können sich meine Dienste offensichtlich nicht mehr leisten. Oder sie glauben nicht mehr daran, daß es sich lohnt, sich an mich zu wenden und meine Hilfe zu beanspruchen. Tag für Tag sitze ich in meinem Büro, auf meinem Stuhl, vor meinem Schreibtisch, und das einzige, womit ich mich beschäftige, ist, keine Panik aufkommen zu lassen und mich langsam an dieses träge, nutzlose Kriechen vom einen Tag in den nächsten zu gewöhnen.

Du erinnerst Dich an Paulchen? Den Schauspieler, den ich damals bei euch im Grunewald auf dem Flugfest kennengelernt habe? Er nennt sich inzwischen Flavian Karr. Ein Künstlername. Für heute abend hat er mich zum Essen eingeladen.

Als ich eben vor meinem Badezimmerspiegel stand und mich rasierte, ertappte ich mich dabei, wie ich mir innig wünschte, zu Hause bleiben zu dürfen. Wie frisch und gut die Luft in so einem mitteleuropäischen Badezimmer doch duftet! dachte ich. Wie still doch so eine Wohnung hinter der Tür auf einen wartet, mit offenen Armen! Wie angenehm, mit niemandem reden zu müssen (meine Freundin ist unterwegs)! Ach du mein liebes Hemd, dachte ich, warum um alles in der Welt soll ich dich gerade heute wechseln? Du könntest gut und gern noch einen Tag länger getragen werden, wenn ich nur niemandem mehr begegnen müßte; auch hätte ich mich heute, wenn ich hätte zu Hause bleiben dürfen, weder zu waschen noch zu rasieren brauchen – warum bloß will er mich sehen?! Was erwartet er von mir? Wir sind miteinander befreundet, na und? Was haben wir einander zu sagen? Unsere Tage vergehen, sicher, ja, die Wochen vergehen, die Jahre vergehen, doch sehen sie alle gleich aus und werfen nichts ab, das sich lohnte, erzählt zu werden. – Mein Lieblingsonkel ist gestorben, Du weißt: der Greis in der Mansarde, der mit den Turnschuhen aus Stoff, in die er für die Zehen Löcher geschnitten hat. Ob der zu einer ausgewachsenen Abendunterhaltung taugt? Flavian kannte ihn nur vom Hörensagen. Sein Tod würde ihn knapp drei Sätze lang interessieren.

Bestimmt hat er einen Anlaß, mich einzuladen, irgendeinen Erfolg, den es zu feiern gilt, und wenn es nur der ist, ein Jahr älter geworden zu sein, er würde selbst daraus eine Sensation zimmern, und ich werde Interesse heucheln müssen.

Wie erholsam es doch wäre, mich jetzt in meinen Lesesessel sinken lassen und vor mich hinglotzen zu dürfen, während unten die S-Bahnen vorüberrollen. Oder zurück ins Büro zu fahren und mich dort noch einmal an den Tisch setzen zu dürfen. Wie tröstlich jeweils, wenn dort die Sonne hinter einer Wolke verschwindet und die Farben stumpf werden, wenn das weiße Papier grau wird, die schlammfarbene Schreibmaschine schwarz, das grüne Mäppchen petrolig, wenn die Tür im oberen Stock giert, wenn die Abendglocken anfangen zu bimmeln, ländlich, wenn der Wind durch die Stadt zieht, wenn es zu regnen beginnt, wenn die Autos, die unten im Hof stehen, zu mächtigen, farblosen Klumpen zusammenschmelzen, wenn das Eisentor zur Einfahrt ins Schloß fällt, wenn zu sehen ist, wie der Rost die Zeiger der Uhr annagt, die draußen an der Mauer hängt, rechts vor meinem Fenster, wenn die grünen Wiesen grau werden, die weißen Häuser grau, die roten Dächer grau, wenn die Gebete, Seufzer und Flüche darüber zart aufsteigen wie Rauch im Winter, all dieses Material, aus dem das Bedürfnis nach Veränderung gekeltert wird.

Wie gern gehe ich über Feldwege, fällt mir dabei ein, zwischen Äckern hindurch, während der Himmel beginnt, sich zu röten, wie gern betrachte ich das Gelb von Rapsfeldern, das in der Dämmerung zusammensackt, die grauen Steine, die von der Sonne des Tages noch aufgewärmt sind. Wie ich den Anblick fliegender Krähen mag, wie ich den nackten Körper meiner Freundin mag, der die Gelassenheit von Abhängen sehr hoher Berge hat – das ist nicht wahr, das habe ich wahrscheinlich irgendwo gelesen, er ist einfach ein Körper, ihr Körper, aber wenn sie fort ist, überfällt mich die Trübsal.

Vor dem Bürofenster sitzen unten im Hof hinter ihrem provisorischen Verkaufsstand immer noch die drei Türkinnen, von denen ich Dir letzte Woche schrieb. Zum Schutz gegen den Regen haben sie eine Plane gespannt. Sie wirken aufgeplustert. Unter ihren bodenlangen Überröcken tragen sie viele Schichten. Die Köpfe sind eingewickelt in Tücher, die Augen stecken hinter Brillen. Sie hocken aufgereiht nebeneinander, ruhig, in verwaschenen Farben. Aus der Ferne sehen sie aus wie drei prall gefüllte Säcke; der linke hat die Farbe von Senfsand, der mittlere die von graugewordenem Mehl oder von Milch aus einem Topf, der nach Sonnenuntergang in der Küche steht, der rechte die einer erfrorenen Leiche. Sie sitzen stumm da und schauen vor sich das Selbstgekochte in den Schüsseln und das Selbstgebackene auf den Platten an. Wenn jemand hinzutritt und ihnen etwas abkauft, steigt ein Lächeln in ihr Antlitz, ein Hauch, die Augen klaren auf, es ist wie ein Erröten, das die teigigen, bleichen Gesichter zart erblühen macht, die Sonne kommt hinter der Wolke hervor, die Farben beginnen zu leuchten, die Pfützen glitzern.

Ob ich Flavian vielleicht wieder einmal vom Cello erzählen sollte, das seit einiger Zeit auf der anderen Seite meiner Bürowand gespielt wird? Schon beim Gedanken daran fallen mir die Wörter im Mund zusammen wie schaumig geschlagenes, überbackenes Eiweiß, das zu früh an die frische Luft kommt. Er kennt das Cello längst auswendig.

Vielleicht sollte ich vom Norden der Stadt anfangen, wo das Büro liegt, vom Speckgürtel Berlins ganz allgemein, von den Randbezirken? Aber auch davon will er nichts hören. Er würde durch mich hindurchschauen, wenn ich davon anfinge. Schließlich kennt er das alles; wir haben damals das Büro ja zusammen gegründet und eröffnet. Zwar stieg er bald aus und hat so schnell er konnte vergessen, wie es hier oben zugeht. Jeder bemüht sich darum, das zu vergessen. Keiner mag daran erinnert werden, wie welk die Blumen in den Läden hier oben sind, wie blaß die Ärzte und die Apotheker; oder daran, daß es hier nirgends anständige Ware zu kaufen gibt, kein vernünftiges Obst, nichts; daß alle hier früher oder später aufgeben. Selbst in der Cafékonditorei bei mir um die Ecke hat schon mehrmals der Pächter gewechselt, seit ich meine Zeit hier absitze. Obwohl ohne Frage an bevorzugter Lage – in unmittelbarer Nähe der Krematoriumskapelle gelegen, also mit Trauergesellschaften als fester Kundschaft – scheint man selbst mit ihr keinen Gewinn erwirtschaften zu können.

Die Schuhe in den Auslagen hier oben machen einen gesundheitspolizeilich fragwürdigen Eindruck, Tapetenläden dekorieren ihre Fenster aufs absurdeste, die Tiere in den Zoologischen Handlungen erregen Mitleid, Zahnarztpraxen sehen nach wenigen Monaten mißtrauenerweckend aus, Physiotherapiestudios schlichtweg angsteinflößend. In sämtlichen Geschäften riecht es einen Monat, nachdem sie eröffnet worden sind, disparat. Wären die Einwohner Hunde, würden sie das Bein an den Kassen heben und sich vergessen. Drogeriemärkte erinnern an Gefängniskioske, wo es für die Inhaftierten das Nötigste zu kaufen gibt, Supermärkte an Lebensmittelausgabehangars in Flüchtlingslagern. Die Kassiererinnen leiden unter Hautausschlägen, wogegen es zwar Mittel gäbe, die sie aber nicht verschrieben bekommen, weil ihre Ärzte von der Krankenkasse nur ein beschränktes Kontingent des betreffenden Medikaments zugeteilt erhalten, welches sie für erhoffte bessere Patientinnen aufsparen, die aber nie bei ihnen auftauchen. So sind die Menschen, denen man hier oben begegnet, in der Regel krank, stoffwechselgestört, fehlernährt. Und es gibt kein Entrinnen.

Ob das für eine Abendunterhaltung geeignet ist? Eine Unterhaltung, mit der ich vor Flavians Augen bestehen könnte? Ich fürchte, nicht. Irgendwo in der Bibel steht »Schäme dich, dem Freund dich zu entziehen«, ich weiß, ich weiß. Ob ich ihm wohl den beigelegten Briefentwurf meines verstorbenen Lieblingsonkels vorlesen sollte, den ich beim Räumen der Mansarde gefunden habe? Es ist doch immerhin interessant, daß uns Heuschrecken vor achtzig Jahren ebenso zum Schreiben brachten, wie sie das vor zweitausend Jahren getan haben und wie sie es heute noch tun? Vielleicht ließe sich daraus etwas Anregendes keltern?

Lieber Hamid, falls der Brief nach Aftershave duftet, verstehst Du warum: Ich sitze frisch gewaschen und rasiert an meinem Tisch und schaue dem Minutenzeiger auf meiner Uhr zu, wie er sich der Sechs nähert. Wenn es soweit ist, werde ich seufzend einen Gruß unter den Brief setzen, das Kuvert zukleben, frankieren und mich auf den Weg machen.

Noch kurz zum Geschäftlichen: Was unseren Spirituosenhandel anbelangt, so habe ich keinerlei Bewegungen zu vermelden. Die Champagner-Bestände wurden in den letzten Wochen nicht angetastet. Ins Börsendeutsch übersetzt: ›wir halten‹ weiterhin. Herzlich Maurice«

Briefentwurf von Maurice' Onkel an Frau S., eine Gönnerin aus dem Altenheim »Sonnenhalde« im Städtchen L., einer Einrichtung des Mittelländischen Protestantischen Hilfswerks, welches aufmunternde Päckchen an Auslandschweizer im südwestafrikanischen Busch zu verschicken pflegte:

»Transvaal, im August 1938. Sehr geehrte Frau S., ich verdanke höflich Ihre neueste Sendung von Socken. Es ist halt doch nicht das Gleiche, die handgestrickten Strumpfwaren, wie die im Laden gekauften. Die letzteren verfilzen gleich nach den ersten zwei Wäschen, trotz ›Lux‹, schrumpfen, so daß man ohne die Hilfe eines Schwarzen, also zusammen vier ziehende und ausweitende Hände, nicht mehr hineinkommt. Dann scheint es auch, daß die Engländer keine Waden haben; denn vom Knöchel aufwärts sind alle ihre Socken gleich weit, keine Maschen zugeschlagen.

Verzeihen Sie, daß ich mich so spät erst melde; ich bin vollauf beschäftigt mit Vertilgen der Heuschrecken, die nun dieses Jahr zum dritten Mal erschienen sind. Sie wissen vielleicht, verehrte Frau, daß so ein Schwarm etwa zwei Kilometer breit und sechs Kilometer lang ist. Wo ein solcher sich niederläßt, da ist in etwa vier Stunden der Boden kahl. Ist es ein Maisfeld, so kann man zuwarten, wie die Heuschrecken, von oben anfangend, die Stöcke innerhalb von etwa drei Stunden bis zur Erde hinunter aufgefressen haben. Bei uns, wo der Boden schon früher abgefressen und bereits ganz ausgetrocknet ist – seit sieben Monaten kein Regen mehr –, machen sich die Heuschrecken an die Blätter der immergrünen Bäume und an deren Rinde. Die Blätter mehrerer Arten sind so bitter, daß sie stark purgieren; davon bersten die Insekten hunderttausendweise; dann kommen weitere Schwärme, die wiederum auffressen, was noch übrigblieb, Baumrinde und die geplatzten Brüder und Schwestern des vorher geflogenen Schwarms.

Nur die Schwarzen jubeln bei Ankunft der Schwärme: Die jüngeren und fetten der Heuschrecken werden sogleich an Ort und Stelle verspeist, die anderen werden gesammelt, an schwachem Feuer geröstet und in aller Ruhe zerkaut; drei bis vier Kilogramm machen eine befriedigende Abendmahlzeit aus. Arbeiten kann der Mann oder die Frau danach freilich nicht mehr, auch kaum noch gehen, ungeachtet der fabelhaften Ausdehnungsmöglichkeit des Magens; aber das hat auch nichts zu sagen. Am Boden liegt der schwarze Mann ja ohnehin schon zum Essen, das Klima ist milde, und das Essen, das der Schwarze auch zu den Arbeiten zählt, bringt ihm den Schlaf des Gerechten.

Ich sende Ihnen noch einen Zeitungsausschnitt über eine hiesige Coiffeuse. Die einzelnen Wollhärchen werden in die Höhe gezogen, mit dem Saft des wildwachsenden Zuckerrohrs steif gemacht, das Ganze wird mit einem Kranz aus Bastgeflecht eingezäunt. Bis Bastgeflecht und Haar steiftrocken geworden sind, muß die coiffierte Dame mit dem Kopf auf einer in die Erde gesteckten Holzgabel schlafen. Nach einiger Zeit wächst das Haar trotz alledem; dann wird die Prozedur wiederholt, ein weiterer Bastgeflechtzaun wird aufgesetzt. Auf diese Weise wird ein Aufbau geschaffen, oft bis zu dreißig Zentimeter hoch, der der schwarzen Dame ein würdiges Aussehen verschafft. Haare waschen? Ei, bewahre! Das Leben ist ja so kurz, nur etwa sechzig Jahre. Lieber noch einen Kranz aufbauen. – Bildet sich mit der Zeit ein zoologischer Garten in dem Gebäude, so wird von oben her etwa ein Liter heißes Fett der Tigerkatze eingegossen, dessen Geruch alle Lebewesen und deren Eier vertreibt, mit Ausnahme der schwarzen Dame, die für etwa zwei Stunden in der Gabel liegt, den Kopf nach unten, hintenüber, so daß das abtropfen kann, was nicht aufgesogen ist. Die Sonne und die trockene Luft tun das übrige, und nachher ist der Busch schön glänzend schwarz. Diese Art Haartoilette ist besonders in der Provinz Natal, südöstlich von Transvaal, gebräuchlich.

Ja, Eva wendet viel Geduld auf, um sich ein Ansehen zu geben. Ich frage mich, ob uns die Bibel nicht alles berichtet, oder ob Mutter Eva im Paradies wirklich in ihrer reduzierten Toilette ihr Genügen fand.

Ich wünsche Ihnen gute Gesundheit und den langen Genuß der wohlverdienten Ruhe auf der schönen Sonnenhalde. Ihr ergebener A.B.C. – Zeitungsbild –«

Irgendwann hat Maurice damit begonnen, sich seine eigenen Gedanken zu machen. Je länger er sich darin übte, desto schwerer tat er sich damit. Zu allem fiel ihm das eine oder andere ein, gleichzeitig aber auch immer dessen Gegenteil, weswegen er, weil er sich immerzu selbst ins Wort fiel, schließlich die Lust verlor, überhaupt noch etwas zu sagen. Andere, die mit ihm älter geworden waren, redeten im Unterschied zu ihm mehr und mehr. Flavian Karr zum Beispiel, dem vor Verzweiflung mit den Jahren sämtliche Haare oben auf dem Kopf ausgefallen waren, hatte sich angewöhnt, so lange auf seine Gegenüber einzureden, bis die beim besten Willen nicht mehr zuhören mochten und sich gemartert auf ihren Stühlen zu winden begannen. Obwohl Flavian seine verheerende Wirkung jeweils durchaus registrierte, schaffte er es nicht, mit dem Reden aufzuhören. Er war in die entgegengesetzte Richtung von Maurice gerannt. Beide wußten sich nicht weiterzuhelfen. Wenn sie aufeinandertrafen, redete der Redner zwar durchaus interessant, doch der Schweiger wollte partout nicht einmal mehr das Interessanteste hören, weil er längst gesättigt war von all dem Interessanten, das er im Lauf der Jahre erzählt bekommen hatte und das ihm hochzukommen oder, freundlicher ausgedrückt, über den Kopf zu wachsen drohte. Viele können, werden sie mitten in eine Gesellschaft geschmissen und fangen dort in ihrer Not an zu sprechen, damit nicht mehr aufhören. Ihr Redefluß reißt sie mit. Trinken sie außerdem noch Alkohol dazu, schwillt ihre Rede an zu einem tosenden Strom. Das dumme Zeug selbst auszuhalten, das einem unter anderem in diesem Strom mit aus dem Maul stürzt, ist fast noch schwerer, als den Mund zu halten und es, das dumme Zeug, in seinem Inneren einzusperren und es dort drin glucksen zu hören.

Wenn Maurice durch die dunklen Straßen geht, auf dem Weg zum Restaurant, in dem er sich mit Flavian zum Abendessen verabredet hat, grübelt er deswegen darüber nach, wie um alles in der Welt er bloß die kommenden Stunden überstehen könnte?

Wonach könnte ich mich bei Flavian erkundigen, damit er ins Erzählen gerät? Und falls er nicht anspringt, was könnte umgekehrt ich ihm berichten, das uns den Abend erträglich machen würde? Zwar liebe ich ihn und er liebt mich, nur: warum bloß müssen wir uns treffen? Es wird einmal mehr entsetzlich. »Wir wollen unseren Freunden nicht lästig fallen«, genau, genau. Ich habe die letzten Monate wieder mit nichts als Aufstehen und Insbettgehen vertrödelt, ohne daß mir auch nur eine Minute daraus zur Erzählung geronnen wäre. Und er? Er wird sich ebenso hohl zu diesem Treffen schleppen wie ich. Jetzt haben wir uns vielleicht länger als ein Jahr nicht mehr gesehen – oder sind es zwei, oder möglicherweise erst ein paar Wochen –, und trotzdem weiß ich beim besten Willen nichts Neues mitzuteilen. Umgekehrt will ich auch nichts von ihm wissen. Und doch ist er mein bester Freund. Ich weiß, was und wie er denkt, und er weiß, was und wie ich denke. Wir verwirren einander nicht mehr durch überraschende Äußerungen. Im Gegenteil: Der Vorwurf oder das Kompliment, hin und wieder noch nie dagewesene Ansichten ans Tageslicht zu befördern, perlt an ihm wie an mir aufs entschiedenste ab. Wir reden, wie man in unserem Alter, unserer Region, unserem Milieu halt so redet. Denken und fühlen tun wir womöglich anderes, aber es gelingt uns nicht, unser Denken und Fühlen in eigene Worte zu fassen. Diejenigen, die sich bemühen, in eigene Worte zu fassen, was sie denken und fühlen, halten wir für ausgemachte Einfaltspinsel. Manchmal steigt das gärende Gemenge aus meinem Innern hoch und würgt mich im Hals. Ich möchte dann blöken wie ein Schaf, muhen wie ein Rind, winseln wie ein Hund, um dem Empfinden, das mich plagt, Ausdruck zu verleihen. Aber ich tue es nicht. Und wenn ich Flavian in die Augen schaue – was man nicht tun sollte, einem guten Bekannten oder gar einem Freund in die Augen schauen, weil man dabei oft furchtbar erschrickt –, sehe ich, daß auch er schier an sich erstickt und nicht weiß, wie sich ausdrücken. Er sehnt sich wie wir alle nach einem Zustand, in dem sein Inneres mit seinem Äußeren im Einklang ruht. Er denkt, vielleicht sei so ein Zustand woanders zu finden, in Burma beispielsweise. Er weiß nichts von Burma. Gegen Mitternacht wird er fragen: Trinken wir noch ein Glas zum Abschluß? Und ich werde sagen ja, gern.

In orientalischen Dampfbädern, in denen man dem Vernehmen nach von Bademeistern eingeseift, geschrubbt, geknetet und gewalkt wird, soll sich, wie ich gelesen habe, der Türsteher am Ausgang vom frisch Gereinigten mit der Redewendung verabschieden: Werde gesund schmutzig. So irgendwo verabschiedet zu werden würde mir gefallen. Ich mag öffentliche Badehäuser. Einmal habe ich mich in der Adresse vertan und geriet in eine Art dämmriges Schlachthaus, wo etwa fünfzig nackte ältere Herren, zum Teil übereinander, in verschieden warmen Bottichen lagen und gemeinsam irgendein Firmenjubiläum zu feiern schienen. In der kleinsten, heißesten Wanne sah es geradezu aus, als steckten die Kollegen vor lauter Platzmangel ineinander drin. Ich wußte kaum, wohin mit mir, und blieb, erstarrt wie ein verschämtes Schulmädchen, am Eingang stehen. In der Hoffnung, in der Dampfstube etwas mehr Raum für mich zu finden, suchte ich die auf. Doch dort, im dichten Dunst, war das Gedränge noch größer, so daß einem nichts anderes übrigblieb, als sich beherzt zwischen der vielen schlüpfrigen Haut durchzuzwängen, um von der einen Ecke in die andere zu flutschen und in die Sauna zu gelangen, wo es den meisten offenbar zu trocken und zu heiß war. Da setzte ich mich auf eine Pritsche und tropfte verwirrt vor mich hin. Neben mir saß ein bejahrter Einzelgänger, wohl der Prokurist der Firma, der kurz vor seiner Pensionierung zu stehen schien, und musterte traurig unsere beiden Bäuche, während ihm die Hitze mehr und mehr zu Kopf stieg. Als er blau anzulaufen drohte, wurde mir unheimlich zumute, und ich machte mich, um nicht fremdem Sterben beiwohnen zu müssen, aus dem Staub. Seither frage ich mich, ob das möglicherweise einer dieser berüchtigten Sexclubs gewesen war, von denen man manchmal liest, und ob ich wohl die einmalige Gelegenheit verpaßt habe, an einer sodomitischen Orgie teilzunehmen. Falls ja, muß ich gestehen, daß ich mir diese immer irgendwie prickelnder vorgestellt habe. Das fiel mir eben ein zum »Werde gesund schmutzig«, erzählt Maurice seinem langjährigen Freund zum Abschied, nachdem sie beide müde, ja zu Tode erschöpft sind von der Erkenntnis, leer und nichtssagend zu sein. Flavian nimmt ihn in seine Arme und sagt gerührt, du auch, mein Lieber, mein Allerliebster, du auch, werde gesund schmutzig.

Flavian Karr ist Schauspieler. Er bestreitet seinen Lebensunterhalt mit kleinen Auftritten in Filmen und im Fernsehen. Außerdem gibt er Stimm- und Sprachunterricht in einer Privatschule. Die Schule wurde von einem polnischen Regisseur gegründet, zu jener Zeit, als der sogenannte Eiserne Vorhang noch existiert hatte und man im Westen davon überzeugt war, hinter diesem Vorhang finde das eigentliche Theater statt, dort werde noch radikal, wahrhaftig, voller Kraft und Phantasie ums nackte Überleben gespielt. Zwielichtige Gestalten schlichen damals bei Nacht und Nebel über die Grenzen und tauchten in Berlin auf. Überall in leerstehenden Fabrikhallen bekam man plötzlich krause, dunkle Mysterienspiele zu sehen mit viel Blut, Religion, Askese, Ritualen und Puppen, begleitet von Klezmermusik. Halbwüchsige aus gutbürgerlichem Haus flohen aus Westdeutschland, Österreich und der Schweiz hierher und fanden sich in den finsteren Hallen wieder, wo sie von den wilden, bunt trunkenen Spektakeln überwältigt wurden. Zwar waren die Aufführungen inhaltlich kaum zu verstehen – die Darsteller kamen aus Amerika, Holland, Weißrußland, Bulgarien; sie radebrechten mit schweren Akzenten –, doch die Texte waren ohne Bedeutung, es ging vor allem um das Zündeln mit dem Theaterfeuer. Die wohlbehüteten Kinder aus dem Westen bewarben sich darum, bei den folgenden Produktionen mitwirken zu dürfen. Die zwielichtigen Impresarios gingen großzügig auf die Wünsche ein, ließen die Jugendlichen bei sich mitarbeiten und verlangten Geld dafür. Namen wie Stanislawskij, Kantor, Meyerhold und Artaud wurden in aller Munde geführt. Das ging ein paar Jahre gut. Dann fiel der Eiserne Vorhang, und das polnische Theaterwunder verblaßte. Ein paar der Wortführer hatten in der Zwischenzeit den Sprung ins offizielle Subventionstheater geschafft, andere hielten sich über Wasser, indem sie Theater nicht mehr machten, sondern unterrichteten. Sie gründeten in Hinterhöfen Schauspielstudios oder psychodramatische Zentren, in welche sich bis heute dann und wann ein Neuzuzügler verirrt, der umgehend als gut bezahlender Schüler aufgenommen wird. Flavian Karr – den Namen hatte er so gewählt, um sich damit von den Polen abzusetzen – lehrt am ACT ONE INSTITUT. Immer, wenn genügend Interessenten beieinander sind, wird er angerufen und führt einen seiner Kurse durch. Es ist nicht oft der Fall.

Flavian ist ein liebenswürdiger, ein wenig nichtssagend aussehender Mann. Er hat etwas Vertrauenerweckendes in seinem Gesicht, etwas, das man Tante nennen möchte. Auch Maurice empfindet sich eher als unscheinbar und uninteressant. Er fühlt sich am wohlsten in der Nähe von langweiligen Leuten. Im Alltag verhält er sich wenig geschickt. Insbesondere was sein wirtschaftliches Fundament anbelangt, muß man ihn sich eher als Suchenden denn als Findenden vorstellen. Er lernte Flavian auf einer jener Partys kennen, zu denen ihn Hamid, ein Bekannter aus der Schulzeit (später mehr von ihm), manchmal in seine Villa im Grunewald eingeladen hatte. Flavian und Maurice kamen miteinander ins Gespräch und entdeckten, daß sie beide auf der Suche waren nach einer Möglichkeit, Geld zu verdienen. Ein Wort ergab das andere, und wie von selbst kamen sie auf die Idee, zusammen einen Gewerberaum im Norden der Stadt zu mieten und dort ein »Kommunikationskontor« zu eröffnen. Maurice würde für ausländische und orthographisch benachteiligte Mitbürger die Korrespondenzen mit Ämtern und anderen offiziellen Stellen erledigen, während Flavian den Klienten korrekte Aussprache, sicheres Auftreten, Selbstdarstellung, gute Haltung und positive Ausstrahlung beibringen wollte. Die Geschäftsidee schlug fehl, denn »wer das Geld liebt, den führt es in die Irre«. Flavian gab bald auf.

Maurice' Angebot war etwas konkreter und brauchbarer; seine Briefe vermögen ihn bis heute zu nähren. Flavian hingegen schloß sich zwei Castingagentinnen an, die auf der Suche nach billigen Nachwuchsdarstellern dann und wann im ACT ONE INSTITUT auftauchten, wo er parallel zum »Kommunikationskontor« weiter seine Kurse leitete. Die Agentinnen vermittelten ihm in internationalen Filmkoproduktionen einzelne Tage als Kleindarsteller. Kleindarsteller sind Statisten, die in einer Szene ein paar Worte zu sagen haben und deswegen besser bezahlt werden als gewöhnliche Komparsen, die stumm bleiben müssen oder höchstens in Gruppen murren, lachen oder schreien dürfen.

Flavian wirkt ausgesprochen seriös in einem Smoking; mit Brille macht er einen intelligenten, wohlhabenden Eindruck. Auch kann man ihn jederzeit als Notarzt im Ambulanzwagen oder vor Gericht als Zeugen irgendwelcher Wirtschaftsverbrechen einsetzen. Außerdem ist er blond, großgewachsen, hat blaue Augen und sieht in einer schwarzen SS-Uniform blendend aus. Eine Zeitlang verdiente er deshalb als Nazi besonders viel Geld und konnte Maurice jeden zweiten Abend zum Essen einladen.

Irgendwann rümpften die Statistenführer und Agenten jedoch die Nase über ihn. Sie behaupteten, sein Gesicht sei verbraucht, man könne ihn nicht mehr besetzen, die Regisseure wünschten frische Typen. Das entsprach zwar nicht der Wahrheit, schließlich wechselten die Regisseure dauernd; es war unmöglich, daß sich einer von ihnen jemals an Flavian erinnern konnte; sie kannten ihn gar nicht. Für sie war er immer ein neues, nie gesehenes Gesicht, und alle waren sie zufrieden mit ihm. Nicht selten kam es sogar vor, daß sie seine Rolle vergrößerten, da er sich mit den Jahren im Tragen von Smoking, Notarztkittel und SS-Uniform eine natürliche Sicherheit und Selbstverständlichkeit angeeignet hatte, die absolut überzeugend wirkte. Doch die Berliner Agenten für Kleindarsteller fürchteten, Flavian könnte auffliegen, und man würde sie als faul und phantasielos beschimpfen, wenn eines Tages herauskäme, daß sie aus Bequemlichkeit immer wieder auf ihn zurückgegriffen hätten. In der Tat gab es ein Jahr, in dem er an den Internationalen Filmfestspielen in Cannes innerhalb des Wettbewerbs dreimal auftauchte, jedesmal als SS-Offizier. In allen drei Filmen spielte er mit einem auffälligen Tick, einem Zucken des rechten Augenlids, das er sich antrainiert hatte und das den Regisseuren jeweils besonders gut gefiel. Durch dieses Zucken stach er in den kurzen Szenen, in denen er auftrat, natürlich jedem Zuschauer ins Auge. Einen australischen Regisseur hatte das Zucken so sehr beeindruckt, daß er sogar eine Großaufnahme davon in seinen Film hineinmontierte. Es hätte also leicht geschehen können, daß Flavian in jenem Jahr in Cannes einem Kritiker aufgefallen und daß daraufhin eine Welle von hämischen Flavian-Karr-Artikeln in den internationalen Feuilletons erschienen wäre. Damit war Karrs Kleindarstellerkarriere auf ihrem Höhepunkt angelangt und begann zu sinken. Er wird nur noch selten angefragt und muß oft entwürdigende Maskenprozeduren über sich ergehen lassen. Das wäre ihm zwar egal – er ist nicht eitel und läßt sein Gesicht ungerührt verunstalten –, doch bedeutet es, daß er viele Stunden vor Drehbeginn, oft im Morgengrauen oder gar noch vor der Dämmerung, in den Studios draußen vor der Stadt antreten muß. Einmal, als Gewaltopfer, dem ein Auge ausgeschlagen, ein Ohr ab- und eine halbe Wange weggerissen sein sollte, dauerte die Schminkerei drei Stunden. Danach mußte er weitere sechs warten, bis die Hauptrollen drehbereit waren, und hinterher dauerte es wieder Stunden, bis er endlich an die Reihe kam mit Abschminken.

Er verdient heute nur noch einen Bruchteil dessen, was er als SS-Offizier verdient hatte, und muß sich deswegen wieder vermehrt darum kümmern, Kurse geben zu können. Er bietet in den Stadtmagazinen zwei unterschiedliche an: »Diplomschauspieler gibt Einzelcoaching« und »Befreiung der persönlichen Stimme«.

Maurice ist dem Büro, das sie ursprünglich zusammen gemietet hatten, treu geblieben. Auch den Namen »Kommunikationskontor« hat er beibehalten. Der Raum befindet sich in der ersten Etage im hinteren Hof eines Fabrikgebäudes. Es ist darin ziemlich dunkel, kühl und still. Maurice sitzt jeden Tag an seinem Tisch und hangelt sich von einem Brief zum nächsten. Er hat sich ein wenig im Ausländerrecht kundig gemacht und medizinisch informiert, sich sogar einen Pschyrembel angeschafft; er korrespondiert mit Ärzten, Krankenkassen, Sozialämtern, Vermietern ... Es fällt ihm leicht, solange er es nicht für sich selbst tun muß.

Seit langem hört er durch die Wand im Nachbarhaus jemanden Cello üben. Er mag die leisen Töne; sie beruhigen ihn.

Eines Abends hatte Flavian Maurice erklärt, daß Wolle und Seide den menschlichen Organismus vor negativen Strahlen zu schützen vermöchten. Die beiden Materialien würden funktionieren wie ein Panzer oder ein Kokon. Sämtliche schlechten Ausstrahlungen (Flavian nannte sie »bad vibrations«) eines Gegenübers prallten an ihnen ab. In Hiroshima seien sogar etliche Einwohner nachgewiesenermaßen durch Seidenkimonos vor den Strahlen der Atombombe geschützt worden und hätten die Katastrophe auf diese Weise überlebt. Sowohl Wolle wie Seide seien tierische Produkte und daher in ihrer Eiweißstruktur ähnlich aufgebaut wie die menschliche Haut. Baumwolle hingegen lasse Krankheitskeime und schlechte Energien ungehindert bis aufs nackte, durchlässige Menschenfleisch dringen. Es würde zu viel Zeit und Raum beanspruchen, Flavians Ausführungen bis in jedes chemische und physikalische Detail zu wiederholen. Beim Abschied lieh er Maurice ein Buch, in dem alles darüber nachzulesen war. Seither trägt Maurice ausschließlich Seide oder Wolle, mindestens dann, wenn er sich gesundheitlich angeschlagen fühlt oder vorhat, sich in heikle gesellschaftliche Situationen wie Hochzeitsfeiern oder Geschäftsessen zu begeben.

(Während ich das aufschreibe, zieht sich mir der Mund zusammen, als beiße ich in eine Zitrone, dermaßen fragwürdig komme ich mir vor dabei. Und doch existiert dieses Buch. Auch ich habe es gelesen und bin seither überzeugter Wolleseideträger. Neben den erwähnten psychohygienischen Effekten sollen die beiden Materialien noch den Vorteil bieten, Geruch nicht so schnell anzunehmen wie andere Gewebe. Sollten sie trotz allem einmal nach Essen, Rauch oder Schweiß riechen, könne man sie nachts an die frische Luft hängen, wo sie sich mit der Feuchtigkeit des Morgentaus vollsaugen und selbst reinigen – je mehr ich darüber schreibe, desto steiler stellen sich mir die Haare zu Berge, und die Finger sträuben sich, ihren Dienst zu tun, derart lächerlich erscheinen mir die Behauptungen, doch ich habe sie gelesen und ich glaube an sie.)

Das Buch heißt »Die Kleidung, unsere zweite Haut«. Maurice besitzt es heute noch. Flavian wollte es nicht zurückhaben. Er hatte sich zwischenzeitlich von den beiden Materialien verabschiedet und war zu Hanf und Leinen übergegangen, deren Vorteile er Maurice, ebenfalls wieder unter Zuhilfenahme eines Sachbuchs, sehr ans Herz legte. Flavian liest alle Veröffentlichungen über Autosuggestion, Selbstheilung, Psychohygiene, gesunde Ernährung pp. Und er bleibt selten an vermoderten Überzeugungen hängen. Er hält sich wach, geht mit der Zeit und läßt sich von den jeweils neusten Erkenntnissen gern bekehren. Maurice hingegen liest langsam, ist skeptisch und neigt zu Starrsinn. Wenn ihn einmal etwas überzeugt hat, läßt er sich nur noch ungern davon abbringen. Dazu kommt, daß die Freundschaft mit Flavian in der Wolleseidephase besonders kräftig blühte, danach aber etwas welk wurde, so daß Flavians spätere Begeisterungen Maurice nicht mehr so leicht anstecken konnten – »Niemand verlasse sich auf einen Freund«. So kommt es, daß Maurice heute noch Wolle und Seide trägt. Daß sie ihn vor Unheil gefeit oder ihm gar Glück gebracht hätten, läßt sich nicht behaupten. Aber das ist nicht die Schuld dieser Fasern. Die Strahlungen, die heutzutage auf den Menschen einwirken, sind so vielfältig und stark, daß man in Bleianzügen herumlaufen müßte, um vor ihnen gefeit zu sein. Ganz besonders von oben dringen sie, durch die Schädeldecke, in uns hinein und bringen den Organismus durcheinander. Man muß sich das vorstellen wie Mikrowellen aus dem All. Sie bringen unser Hirn in Schwingungen und erwärmen es, wodurch es zu Mus verkocht.

Oft blubbert es in letzter Zeit in Maurice' Kopf. Und seine Kopfhaut ist gereizt. Eine große, klassische Warze hat sich darauf gebildet. Er suchte einen Hautarzt auf, um sie entfernen zu lassen. Er glaubt in der Medizin an gute, teure Adressen und wählte deshalb einen Spezialisten am Kurfürstendamm. In einem Faltblatt, das im Wartezimmer auslag, wurde für »Ästhetische und plastisch-chirurgische Leistungen der Praxis« geworben. Beispiele waren aufgeführt wie »GESICHTSSTRAFFUNG – Spuren der Zeit und des Leids korrigiert die plastische Chirurgie (z. B. an Wangen, Lidern, Hals). Technik: Operation (ambulant oder stationär)« oder »BOTOX – Das

Gift der Botulismusbakterien läßt Lach- und Sorgenfalten verschwinden. Technik: Injektionen«. Der Arzt war ein freundlicher Mann mittleren Alters. Er trug Pferdelederschuhe und eine Hornbrille. Seine dunklen Haare wellten sich in federndem Schwung. Die Praxis war durch Stellwände und Vorhänge unterteilt in viele kleine Kabinen. Eine von drei Arzthelferinnen führte Maurice in eine davon, bot ihm einen Stuhl an, nahm zu Protokoll, daß er sich eine Warze wegmachen lassen wolle, stellte eine Tasse Kaffee für den Arzt auf das vorhandene Tischchen und entfernte sich. Maurice wartete. Dann kam der Arzt hereingehastet, schloß den Vorhang hinter seinem Rücken, setzte sich Maurice gegenüber, nahm einen Schluck aus der Tasse und fragte, und? – Kaum öffnete Maurice den Mund und setzte zum Reden an, schleuderte der Arzt seinen Kopf nach rechts und lieh Maurice auf diese Weise sein linkes Ohr, derart vehement, daß Maurice zusammenzuckte und ebenfalls nach rechts, das heißt, von ihm aus gesehen, nach links blickte, in der Meinung, dort etwas Unerwartetes zu entdecken. Doch da war nichts. Also wendete er seinen Kopf wieder dem Arzt zu und setzte noch einmal an. Dieser schleuderte sein linkes Ohr erneut in Maurice' Richtung und murmelte dazu, mhm, mhm, ja, ja, um Maurice auf diese Weise seine Aufmerksamkeit zu signalisieren. Wahrscheinlich hörte er auf dem anderen Ohr schlecht. Ohne sich davon weiter irritieren zu lassen, erklärte Maurice, wie er es sich vorher zurechtgelegt hatte: ihm sei eine Alterswarze auf dem Kopf gewachsen, die der Herr Doktor ihm bitte entfernen möge. Der Arzt sagte, ziehen Sie sich aus. Maurice schaute ihn irritiert an und wiederholte, er glaube, eine Alterswarze oben auf dem Kopf zu haben. Der Arzt drohte, in seinem Krankenblatt einzutragen, Patient weigert sich, eine angemessene Untersuchung über sich ergehen zu lassen. Maurice zuckte mit den Schultern und sagte, wenn Sie meinen, dann tragen Sie das ruhig ein; davon unabhängig glaube ich, ohne Sie mit meiner Wiederholung langweilen zu wollen, eine Warze oben auf dem Kopf... Der Arzt machte mit strenger Miene eine Notiz in seine Unterlagen. Darauf warf er einen Blick auf die Warze, sagte, das ist eine Warze, die brennen wir weg, soll ich's gleich machen? Maurice nickte und sagte, dafür sei er hierhergekommen. Der Arzt zog eine kleine Spritze auf, betäubte lokal und verließ die Kabine. Während Maurice auf die Wirkung der Spritze wartete, hörte er den Arzt von einer benachbarten Kabine in die nächste hasten. Da saßen zum einen Leute, die bloß wissen wollten, wie's ihnen ging, zum anderen solche, die sich, wie Maurice, irgend etwas, das sie in ihrem Alltag störte, wegmachen lassen wollten. Endlich kam der Arzt zurück, sagte, nun hat es doch etwas länger gedauert, Sie verzeihen, was war's noch mal? eine Warze? auf dem Kopf? brennen wir sie doch am besten gleich weg? – Die Wirkung der Spritze hatte bereits wieder nachgelassen. Doch da war keine Zeit, eine neue zu setzen und noch einmal zu warten. Er nahm eine Art Lötkolben und begann, die Warze wegzubrutzeln. Maurice wand sich im Stuhl und erkundigte sich zur Sicherheit, ob es sich mit den Erfahrungen des Arztes decke, daß sein Eingriff dem Patienten höllische Qualen bereite. Der Arzt bestätigte, ja, das sei eine gesunde Reaktion, dazu sengte er fort und murmelte, nur noch ein bißchen, noch ein Zipfelchen, noch dies, noch das, ein letztes Mal, so... In der Ferne fuhr eine Ambulanz vorüber. In einem Journal hatte Maurice gelesen, das Phänomen, daß Sirenen beim Näherkommen höher klingen, als wenn sie sich entfernen, werde Dopplereffekt genannt und sei ein physikalisches. Der Arzt unterbrach sich, schloß die Augen, holte tief Luft, und als Maurice fragte, ob er hiermit entlassen sei, antwortete der Arzt, lassen wir erst einmal die Sirene passieren, ich halte es nicht mehr aus, ich halte es nicht mehr aus, was für eine gnadenlose Hetze, das alles. Dann sagte er, so, fertig, vielleicht kommt sie wieder, die Warze, dann kommen eben auch Sie wieder, keine Scheu, hier verschreibe ich Ihnen noch eine Tinktur, die Ihrer geschundenen Kopfhaut ganz bestimmt guttun wird. Dieses Produkt aus der chemischen Industrie hat schon ganz andere Schorfheiden befriedet. Träufeln Sie abends ein paar Tropfen davon auf Ihre Fingerspitzen und massieren Sie Ihren Haarboden damit. Sie werden staunen über die Veränderungen, die schon in kürzester Zeit an Ihrem Kopf zu beobachten sein werden. Maurice bedankte und verabschiedete sich, kaufte in der Apotheke die verschriebenen Tropfen und studierte zu Hause den Beipackzettel. Da stand: Diese Medizin ist einzigartig. Ein paar Tropfen davon über eine Zeitspanne von vier Wochen täglich in Ihre Kopfhaut massiert, und Sie werden möglicherweise eine ausgewachsene Haarbalgentzündung vorweisen können. Auch ein Mondgesicht haben schon viele Anhänger dieser Lotion nach mehrmaliger Applikation davongetragen. Beide Schäden sind selbstverständlich weitgehend reversibel. Falls Sie jedoch vorhaben, den Haarboden Ihrer Kinder mit diesen Tropfen zu befeuchten, dann machen Sie sich auf Überraschungen gefaßt. In deren Köpfchen kann nämlich beispielsweise ein Überdruck entstehen. Diesen erkennen Sie daran, daß sich die Fontanelle auf der Schädeldecke Ihres Lieblings vorwölbt und das betroffene Familienmitglied über Kopfschmerzen klagt. Außerdem schwellen dessen Augennerven an, so daß seine Sehkraft nicht länger der Norm entsprechen dürfte. Sogar Taubheit haben wir öfter als einmal erreicht durch simples Einreiben kleinster Tropfenmengen unserer Mixtur. Wir wundern uns selbst am meisten über die verheerende Wirkung, die eine so unscheinbare, alkoholisch-wässerige Lösung verursachen kann. Auch in Ihrem Fall wird sie bestimmt nicht sang- und klanglos verdunsten. Wagen Sie's, und berichten Sie uns umgehend, welche Resultate unsere Zaubertropfen bei Ihnen gezeitigt haben. Wir sind daran heftig interessiert.

Maurice' Neugier herauszufinden, wie das Mittel wohl bei ihm anschlagen würde, war gedämpft. Im Gegenteil, er verzichtete lieber darauf, es auszuprobieren, und wollte die Flasche anderntags in der Apotheke zurückgeben, wobei er erklärte, so verzweifelt fühle er sich dann doch noch nicht, daß er auf derartig starken Tobak zurückgreifen wolle. Der Apotheker reagierte ungehalten und sagte, gekauft ist gekauft; ich will mit diesem Fläschchen nichts mehr zu tun haben; selbst wenn ich wollte, dürfte ich es nicht zurücknehmen, von Gesetzes wegen; wer weiß, was Sie damit angestellt haben?! Maurice antwortete, es sei, wie man leicht feststellen könne, ja noch versiegelt. Der Apotheker sagte, trotzdem, die Flasche hat den Besitzer gewechselt und gehört nun ein für allemal Ihnen, Schluß. Maurice bat ihn, sie wenigstens entgegenzunehmen und an einem sicheren Ort zu entsorgen, damit sie nicht in falsche Hände geraten und möglicherweise großes Unheil anrichten könne. Soweit er verstanden habe, vermöchten diese Tropfen der ganzen Stadt mindestens heftige Bauchschmerzen, wenn nicht Schlimmeres zu bescheren, falls sie aus Versehen ins Grundwasser gelangten. Machen Sie sich deswegen keine Sorgen, beruhigte ihn der Apotheker. Das ist alles nur halb so wild, wie auf dem Beipackzettel angegeben, sonst würden sie schließlich nicht hergestellt, und ich würde sie nicht in meinem Sortiment führen. Die Herren aus der Pharmaindustrie nehmen den Mund gern ein bißchen voll und würden am liebsten behaupten, ein Tropfen aus ihrem Labor könne die ganze Welt verändern, nur um damit Eindruck zu schinden. Wenn Sie den Inhalt dieser Flasche nicht auf Ihrem Haarboden verteilen mögen, kippen Sie ihn getrost in den nächsten Abfalleimer.

Ich habe auch keinen besseren als denjenigen, der da draußen am Ampelmast hängt. Abfall ist Abfall. Das ganze Gerede über Sonder- und gewöhnlichen Müll ist schiere Volksverhetzung. Dubiose Eiferer und Phantasten verunsichern damit bloß die Bürger und bringen sie durcheinander, so wie jetzt zum Beispiel auch Sie, der Sie allen Ernstes glauben, dieses Fläschchen – das ich, wenn Sie es von mir verlangten, vor Ihren Augen austrinken würde, so harmlos ist dessen Inhalt, das versichere ich Ihnen –, dieses Fläschchen enthalte sozusagen den Untergang des Abendlandes. Es macht keine Freude mehr, Apotheker zu sein, wenn jeder hergelaufene Kunde an unseren Produkten zweifelt. Woran soll unsere Nation denn gesunden, wenn nicht an dem, was wir zu ihrer Heilung anbieten? Einen schönen Tag noch. Seien Sie weniger ängstlich. Tragen Sie Wolle und Seide, das schützt Sie vor...

Nissenhütte [nach dem engl. Offizier Peter Norman Nissen] (halbrunde Wellblechbaracke). Seit Wochen sucht Maurice nach einem Wort, das für eine weitverbreitete Attitüde steht, die bei ungenauem Hinsehen als Bescheidenheit wahrgenommen wird, sich bei genauem Hinsehen aber als anmaßende Unverschämtheit entpuppt. Einer, der die Erfahrung gemacht hat, nicht genug durchsetzungsfähig zu sein; der sich seit frühester Kindheit damit abfinden mußte – mangels sozialer, ökonomischer oder physischer Akzeptanz –, von den anderen verdrängt zu werden; der nicht aus innerer Überzeugung, sondern aus kluger Einsicht zum Schluß gekommen ist, es sei für ihn günstiger, sich überall und jederzeit ins Abseits zu stellen und so auf das Mitleid der anderen zu spekulieren und es sei Unsinn, seine begrenzten Kräfte in aussichtslosen Kämpfen zu verschleißen; einer, der sich angewöhnt hat, andere ins Unrecht zu setzen, indem er sich prinzipiell in die zweite Reihe stellt, sich dort geschmeidig hinter den Rücken der anderen duckt und sie auf diese Weise als Vordrängler dastehen läßt... Seit Wochen sucht Maurice nach einem Wort, das für diese Attitüde steht, diese zur Marotte gewordene Bescheidenheit, diese Opfermimikry, die allgemeine Rücksichtnahme erpreßt. Er hat einen Kunden, der ihn mit seinem Gewinsel und solchem Opfergehabe zur Raserei treibt.

Natürlich ist das gesuchte Wort nicht Nissenhütte. Das ist ihm bloß über den Weg gelaufen. Wenn er keine Briefe zu schreiben hat, was oft der Fall ist, greift er bisweilen nach dem Duden, läßt ihn aufklappen, tippt mit dem Zeigefinger wahllos irgendwohin und macht sich über das Wort, das da steht, seine Gedanken. Mit dem festen Vorsatz, der oben beschriebenen Demutsmaskerade auf die Schliche zu kommen, ließ er seine Gedanken streunen, nahm auch den Duden zu Hilfe und stieß dort auf das Wort Nissenhütte, von dessen Existenz er vorher noch nicht einmal etwas geahnt hatte. Es ist immer schön, eine Entdeckung zu machen; sie bringt einen auf andere Gedanken. Zur Nissenhütte läßt sich sagen, daß zu Maurice' Zeiten weltweit besonders viele solcher Notunterkünfte gebaut und benötigt werden. Die wenigsten der Benutzer mögen wissen, daß ihre Behelfsheime so heißen. Sie werden sich glücklich schätzen, irgendwo ein Wellblech gefunden zu haben, das sie wölben konnten, um darunter Schutz vor Nässe und Kälte zu finden. In mitteleuropäischen Regionen wird nicht mehr viel Wellblech verwendet. Das Material ist aus der Mode gekommen. Schade. Regen, der auf Wellblech tropft, klingt behaglich, weil mit dem Geräusch die Gewißheit von Undurchlässigkeit verbunden ist und das Gefühl großer Geborgenheit. In Wellblechhütten läßt sich außerdem ohne Gefahr ein Feuer anmachen. Manchmal kriechen Hunde mit unter. Ihr nasses Fell verströmt einen strengen Geruch, aber man läßt sie drin und schaut vorne zum halbrunden Nissenhüttendach hinaus in den strömenden Nachmittagsregen. Zweihundert Jahre später Geborenen möchte ich hier zurufen, daß Haferflocken mit ein wenig Zucker, in Butter über dem Feuer unter einem Nissenhüttendach geröstet, danach mit kalter, frischer Milch übergossen, wobei sie ein knisterndes Geräusch von sich geben, vorzüglich schmecken, nicht nur zweihundert, sondern auch tausend Jahre nachdem dieses Rezept hier aufgeschrieben worden ist. Wobei ich nicht weiß, ob es dann noch Butter, Zucker und Haferflocken geben wird. Zum Beispiel Käse, wie ich ihn gern esse, kannte man vor tausend Jahren nicht in derselben Konsistenz, in der ich ihn heute vertilge. Oder Pastinaken und Flußkrebse: die aß man, wie ich lese, vor zweihundert Jahren bis zum Überdruß. Dann gerieten sie in Vergessenheit und tauchten erst in den letzten Jahren wieder auf unserem Speisezettel auf. Überhaupt taucht zur Zeit einiges wieder auf von dem, was jahrzehntelang vergessen war.

Während Maurice in Gedanken dem Wort Nissenhütte nachhängt, hört er draußen im Hof einen Knaben weinen. Was für ein wunderschön ewiges Geräusch: ein schluchzender Knabe. Maurice legt den Duden weg, nimmt sich aber vor, in Zukunft jedem seiner Klienten zu raten, sich täglich Wörter vorzuflüstern, die er kennt und also vergessen wird oder solche, die er bereits vergessen hat und also neu kennenlernen kann, um sie ein weiteres Mal zu vergessen. Sie lassen einen aufleben, als hätte man sie zu sich genommen wie ein Glas Champagner. Vor Maurice' linkem Fenster rankt Efeu an der Fassade empor. Im Frühling sind die zarten Blätter und Sprosse schwarz vor pissenden Läusen. Die Scheiben sind nach drei Wochen von unten bis oben vollgesudelt. Im Sommer verschwinden die Läuse. Die Blätter sind kräftig, dunkelgrün, fett, das Fenster ist davon halb zugewachsen. Im Winter dann fallen die Blätter ab (nimmt er an; muß sich nächsten Winter darum kümmern, ob das zutrifft; meldet sich wieder.

– Meldung Ende Dezember: Die Blätter sind nach wie vor dran. Dunkelgrün, zäh, lederig.

– Zweite Meldung Mitte Februar: Keine Veränderung; zählederige, dunkelgrüne Blätter.

Diese Blätter werden ihn wohl überdauern).

Um den Abschnitt zu einem Rondo kurzzuschließen, füge ich hier eine weitere wissenswerte Information hinzu: **Niß** *die;* **Nisse** *die;* Ei einer Laus.

An Hamid:

»... Ein schöner Morgen. Die Sonne scheint. Der Cellist, die Cellistin beginnt den Tag momentan jeweils mit einer langsamen Tonleiter über drei Oktaven. Je höher die Töne steigen, desto lieber sind sie mir. Wie tröstlich: langsame, reine Töne, leicht vibrierend, zuerst dunkel und kräftig, dann immer heller und klarer, zum Schluß durchsichtig. Da bemüht sich der Mensch seit Jahrtausenden, Töne so nebeneinanderzusetzen und übereinander zu schichten, wie sie vor ihm noch kein anderer angeordnet hat. Schlaflose Nächte ringt er sich ab, weil er fürchtet, alles sei schon einmal dagewesen und es brauche ihn nicht mehr. Dabei könnte er sich ganz einfach nur hinsetzen und eine Tonleiter über drei Oktaven spielen, und jedem Zuhörer würde dabei das Herz aufgehen, Licht in den Kopf dringen, Wasser in die Augen treten und die Nase zu kitzeln beginnen.

Nachdem der Cellist, die Cellistin aus der lichten Höhe wieder hinuntergestiegen ist, kraftvoll, gelassen, Ton für Ton, erklingt nach einer großen Pause, in der viele Gedanken und Sorgen durch viele Hirne gewandert sind, erneut der tiefe Ton, mächtig, langgezogen, ohne in der Lautstärke zu schwanken, ruhig angesetzt, sanft anschwellend, stehend, verhallend, danach die nächsten Töne, diesmal chromatisch ansteigend, wieder über drei Oktaven, und ich werde noch stärker in den Bann geschlagen. Was für eine Pracht! Einzelne Töne, die sich in eine Reihe stellen, einander nicht zu überbieten suchen, die entstehen, sich in reiner Nacktheit betrachten und belauschen lassen, die niemandem kokett zuzwinkern, niemandem vertraulich zuraunen, nicht gurren, nicht betören wollen, die nur dastehen, pur, und danach ganz und gar verschwinden ohne etwas zurückzulassen.

Ich freue mich jeden Tag darauf, das Cello zu hören. Wenn es nicht erklingt, bin ich betrübt. Über der Cafékonditorei ist es nicht zu Hause. Das kann ich inzwischen mit Sicherheit sagen. Neulich beugte ich mich so weit aus meinem hinteren Fenster, daß die Ranken des Efeus wegbrachen. Dabei stellte ich eindeutig fest, daß in dem Hinterhof, der dort, von meinem Fenster aus uneinsehbar, um die Ecke im Verborgenen liegt, absolute Ruhe herrschte, während das Cello gleichzeitig, ohne Zweifel, durch die Wand zu hören war. Es muß also im Haus neben der Cafékonditorei gespielt werden, im Postamt. Dessen Durchfahrt ist gewöhnlich verschlossen. Ein großes Eisentor. Nur wenn die Briefträger von ihrer Tour zurückkommen, sehe ich es manchmal offen stehen. Sie schieben ihre gelben Handwagen hindurch und lassen das Tor hinter sich wieder ins Schloß fallen. Ich hasse es, fremde Menschen anzusprechen. Doch werde ich wohl nicht umhin können, einen Briefträger bitten zu müssen, mir das Tor zu öffnen, wenn ich in den Hof gelangen will.

In der Cafékonditorei hat schon wieder der Pächter gewechselt. Der letzte hatte es knapp sechs Wochen ausgehalten. Jetzt ist es eine Frau. Sie sei nicht nur Pächterin, sondern Besitzerin, heißt es. Ich habe sie noch nicht zu Gesicht bekommen, erst ihr Personal: geduckte Frauen in fortgeschrittenem Alter, die mich mißtrauisch mustern. Wenn sie könnten, würden sie knurren. Ihre Herrin scheint streng und wenig gerecht zu sein.

In der Untergrundbahn heute früh saß mir gegenüber eine ausgemergelte junge Frau mit einem Hund. Der Hund war auffallend groß. Er schmiegte sich eng an die Beine seiner Besitzerin. Wenn sich bei einem Halt die Türen rumpelnd öffneten, wendete er den Kopf in deren Richtung. Sofort packte ihn die Herrin am Ohr, riß ihn herum, drückte seine Schnauze mit unglaublicher Wut an ihren Schenkel, beugte sich zu ihm hinunter und zischte ihm etwas höchst Unangenehmes zu, ungefähr: Willst du wohl Ruhe geben, du Sausack?! Worauf sich der Hund noch zärtlicher an die dürren Beine schmiegte und seine Besitzerin treu anschaute.

Die neuen Verkäuferinnen in der Konditorei schauen weniger treu. Sie treiben sich irgendwo in der Tiefe des Cafés herum. Zwischen dem Verkaufsraum und dem Café ist ein Durchgang, der neuerdings mit gerafften Bahnen aus abwaschbarem, lila geblümtem Stoff verziert und halb zugehängt ist, einer Art Leichenflor. Diese Draperie erinnert jeden, der den Laden betritt, nachhaltig an die Vergänglichkeit von allem und jedem, auch an die des Geschmacks, und sie wird gewiß im Hinblick auf die zu erwartenden Trauergesellschaften angebracht worden sein. Früher erklang beim Eintreten und Verlassen des Ladens ein durch eine Lichtschranke ausgelöster durchdringender elektronischer Ton. Er heulte nicht nur beim Öffnen der Tür auf, sondern auch, wenn man zufällig innen in deren Nähe trat. Die Anlage ist irgendwann ausgeschaltet worden. Es herrscht seither gespenstische Ruhe, wenn man durch die Tür tritt. Im Hintergrund geistern die Verkäuferinnen herum, keine bemerkt den eingetretenen Kunden. Man wartet vor der Vitrine, niemand sitzt im Café, aus einem Radio klingt Volksmusik. Es riecht nach Sauerbraten, Spiegelei, Spülwasser, Zigarettenrauch, Hund und Verdauungswinden. Ich werde es bald nicht mehr über mich bringen, meinen Kaffee hier zu trinken…«

Debauche *die,* [franz.] (veralt. für: Ausschweifung). Eine gewisse Beschleunigung ist zu beobachten, in allem. Oder die eigene Verlangsamung, das Versiegen. (Flavian hatte Maurice eines Abends allen Ernstes versichert, es sei wissenschaftlich festgestellt worden, daß die Zeit heute schneller vergehe als früher, weswegen die Menschen mehr und mehr vom Gefühl gepeinigt würden, sich in einer gnadenlosen Hetze zu befinden.)

Mit dem Alter werden intelligente Menschen leiser. Sie trauen ihren Hochgefühlen und Schmerzen nicht mehr über den Weg. Vieles, was früher Hochgefühle ausgelöst hat, lockt nach mehrmaliger Wiederholung höchstens noch ein freundliches Lächeln hervor. Was sie einst vor Schmerz, Wut oder Enttäuschung aufjaulen ließ, ringt ihnen später nur noch ein mattes Seufzen ab. Superlative werden ihnen suspekt – Ausschweifungen sind das nicht, die ich hier fabriziere, eher Abschweifungen. Aber was weiß ich vom Französischen. Vielleicht sind gerade diese Sätze klassische Debauchen –, auf der anderen Seite werden im Alter Kleinigkeiten wichtiger.

»…Der Kellnerin, die beim Vorgänger gearbeitet hatte, derjenigen, über deren schrille Stimme ich mich einmal bei Dir beklagt habe, wurde eine Brust amputiert, wie ich erst jetzt erfuhr. Deswegen war sie so lange weg. Ein junger Arzt brauchte für seine Zulassung wohl noch eine solche Amputation. Hier oben, im Nordosten der Stadt, machen viele junge Ärzte ihr Diplom. Zuletzt fehlt dem einen vielleicht nur noch eine Niere zu seinem Abschluß, dem anderen ein Blinddarm, dem dritten ein Raucherbein, dem vierten fehlen ein paar Nervenstränge. Die besorgt er sich hier. Die Eingriffe müssen unter Aufsicht eines Chefarztes gemacht werden, und sind sie gelungen, erhält der junge Mediziner seine Zulassung.

Die Universitätskliniken rekrutieren ihre Fälle allgemein gern aus Randbezirken. Entsprechend häufig kann man hier Teilamputierten begegnen.

Es ist nicht so, daß die Leute Geld bekommen für ihre Körperteile, die sie in den Dienst der Wissenschaft stellen, aber die Aussicht auf ein helles, warmes Zimmer, wochenlang frische Laken, regelmäßige Kost, menschliche Zuwendung dreimal am Tag und funktionierende Fernsehgeräte vermag fast jeden von jedwedem chirurgischen Eingriff zu überzeugen. Wer überlebt, flaniert hinterher durch die Quartierstraßen, die Versehrungen stolz zur Schau stellend wie solche aus einem großen, ehrenvollen Krieg. Einige fahren ohne Beine in elektrischen Rollstühlen umher, andere tragen sonderbare Drahtgestelle auf den Schultern, in die ihre Schädel mit einer Art von Schraubzwingen eingespannt sind, wieder andere haben Löcher vorne im Hals, vor welchen beim Ein- und Ausatmen kleine Läppchen lustig auf- und abflattern. Wenn sie sprechen, halten sie neben die Löcher Geräte, die ausschauen wie Rasierapparate. Dann erklingt das schnarrende, schreckeinflößende Geräusch ihrer Ersatzstimme...«

Eine zweite Eingangstür zwischen Cafékonditorei und Post hat Maurice bislang ignoriert, weil er es für unmöglich hielt, durch diese Tür zum Cello vordringen zu können. Es ist eine identische Glastür wie diejenige, die zur linken Vorderhaushälfte und dem dazugehörigen Hinterhaus führt. Da er davon ausgeht, das Cello müsse in einem an sein Gebäude angebauten Trakt gespielt werden, ist er überzeugt davon, es in diesem Hinterhaus suchen zu müssen. Nun kann es aber sein, daß das Haus, ein Bau aus der Gründerzeit, auf Grund von Erbstreitigkeiten, Feuerschutzauflagen, Wegerechten oder was es sonst noch an kuriosen Gesetzen gab, eines jener rätselhaft verwinkelten ist, wie sie vereinzelt in Berlin noch stehen; daß das Ganze beispielsweise auf einem dreieckigen Grundstück angeordnet ist, rechts ein Flügel mit schmaler Front zur Straße, dafür tief durchgehend bis an Maurice' Rückwand, links ein breitgestreckter Riegel parallel zur Straße, ohne Tiefe, dahinter dafür ein zweiter Flügel, ein Quergebäude, das mit dem Rük-ken an Maurice' Brandmauer grenzt. Vorstellen kann er es sich aus mehreren Gründen nicht. Aber er wird nun selbstverständlich versuchen, auch ins rechte Treppenhaus zu gelangen.

Es ist schwierig, in Berliner Mietshäuser zu gelangen, wenn keine Arztpraxis oder sonst ein Gewerbetreibender mit selbstauslösendem Türöffner drin untergebracht ist. Private Mieter reagieren meist ablehnend auf die Stimme einer ihnen unbekannten Person in der Gegensprechanlage. Sie fürchten, es handle sich um einen Drogensüchtigen, der sich in der schummrigen Geborgenheit des Hausflurs eine Spritze setzen wolle und dann dort zusammensacke und alles vollsudele, oder dann sind es Halbwüchsige, die mit Werbebroschüren die Briefkästen verstopfen, oder, noch schlimmer, es sind Gelegenheitsdiebe, die nur zum Test klingeln, um dort, wo niemand öffnet, beherzt zu rütteln und – wenn die Tür nachgibt – einzutreten, Jacken, Mäntel und Möbel im Entree zu durchsuchen, einzustecken, was sie brauchen können, und weiterzuziehen. Etwas Gutes kann es auf keinen Fall sein, darüber ist man sich einig. So ist es für einen Fremden schier unmöglich, in ein Berliner Mietshaus zu gelangen. Wenn man behauptet, man bringe Post, drücken die Mieter zwar manchmal den Türöffner, treten aber gleichzeitig oben aus ihrer Wohnung und starren durchs Treppenhaus nach unten, um zu prüfen, ob es wirklich jemand von der Post sei und wem er was bringe. Nur in hoffnungslos verkommenen Quartieren mit apathisch gewordenen Einwohnern, die nichts mehr zu verlieren haben, sind die Häuser jedermann zugänglich. Entweder sind dort die Klingelanlagen defekt und die Haustore stehen den ganzen Tag offen, oder sie sind mit Berliner Durchsteckschlössern versehen (großen alten Schlössern, für die nur der jeweilige Hauswart einen Generalschlüssel besitzt; tagsüber ist das Haus offen; abends um acht schließt er ab; jeder Mieter besitzt einen Passierschlüssel, der an beiden Enden einen Bart hat; zum Öffnen steckt er ihn ins Schloß, dreht ihn halb um – dadurch steht der Riegel offen –, man öffnet die Tür, passiert, zieht den Schlüssel in halb gedrehter Position zu sich auf die andere Seite, dreht ihn dort zurück, wodurch der Riegel wieder geschlossen wird und sich der Schlüssel abziehen läßt).

Das Haus, in dem Maurice das Cello vermutet, steht in übler Nachbarschaft. Der Zweite Weltkrieg hat im Norden der Stadt nicht viel übriggelassen. Was verschont geblieben ist, wurde abgerissen. Was heute da steht, wurde in den sechziger Jahren des zwanzigsten Jahrhunderts gebaut, schnell hochgezogener, bezahlbarer Wohnraum, der dementsprechend finanzschwache Mieter angezogen hat, worauf das Quartier sozial gekippt ist und zu einem sogenannten Brennpunkt erklärt wurde. Nur dieses eine Haus und das Postamt stammen noch von vor dem Krieg. Unter solchen Ausnahmebedingungen sind Mieter natürlich besonders stolz auf ihre Adresse und ängstlich darauf bedacht, sich vom Elend, das rundherum wuchert, abzuheben und nicht damit in Berührung zu kommen.

Diese ausführliche Beschreibung, um zu erklären, weswegen Maurice nicht schon längst die paar Treppen im rechten

Vorderhaus hinaufgestiegen ist: Die Möglichkeit, dort hineinzugelangen und an den Türen zu horchen, ohne Aufsehen zu erregen, ist begrenzt. Die Angst vor Vandalismus treibt die Mieter bis zur gegenseitigen Bespitzelung. Nichts geschieht unbeobachtet. Natürlich könnte er erklären, worum es geht, aber er haßt es, mit fremden Menschen zu reden. Überhaupt haßt er es zu reden. Fängt man erst einmal damit an, gibt es kein Halten mehr, und man verliert sich im Ungefähren. So seine Erfahrung. Kaum öffnet er seinen Mund, macht er Fehler und verdirbt alles. Ein Fall für den Psychiater, sagen einige. Vielleicht mag er sich aber einfach nicht erklären, weil ihm das Ungeklärte lieber ist.

In dem Moment, da er beispielsweise erfahren würde, der Cellist heiße Allart Müller, komme aus Braunschweig, sei Sohn eines Zahnarztes und einer Stimmtherapeutin, wohne in der zweiten Etage rechts, studiere an der Musikhochschule Hanns-Eisler, verdiene an Wochenenden ein Zubrot als Mitglied in einem Salonorchester und hoffe, später einmal bei den Berliner Philharmonikern unterzukommen, oder: die Cellistin heiße Teflan Kurdakis, sei Mitglied eines zeitgenössischen Streichquintetts namens »Kwint«, komme aus Thrakien, ihr Vater sei dort Staatssekretär im Landwirtschaftsministerium, die Mutter Tochter eines Abgeordneten der kommunistischen Partei … entsetzlich. Nicht die Fakten, die er erfahren würde, schrecken ihn ab, sondern die Aussicht, überhaupt welche zu erfahren. Dauernd liest er in der Lokalzeitung von Leuten mit Namen, die dies oder jenes getan oder gesagt haben sollen, und wird davon unsagbar traurig.

In den U-Bahn-Stationen hängen vergrößerte Auszüge des Stadtplans, auf denen die paar Straßen und Plätze der jeweils nächsten Umgebung abgebildet sind. Dort drauf sind oft auch die Grundrisse einzelner Häuser zu erkennen. Maurice nimmt sich vor, auf einem solchen Plan zu prüfen, ob der rechte Flügel des fraglichen Hauses mit der Rückwand überhaupt an das seine gebaut sein kann.

Es ist heiß. Die Kinder spielen draußen an den Baggerseen, die Erwachsenen dösen hinter heruntergelassenen Jalousien, die Straßen liegen ausgestorben da, der Asphalt ist weich, es duftet nach Teer, aus den dunklen Kneipen strömt durch die offenstehenden Türen kühle, vergoren riechende Luft, große Hunde liegen reglos auf den Schwellen, den Kopf zwischen den Pfoten, in der Dämmerung hinter ihnen blinken Geldspielautomaten und geben manchmal glucksende Geräusche von sich. Aus offenstehenden Fenstern flappen weiße Gardinen, Musik aus Fernsehgeräten dringt nach draußen, bekannte Melodien aus alten Filmen, Sommernachmittagswiederholungen, niemand tritt in die gleißende Helligkeit. Maurice geht allein langsam im Schatten der Mietshäuser vor sich hin, aus einem Fenster dringt Dixieland-Jazz. Maurice ist darauf bedacht, im Schatten zu bleiben. Er richtet seinen Weg nach Laubbäumen, durchquert Grünanlagen, gelangt ans Ufer des trägen, kleinen Flusses, der durch die Stadt fließt und dessen Ufer überraschenderweise nicht überall zubetoniert sind, der an manchen Stellen so belassen ist, wie er war, mit sanft abfallenden Böschungen, zwei Meter breiten, drei Meter breiten grünen Streifen, ein braungelber Fluß, manchmal auch petrolgrün, in der Hitze stinkend nach Schlick und verwesendem Fisch, undurchsichtig, manchmal schillernd, manchmal gallertartig wabernd – in der Zeitung ist sommers jeweils von einer bestimmten Sorte von Algen die Rede. Das Wasser zieht langsam durch die ausgestorbene Stadt. Hier und dort läßt sich eine türkische Familie am Ufer nieder, auf ausgebreiteten Decken, mit Spielzeug und Proviant, alle schlafen. Eine junge Frau mit

Kopftuch und bodenlangem Kleid geht mit nackten Füßen am Ufer entlang, im feuchten, grauen Sand. Maurice schaut auf die zierlichen Abdrücke, die sie hinterläßt. Er schaut auf die Schenkel unter dem langen Kleid, auf die Hüften, die sich zart abzeichnen und wieder verschwinden unter dem weiten, dunklen Stoff, erneut auf die Vertiefungen im Sand, die Fersen, die Zehen, den kleinen Fuß. Maurice hat Lust, die Abdrücke von nahem anzuschauen, seine Wange hineinzulegen in die von den Füßen noch warmen kleinen Kuhlen. Er starrt die Vertiefungen an, dann die junge Frau, die zurückkommt, die ihre eigenen Spuren zerstört, die auf ihn zukommt, ohne ihn wahrzunehmen, die auf ihre Spuren achtet, auf ihre Füße, die sich bemüht, in die alten Abdrücke zu treten und sie zu vernichten. Maurice möchte einen von ihnen retten. Er tritt ihr in den Weg, nahe am Ufer, so daß sie nicht weiter kann. Sie nimmt ihn wahr, wendet sich um, geht zurück, noch näher am Wasser jetzt, mit nackten Füßen, die jetzt naß werden, den Rocksaum ein wenig hebend, ihre Füße färben sich vom Schlick dunkel, ein junger Mann liegt in einiger Entfernung auf einer der Decken unter einem Busch und schläft. Ein kleines Kind liegt in einer Plastikwanne neben ihm und schläft. Die junge Frau bleibt stehen, schaut übers grünliche Wasser, das träge dahinzieht, ihre schmalen Füße versinken im Schlick, ein Motorboot tuckert langsam heran, gleitet nahe am Ufer vorüber, die große deutsche Fahne am Heck hängt schlaff herunter, ein Rentner mit dickem Bauch steht in kurzer Hose hinter dem Steuerrad und schaut die junge Frau an, er hebt die Hand zum Gruß, eine Frau mit einem unförmigen Körper liegt im Badeanzug auf dem Vordeck, ihr Kopf lehnt, von einem gelbbraun gestreiften Badetuch zugedeckt, an der schrägen Scheibe vor dem Führerhaus. Nachdem das Boot vorüber ist, bleibt das dunkle Tukkern des Motors noch lange zu hören. Kleine Wellen lecken das

Ufer ab. Sie nähern sich dem geretteten Fußabdruck, Maurice tritt einen Schritt zurück, das Wasser fließt über die Vertiefung weg, ein zweites Wellchen folgt, ein drittes, die Konturen verwischen, die junge Frau ist stehen geblieben. Sie schaut auf ihre Füße, an deren Knöchel das Wasser hochschwappt. Dann schaut sie kurz in die Richtung von Maurice, tritt vom Ufer zurück, geht zur Plastikwanne mit dem kleinen Kind darin, schaut es an, setzt sich neben den schlafenden jungen Mann auf die Decke, schaut ihn an. Maurice geht die Böschung hoch und setzt sich, etwas entfernt, auf eine im Schatten stehende Bank am Uferweg. Das Wasser glitzert.

Jedes Jahr im Sommer wurde Maurice als Kind von seinen Eltern in einem Ferienheim abgegeben, nicht weit von zu Hause. Abends gab es dort Dinge zu essen, die ihm nicht schmeckten. Tagsüber mußte er mit den anderen Kindern zusammen Beeren pflücken, Ausflüge unternehmen, Orientierungsläufe durch den Wald machen oder bei schlechtem Wetter drinnen langweilige Spiele spielen. Das Wetter war meistens schlecht. Es regnete, war windig und kalt. Manchmal gab es nicht mehr als zwei, drei sonnige Tage in der Saison. Da wurden die Kinder dann an den nahe gelegenen See, der eher ein großer Tümpel war, zum Baden geführt. In zwei langen Baracken, die eine für Knaben, die andere für Mädchen, zogen sie sich um. Es gab Bänke darin und Haken an den Wänden, an denen die Kleider aufgehängt wurden. Wenn alle soweit waren, mußten sie sich am Ufer versammeln und dann gemeinsam ins trübe Wasser springen. Einem Gerücht nach lebten auf dem Grund des Sees Schlangen, lange, flache, weiße Würmer ohne Haut, das heißt, eine Haut hatten sie schon, aber so dünn und durchsichtig wie das Häutchen unter der Kalkschale bei

Eiern, gerade stark genug, daß sie das bleiche Innere zusammenhalten konnte. Die sumpfigen Uferwiesen glänzten. Sie schmatzten, wenn man barfuß darüber ging. Maurice hielt bei jedem Schritt die Luft an. Er hatte Angst, auf ein noch warmes Schlangenherz zu treten und darauf auszugleiten. Die Holzstege waren modrig, die Rutschbahnen alt und unansehnlich. Man mußte fürchten, sich beim Hinunterrutschen einen Splitter einzufangen. Ein paar Meter vom Ufer entfernt stand eine Betonsäule im dunklen Wasser; das Sprungbrett fehlte. Die Nachmittage zogen sich hin, die Bremsen stachen, Gewitter brauten sich über den nahen Hügeln zusammen. In regelmäßigen Abständen fuhr ein kleines Dampfschiff mit Ausflüglern vorüber, mal von links kommend, mal von rechts. Einmal saß eine Trachtengruppe darauf, die Heimatlieder sang. Sie war vom Ufer aus gut zu hören. Die Betreuerinnen forderten die Kinder auf mitzusingen.

Viele Jahre später – Maurice wohnte inzwischen längst in Berlin – ergab es sich, daß er wieder einmal in die alte Heimat kam. Einer seiner Jugendfreunde feierte in L. Geburtstag. Dazu lud er alle ein, die mit ihm zusammen eingeschult worden waren. Nach dem Fest blieb Maurice noch – um Flugkosten zu sparen – vom Samstag auf den Sonntag und hatte so einen ganzen Tag zu seiner freien Verfügung. Es war brütend heiß. Er wußte nichts mit sich anzufangen.

Nachdem er am Morgen ein wenig durch die Gassen von L. geschlendert war, vertrieb er sich die Zeit damit, den Einheimischen bei ihren Einkäufen auf dem Samstagsmarkt zuzuschauen. Später stand er am Bahnhof und studierte den Fahrplan. Schnellzüge fuhren im Stundentakt in die nächstgrößere Stadt; eine Regionalbahn fuhr zu dem kleinen See, den er aus seiner Kindheit kannte. Er hatte von einer sehenswerten Ausstellung in der Stadt gelesen. Obwohl er Ausstellungen, die in den Zeitungen angepriesen werden, oft lächerlich findet, war er schon im Begriff, eine Fahrkarte dorthin zu lösen, als er sich plötzlich anders besann und beschloß, den See noch einmal aufzusuchen. Ob er wirklich so armselig war wie in seiner Erinnerung?

Die Regionalbahn stand abfahrbereit auf dem Platz vor dem Bahnhof in der prallen Sonne. In zehn Minuten sollte es losgehen. Er stieg ein; mit ihm zwei Schulmädchen, die ihn verstohlen musterten und sich danach nur noch flüsternd und kichernd miteinander unterhielten. Die Hitze war kaum zu ertragen. Er öffnete mehrere Fenster und setzte sich auf eine schattige Bank. Der Bahnhofsvorplatz glitzerte, als wäre Zucker darauf verstreut. Der Fahrer stieg ein, das Bähnchen fuhr los und rumpelte zwischen Kleinstadtgärten hinaus ins Freie, über welke Wiesen, durch matte Obsthaine. Der Himmel war blaßblau. Einzeln stehende Häuser tauchten auf und blieben zurück. Sie erinnerten an verlassene Termitenhügel. Aus den geöffneten Fenstern gähnte schwarz das Nichts. Das Bähnchen fuhr langsamer und hielt vor einem Holzschuppen. Durch die Fenster hörte man das leise Knacken vom Stahl des Waggons, der sich in der Hitze dehnte. Dann begann eine Grille zu zirpen. Eine Wespe flog ins Abteil und surrte an der heruntergelassenen Scheibe auf und ab. Es roch nach Teer. Niemand stieg aus, niemand stieg ein. Das Bähnchen rollte wieder an. Er fragte die Mädchen, wo der See sei. Sie wurden rot und deuteten auf die eine Seite, den Hang hinunter, wo Bäume standen, deren Blätter aussahen, als wären sie aus Zink. Und wo steige ich am besten aus, um hinzukommen? Sie schauten einander an, prusteten durch die Nase, sagten dann in ihrer Mundart, die ihn heiß an seine Jugend erinnerte: an der vorletzten Station, prusteten erneut durch die Nase, hörten dann abrupt damit auf und wandten sich beleidigt von ihm ab. Er setzte sich wieder hin. Von der Anstrengung des Sprechens war ihm auf Rücken und Brust der Schweiß ausgebrochen. Das Hemd klebte. Zu allem Überfluß hatte er auch noch seinen Regenmantel mitgenommen, der hinter ihm am Haken hing. Maurice war dankbar für das bißchen Fahrtwind. An der vorletzten Station ließen sich die Mädchen nichts anmerken und guckten dumpf vor sich auf den Boden.

Er stieg aus. Gegenüber stand ein Wirtshaus mit einem Schild an der Tür: Samstags Ruhetag. Es war Mittag, weit und breit war kein Mensch zu sehen. Er ging los, den Mantel über der rechten Schulter. Bald kam er in einen lichten Wald, der sich den Hang hinunterzog. Er ging langsam. Der Weg war unbefestigt, aber gepflegt und nicht zu steil. Weiter unten sah er ein Kind mit einem roten Schwimmreifen vorausgehen. Manchmal verschwand es hinter Gestrüpp, dann tauchte es wieder auf. Es blickte sich mehrmals um und lief immer schneller. Er folgte ihm, trat aus dem Wald, kam zwischen Wochenendhäuschen durch, hinaus auf einen großen Parkplatz, wo im gleißenden Licht ein Auto neben dem anderen brütete, dann weiter über eine Wiese voller Badetücher bis ans Ufer des kleinen Sees. Das Kind hatte er aus den Augen verloren. Er trat ans Wasser und schaute hinein; es war klar. Die Knaben und Mädchen, die draußen miteinander planschten, taten das seltsam verhalten. Ihre Stimmen klangen gedämpft. Erwachsene schwammen vorsichtig an ihm vorüber und schauten ihn an. Seine rechte Schulter, über der sein Mantel hing, war naß von Schweiß. Er setzte sich auf eine Bank unter einem Baum und schaute den Badenden zu. Alle bewegten sich, als würden sie beobachtet; als wären sie dazu angehalten worden, sich unverdächtig zu benehmen; als sei ein Kindermörder unterwegs, den es in eine Falle zu locken gelte. Über den Hügeln am gegenüberliegenden Ufer des Sees schwebte ein Heißluftballon im Dunst. Die Sonne hing darüber wie ein gewaltiger weißer Wattebausch.

An Hamid:

»... Bevor mir übel wird, dachte ich, gehe ich besser ein paar Schritte. Ich erhob mich und folgte der Uferpromenade, die sich bald verjüngte und, von Bäumen beschattet, als schmaler Pfad direkt am Wasser entlang von der Badestelle wegführte. Es war schön, so zu gehen. Der feuchte Boden federte. Bläßhühnchen glucksten, Enten lagen im Wasser, den Kopf auf dem Rücken, die Augen geschlossen. Wenn ich an ihnen vorüberging, klappten sie eins auf, schauten mir nach, klappten es wieder zu. Eine Libelle flog ruckweise eine Strecke neben mir her. Dann und wann begegneten mir Spaziergänger. Man grüßte sich und wünschte einen schönen Tag. In einem sonnenüberfluteten Schilfstreifen raschelte es. Kleine Tiere flitzten darin herum, Wiesel oder Iltisse, Sumpfhörnchen, Schilfmännchen, etwas sehr Rasches, Unscheinbares. Sie huschten von da nach dort, dann herrschte Totenstille, dann huschte wieder eins, verharrte wieder unsichtbar und stocksteif – mal blitzte hier ein rosa Schnäuzchen auf, dann da ein paar zitternde Barthaare, dort ein Füßchen, hier ein silberner Rücken. Ich stand regungslos in der stechenden Sonne und starrte auf das Gegeister, aber es gelang mir nicht, auch nur eines der Tierchen ganz zu sehen. Der Schweiß lief an mir herunter. Meine Füße waren von der Hitze geschwollen und brannten. Ich ging ein paar Schritte weiter, in den Schatten, zog unter einer Trauerweide Schuhe und Strümpfe aus und stellte mich mit hochgekrempelten Hosenbeinen ins laue Wasser. Ich schaute einem Sportflugzeug zu, das sich hoch oben ganz langsam durch den Dunst schob. Hinter mir ging ein Paar mit einem Kinderwagen vorüber. Der Mann trug einen Rucksack mit Proviant.

Wir grüßten einander und wünschten einen schönen Tag. Ich stand lange da und schaute, wie meine Füße im Modder versanken. Ohne bemerkt zu haben, wann es begonnen hatte, fühlte ich auf einmal, wie etwas in mir wuchs. Ich wußte nicht, wo es herkam und was es war. Es stieg langsam hoch und breitete sich mit Macht aus, warm und schwer. Ich stand bis zu den Knien im Wasser, die Schuhe in der einen Hand, den Mantel in der anderen, und wollte nur noch so dastehen. Die winzigen Wellchen fühlte ich an meinen Schienbeinen, das Wasser roch ich, die Geräusche hörte ich, das Brummen des Sportflugzeugs, die gedämpften Rufe der Badenden hinter den Bäumen, einen kleinen Fisch, der vor mir in die Luft sprang und ins Wasser zurückklatschte, die vereinzelten Autos auf der fernen Landstraße in meinem Rücken, einen Rasenmäher von jenseits der Kornfelder, das Glucksen der nahen Wasservögel, den See, der sich im Schilf wiegte, das Summen der Insekten... Behutsam, ohne den Grund aufzuwühlen und ohne von der Fülle, die ich in mir spürte, etwas zu verschütten, watete ich ans Ufer zurück, setzte mich auf einen Baumstumpf, stellte die Füße auf einen flachen, heißen Stein und ließ sie trocknen. Der Baumstrunk bohrte sich in mein Fleisch. Zuerst schmerzte es, dann wurde die Stelle taub...«

Maurice saß da, und keine Regung war an ihm zu sehen, jedes Leben in ihm schien erstarrt. Er war ganz voll vom See, von der Sonne, von der Luft. Nach einer langen Weile zog er vorsichtig die eine Socke wieder an, den Schuh, die zweite Socke, den zweiten Schuh. Dann erhob er sich langsam, um ja nichts überschwappen zu lassen, und ging weiter. Seine Schritte setzte er nun, als wandelte er durch eine der großen Galerien mit ihren gläsernen Kuppeln, wie sie in Europas Metropolen früher gebaut worden waren. Die Nachmittagshitze hatte inzwischen ihren Höhepunkt erreicht. Niemand begegnete ihm mehr. Die Leute lagen im Schatten und schliefen. An seinen Füßen, deren Haut vom Seewasser aufgeweicht war, bildeten sich rasch Blasen. Er ging und ging. Nach einer Weile stieß er auf ein Ausflugslokal. Nur vereinzelt saßen noch Gäste im Garten, Sitzengebliebene, die einen Schnaps zuviel getrunken und es vor der größten Hitze nicht mehr nach Hause geschafft hatten. Sie dösten auf ihren Stühlen. Er setzte sich an einen leeren Tisch am Wasser. Beim schläfrigen Kellner, der nach einiger Zeit kam, bestellte er Brombeeren mit Sahne. Sie schmeckten nach Brombeeren und Sahne, als wären sie aus der Erinnerung herangetragen worden. Maurice schaute um sich und sah, daß alles gut war. Der Garten lag im dichten Schatten einer Kastanie. Viele Tische waren bereits frisch eingedeckt für den Abend, der Kies darunter geharkt. Ein Knabe sprengte ihn mit einer Gießkanne. Kühle Luft stieg auf und wehte heran. Das Wetter hielt sich. Keine Wespe flog. Maurice zahlte und ging weiter. Ein Wegweiser gab an, wie weit es bis zur nächsten Bahnstation war. Er folgte ihm, kam durch ein Dorf und langte an der Haltestelle an, wo er eine halbe Stunde im Schatten des Häuschens warten mußte. Dann und wann fuhr ein Auto vorüber. Die Glocke der Dorfkirche schlug fünfmal. Das Bähnchen kam, er stieg ein. Außer ihm saßen wieder die beiden Mädchen drin. Er wurde rot. Sie schauten zuerst fassungslos, dann warfen sie einander bedeutungsvolle Blicke zu und beobachteten ihn feindselig. Er setzte sich so, daß sie ihn nicht zu sehen brauchten. Obwohl er eine halbe Stunde im Schatten geruht hatte, war ihm bei ihrem Anblick sofort wieder der Schweiß aus allen Poren geschossen. Das Bähnchen fuhr langsam und schwankend durch die staubigen Wiesen und Haine. Die Äste der Obstbäume hingen tief herab. Eine Bäuerin stand auf einer Leiter zwischen dem Laub und schaute dem Bähnchen nach.

Zurück in der kleinen Stadt, ging er in sein Hotel, duschte, trocknete sich ab, legte sich nackt aufs Bett und schlief ein. Die nahen Kirchturmglocken weckten ihn. Sie läuteten den Sonntag ein. Das in ihm gewachsene Ding schwappte immer noch schwer und rund in seinem Innern. Er erhob sich, klebte Pflaster auf die Blasen an den Füßen, zog ein frisches Hemd an, Hose, Schuhe und ging hinunter auf die Straße. Noch immer war es draußen heiß, und kaum ein Mensch war unterwegs. Er machte sich auf die Suche nach einem Restaurant. Es gab nicht viel Einladendes. Die paar Gaststuben, die mit dem Städtchen zusammen alt geworden waren, hatten sich zu oft angepaßt, ein paar Moden zuviel mitgemacht und dabei ihre Eigenart eingebüßt. Sie wirkten trostlos. Er setzte sich vor ein modernes Café und bestellte einen Portwein. Der Dialekt der Region, den die Kellnerin sprach und den er in seiner Jugend ebenfalls gesprochen und sich später mühsam abgewöhnt hatte, klang ihm heute süß in den Ohren. Er trank in kleinen Schlucken und hatte dabei das Gefühl, in sich einen starken Vogel mit schillerndem Gefieder zu tränken. Ein halbwüchsiges Pärchen kam und setzte sich an einen entfernten Tisch. Die beiden sprachen im vertrauten Singsang von belanglosen Dingen. Er hörte ihnen entzückt zu. Der Jüngling gab sich Mühe, abgebrüht zu klingen, das Mädchen versuchte sich in einem neckischen Ton. Die Sonne stand tief. Alles ringsumher leuchtete golden, die Mauern, die Wangen des Pärchens, ihre Haare, der Asphalt zu seinen Füßen, seine Hände vor ihm auf dem Blechtisch. Schwalben sausten zwischen den Dächern hin und her, schnellten empor in den freien Himmel, ließen sich reißend schnell wieder fallen, jagten um unsichtbare Ecken und zwitscherten dazu in höchsten Tönen. Er hörte dem Pärchen zu, schaute den Vögeln nach, und Wasser stieg ihm in die Augen. Er zahlte. Die Kellnerin wünschte ihm »einen Schönen«, was er seit Jahren nicht mehr gehört und stets mißbilligt hatte, und es gefiel ihm jetzt. Nachdem er noch ein wenig sitzen geblieben war, trank er sein Glas in einem Schluck leer und machte sich wieder auf den Weg. Die Wangen der beiden jungen Leute und die Mauern glühten jetzt rot. Die paar Straßen des Städtchens kannte er mittlerweile. Als einziges war ihm auf seinem Rundgang ein Hotel ins Auge gefallen, vor dem in einem Garten weiß gedeckte Tische standen. Dort ging er hin, setzte sich unter einen Feigenbaum, der geschützt in einer Ecke stand, und soupierte. Er war der einzige Gast. Jeder Gang, jedes Glas schmeckte ihm unvergleichlich gut, und er verbrachte viel Zeit damit. Später tauchte eine alte Frau auf und setzte sich an einen Tisch in seiner Nähe. Wie er ihren Gesprächen mit dem Kellner entnahm, war sie die Witwe des ehemaligen Inhabers der Firma Uzuner, eines feinmechanischen Betriebs, der weit über die Landesgrenzen hinaus berühmt war für seine Präzisionswerkzeuge. Als Schüler hatte Maurice wie alle anderen auch ein Reißzeug von Uzuner besessen. Offenbar speiste die Witwe jeden Abend hier, ein Süppchen, einen Salat, ein Glas Wein. Er schaute ihr dabei zu und überlegte, was er zu ihr sagen könnte. Nachdem sie schon zu Ende gegessen und bezahlt hatte und sich gerade mühsam zum Gehen erheben wollte, brachte er endlich heraus: Wissen Sie, ob diese Feigen hier jemals reif werden? In dem Klima? Sie antwortete: Verzeihen Sie, aber das weiß ich jetzt wirklich nicht, stimmt, Sie haben recht, ich werde diesen Herbst einmal darauf achten. Dann verabschiedeten sie sich freundlich voneinander. Er hätte ihr gern noch gesagt, sie habe ihm Mut gemacht weiterzuleben, er habe ihr gern beim Essen zugeschaut. Aber das brachte er dann doch nicht fertig. Vielleicht war er ja inzwischen betrunken. Er bestellte gratinierte Himbeeren, verbrachte wieder viel Zeit damit, sie zu essen, dann einen Espresso, einen Grappa, dann die

Rechnung, worauf er dem Kellner mit sehr ernstem Gesichtsausdruck ein Trinkgeld gab, von dem er überzeugt war, es sei dasjenige eines Herrn, weder großkotzig noch knauserig. Dann ging er zu Bett. Vor lauter Fülle konnte er lange nicht einschlafen. Das Herz pochte zu schnell. Die Kirchturmuhr schlug eins, zwei, drei. Dann hörte er sie nicht mehr. Am folgenden Morgen fühlte er sich etwas weniger geschwollen und reiste erleichtert ab. Das Mädchen an der Rezeption, wohl die Tochter des Hauses, fragte, wie es ihm bei ihnen gefallen habe. Gut, antwortete er.

Sebastopol vgl. Sewastopol, Stadt auf der Krim (sein Finger landete in der Lücke zwischen Sebastopol und Sechszylindermotor. Nächstes Mal muß er den Duden weiter vorne aufschlagen oder ganz hinten. Es ist lächerlich und unsinnig, den Zufall immer irgendwo in der Mitte zu vermuten… Was heißt nächstes Mal? Was du heute kannst besorgen, das verschiebe nicht auf morgen. Er versucht es vorne: **a.** = am [bei Ortsnamen, z. B. Frickenhausen a. Main] vgl. a. d.).

Der Herbst trieft. Die Blätter der Birken im Park blenden in leuchtendem Gelb. Maurice denkt: In diesen Goldton gekleidet hätte ich großen Erfolg bei vermögenden und einflußreichen Leuten. Aber ich wage nicht, mich so zu kleiden. Es würde, gerade im Herbst, seltsam grell herausragen aus dem sonst eher düsteren Alltag, in den sich die nordöstlich gelegenen Städte Europas dann hineinvergraben. Insbesondere parterre, wo deren Einwohner in der Regel gesenkten Hauptes hin und her eilen. Kaum einer von ihnen verirrt sich in dieser Zeit in einen Park oder hebt den Kopf, um den gewaltigen Wolken zuzuschauen, die über ihn hinwegziehen. Aus Rußland kommen, wenn das Rot, Gelb, Braun und Lila der Blätter an den Bäumen besonders kräftig lodert, wenn die brandenburgischen Parks geradezu brennen, riesige Krähenschwärme nach Berlin geflogen, um sich hier an den Farben zu wärmen und sich zwischen ihnen aufs Überwintern einzurichten. Die Schwärme verdunkeln gegen Abend den Himmel. Sie beschleunigen die Dämmerung, so dicht sind sie. Ein Krächzen hebt dann an über den inneren Bezirken, das jeden Erwachsenen wohlig erschauern läßt. Kinder kriegen Angst. Die Krähen breiten sich am bleigrauen Himmel aus wie das anthrazitfarbene Bouquet einer Feuerwerksabschlußrakete. Sie flirren, schwirren und schreien einer prachtvollen Finsternis entgegen.

Selbst Führungskräften – die in Berlin eher dünn gesät sind – wird kurz bang, wenn sie das Tosen über sich vernehmen, während sie aus ihren Limousinen steigen, um zwischen großen, schwarzen Pfützen hindurch zur Eingangstür eines Restaurants zu hüpfen. In ihren Köpfen, die eigentlich dazu da wären, weitreichende Entscheidungen zu treffen, schweifen die Gedanken kurz ab. Eine Großmutter, die längst verstorben ist, taucht beispielsweise aus ihrer Erinnerung auf. Bei der Anreise haben sie im Flugzeug die Zeitung überflogen. Darin stand ein Bericht über einen Totentag, den man in Mexiko zu feiern pflege. Man bereite an diesem Tag die Leibspeisen der Verstorbenen zu, derer man zu gedenken vorhabe, richte diese auf einem üppig bunten Tisch appetitlich an, esse sie dann auf und trinke dazu bis zur Besinnungslosigkeit vergorene Säfte. Die Führungskräfte überlegen, welches die Lieblingsspeise ihrer Großmutter war. Mit etwas Konzentration fällt ihnen in dunstiger Ferne ein, daß es sich dabei um das Eisbein gehandelt hat. Das mutet sie im ersten Moment mehr als seltsam an, doch nach anfänglichem Zögern denken sie, warum eigentlich nicht, stimmt, so ein Eisbein möchte auch ich wieder einmal essen, eine auf einem riesigen weißen Teller ruhende, gewaltige, rosige Schweinshaxe, deren Fett sich schwer auf Sauerkraut stützt, wo es sich wackelnd breitmacht. Das weißliche Rot des Fleisches unter den geleeartigen Schichten, wie es zart lockt hineinzubeißen, so daß allein bei der Vorstellung links und rechts aus den Mundwinkeln ein Tröpfchen Speichel ans Tageslicht drängt! Und Bier dazu!

In der Zeitung, welche die Führungskräfte im Flugzeug gelesen haben, stand außerdem ein Bericht über das letzte Silvesteressen des verstorbenen französischen Staatspräsidenten François Mitterrand. Er sei zu jenem Zeitpunkt bereits todkrank und nur noch ein Schatten seiner selbst gewesen. Doch als er im Eßzimmer seines Landsitzes im Südwesten Frankreichs erschienen sei, habe er seiner Familie und seinen Freunden einen merkwürdig großen Eindruck gemacht, und seine Arme hätten sonderbar um seinen Leib geschlackert. Erst nach und nach hätten die Anwesenden entsetzt erkannt, daß er nicht selbständig ging, sondern, voll angekleidet und aufrecht, wie eine Kleiderpuppe von seinen Leibwächtern getragen wurde. Was sich danach abgespielt habe, sei gespenstisch gewesen: Mitterrand habe nicht gegessen, sondern gefressen. Pasteten, Austernberge und dann, als Höhepunkt, in Armagnac geschmorte Ortolane (Fettammern). Der Tradition nach verberge der Esser seinen Kopf dazu unter einer Serviette, stopfe sich das ganze, fetttriefende, glühend heiße Vögelchen in den Mund und würge es samt Kopf und Knochen hinunter. Mitterrand, der als Vegetarier gegolten habe, hätte vor den konsternierten Feiergästen als einziger zwei dieser Vögel gegessen. Eine gute Woche später sei der Sozialist dann an Prostatakrebs gestorben. Kaum jemand habe den *bruant ortolan* jemals auf einem Tisch gesehen, nur Eingeweihte hätten den Namen der Spezialität überhaupt gekannt, bis er nun, im Zusammenhang mit diesem vorgezogenen Leichenschmaus, plötzlich an die Öffentlichkeit gedrungen sei. Brüssel habe die Fettammer auf die Liste der vom Aussterben bedrohten, geschützten Arten gesetzt. Die Jagdart sei besonders widerwärtig: Fettammern würden wie Buchfinken und Lerchen mit Hafer in winzige Käfige gelockt, um dort vor dem Verzehr auf qualvolle Weise gemästet zu werden.

Was für ein majestätischer Bart über Großmutters Oberlippe! Wen sie küßte, den stach sie. Von welcher Großmutter ist hier gleich noch mal die Rede? Von der Großmutter der zeitungslesenden Führungskräfte, genauer gesagt, derjenigen des Vorstandsvorsitzenden Sebastopol, noch genauer gesagt, der Großmutter des Vorstandsvorsitzenden Schäufele aus Sewastopol. Es passiert immer wieder, daß Leute aus der Fremde in der Fremde Erfolg haben und an Spitzen gelangen, von denen sie zu Hause in Frickenhausen a. Main noch nicht einmal zu träumen gewagt hätten. So ist beispielsweise ein unbescholtener Bürger aus der Schweiz Chef des gesamtdeutschen Gesundheitswesens und oberster Medizinalrat geworden unter keinem Geringeren als Adolf Hitler, welcher jedem Leser, und würden diese Zeilen selbst in die Sprache der Abderiten übersetzt, heutzutage ein Begriff ist, jenem deutschen Reichskanzler, dem zu seiner Zeit mit Sicherheit eine Riesenauswahl an Medizinern zur Verfügung gestanden hatte, aus denen er aber keinen anderen als den besagten Schweizer zu sich heraufhob. Sewastopol liegt auf der Krim, wie Maurice aus seinem Duden erfahren hat. (Er nimmt an, das müsse heißen an der Krim, da die Krim seines Wissens ein breiter, tiefer Fluß ist, einer der längsten Europas. Er zieht sich als silbernes Band durch das rußige Rußland und macht allen Anwohnern Freude mit seinem Geglitzer. Fische schwimmen darin, silberne, und lassen sich gern fangen und verspeisen. Vorher drückt man ihnen noch auf den Bauch, worauf kleine schwarze Kügelchen hinten aus ihnen heraus kullern,

Kügelchen, die unter dem Namen Kaviar in Feinschmeckerkreisen größte Beliebtheit genießen, wie Maurice von Hamid weiß. [Von Hamid später.] An den Ufern der Krim wächst Sekt. Dazu gibt's Schweinshaxe. Voraus einen Krimfisch, geräuchert, und natürlich Wässerchen. Russen nennen ihren Schnaps, den Wodka, Wässerchen und trinken ihn auch wie solches. Alles läßt sich selbstverständlich nicht aus dem Duden schöpfen. Um in tiefere Wissensschichten vorzudringen, benötigt man vielmehr veritable Lexikonschaufeln. Am liebsten alte, eingearbeitete. Die neuen stechen zwar sauber und ohne Rückstände das verlangte Wissen heraus, aber sie durchtrennen dabei eiskalt sämtliche Neben- und Luftwürzelchen. Oft stirbt das ausgestochene Wissen deshalb vorzeitig ab und steht dann verdorrt herum.)

Was Maurice noch sagen wollte: Wissen ist grauenvoll, erholsam dagegen das Ahnen. Und: Der Herbst ist eine packende Jahreszeit. In einer Zeitschrift für russische Führungskräfte, Verzeihung, in der erwähnten, im Flugzeug ausliegenden Zeitung hat er gelesen, nicht überall auf der Welt gebe es einen Herbst. Auch Frühling sei für viele Erdbewohner ein Fremdwort, ebenso wie Winter und Sommer. Man solle sich freuen an den vier Besonderheiten, die mittlere Breitengrade klimatisch böten, wie man sich überhaupt über alles freuen soll, das nicht jedem anderen ebenso leicht zugänglich sei wie einem selbst. Darum freut er sich seit einigen Tagen unbändig über den Herbst – es gibt genügend arme Wichte, die keinen haben –, über die Krähen, über die Dunkelheit, den Regen, das glitschige, tote, nasse, kalte Laub am Boden, den Glühwein, der aus Papptüten getrunken wird, auch über diese Tüten, die eine Abart des Tetrapacks sind, wäre zu berichten, er kann nicht auf alles eingehen, die Schweinshaxen, die im Herbst dampfen, die Kühe, denen der Atem vor dem Maul neblig weiß steht, und die Würmer, die dann aus dem Boden kommen oder sich darin gemütlich zum Schlafen ausstrecken.

In Zehlendorf, einem noblen Berliner Bezirk im Südwesten, sind neuerdings Wildschweine aufgetaucht. Sie rennen alles über den Haufen, was ihnen in die Quere kommt. In-die-Hände-Klatschen oder Schreien schreckt sie nicht ab. Ein Wildschweinexperte empfiehlt in der Zeitung, stets eine leere Papiertüte bei sich zu tragen, um damit rascheln zu können, sobald hinter einem Zaun oder einer Hausmauer ein Wildschwein auftauche – das sei das einzige Geräusch, welches diese nicht ausstehen könnten und sie dazu veranlasse, kehrtzumachen und davonzurennen. In allen anderen Fällen würden sie einen erbarmungslos umrennen. Füchse seien ebenfalls eine Plage in Zehlendorf. Der Prinz von England läßt Füchse heute noch von seinen Hunden in den Tod hetzen, was seit einigen Jahren einer wachsenden Anzahl seiner Untertanen mißfällt. Vielleicht wird sich das ändern, wenn die Füchse allzusehr überhandnehmen. Ob Füchse Krähen fressen, weiß Maurice nicht. Darüber ist aus dem Duden nichts in Erfahrung zu bringen.

Das Cello ist verstummt. Wahrscheinlich war ihm der Nordosten der Stadt zu gewöhnlich. Cellos passen besser nach Zehlendorf. Dort sind die Wohnungen größer und höher, die Akustik der Räume ist besser, die Menschen verstehen mehr von den trauerverschnupften Tönen und können deren Qualität eher einschätzen. Schade. Was für einen Glanz brachten sie doch in Maurice' Büro! So muß er denn künftig sein Zeug wohl wieder aus seinen eigenen Fingern saugen, wenn der Ort der Sehnsucht nicht mehr hinter der Mauer schlummert. Ein vierblättriges Kleeblatt hat er noch nie gefunden. Aber es liegt ein welkes vor ihm auf dem Tisch. Das hat ihm sein Jugendfreund aus L. geschickt, nach der Geburtstagsfeier, zur Erinnerung und damit es ihm Glück bringe. Bis es das getan hat, läßt Maurice es auf dem Tisch liegen, im dunklen, kalten Raum. Die Finsternis und das unwirtliche Klima werden es antreiben, sich zu beeilen mit seinem Auftrag, ihm Glück zu bringen. Hoffentlich nimmt die Cellistin ihr Spiel bald wieder auf.

Das Zusammentreffen damals in L. war schockierend gewesen. Maurice hatte immer an der Hoffnung festgehalten, das Leben stecke voller Überraschungen; es biege die Menschen in ungeahnte Richtungen; die Zukunft sei jederzeit offen, rätselhaft, ungewiß. Doch alle, die in L. aus der Vergangenheit auftauchten, waren genau das geworden, was sie immer schon gewesen waren. Die eine saß nun zwar im Rollstuhl – sie hatte in einer Sommernacht einen Kopfsprung in den See gewagt und war auf einen Fels im Wasser geprallt –, doch sie hatte sich dadurch nicht verändert; sie war weiterhin das fröhliche, unbekümmerte, fahrige Wesen, das sie immer schon gewesen war. Ein anderer war inzwischen Oberrichter, vielleicht etwas vorsichtiger, etwas genauer, etwas behutsamer in seiner Art als früher, nicht mehr ganz so gehemmt, ganz so langsam; ein angenehmer Mann, gewiß, ein guter Vater bestimmt, aber war er das nicht schon immer gewesen? Wer feige war, ist feige geblieben, wer zutraulich war, ist zutraulich geblieben. Sicher, alle waren mittlerweile dies oder jenes von Beruf, einige hatten es sogar zu etwas gebracht, wie man sagt, zu Geld, zu Kindern, Häusern, Ansehen, mindestens zu einem Bauch, andere waren von Krankheiten bis zur Unkenntlichkeit entstellt worden, doch selbst die größten Erfolge und schrecklichsten Krankheiten waren damals schon enthalten gewesen in ihnen, und sollte das Schicksal dem einen oder der anderen gar einen besonders harten Streich gespielt und die Versprechungen, die in ihnen enthalten waren, nicht eingelöst haben, so wäre selbst diese Volte nicht überraschend gewesen, denn selbst sie war bereits im Kern enthalten gewesen. Alle hatten sich vorgenommen, etwas zu werden – und standen nun da und waren geblieben, was sie immer schon gewesen waren, zu schwach, um sich in überraschende Richtungen biegen zu können. Und Maurice mußte erkennen, daß auch er sich nicht verändert hatte, daß auch er immer noch auf demselben Weg herumtrödelte, auf dem er schon immer herumgetrödelt hatte, auf dem Weg zu sich, und zwar wie alle: dem Start viel näher als dem Ziel.

Die einzige Überraschung stellte der bitter gewordene Moses Menn dar, ein ehemals schöner Knabe, der Maurice damals angezogen hatte mit Haut und Haar. In ihm war kein Moses Menn mehr zu erkennen. Er war ein anderer geworden, hatte aus sich etwas gemacht, etwas Trauriges, Hoffnungsloses zwar, aber immerhin: er hatte sich aus eigener Kraft in etwas Unbekanntes verwandelt. Er lächelte schmal, als Maurice ihn anstarrte, ohne ihn zu erkennen: »Na? Nun ja, man wird älter... Das Leben ist eine Hühnerleiter, kurz und beschissen und so weiter... Zu kurz, um schlechten Wein zu trinken, et cetera pp.... Und selbst? Immer noch Wein, Weib, Gesang?... Verschone mich mit Antworten, ich würde nicht zuhören, es ist alles gesagt... Träume langweilen mich, ich habe längst keine mehr, wer noch welche hat, den verachte ich... Laß uns rübergehen zu den anderen, was für ein erbärmliches Treffen... Da drüben, die fette Wumme, kannst du dich an die erinnern? Das war die schöne Roes, die Mösenroes. So welkt's dahin... Ich bin dies und das geworden, wohne dort und dort, kein Grund, unzufrieden zu sein... Widerwärtig, Leute, die sich in unserem Alter noch nicht aufgegeben haben... Guck nicht, als würde dich interessieren, was ich sage, dich ödet es genauso an wie mich ... Dieses verlogene Interesse aneinander, diese Offenheit, mit grauen Haaren, bigotte Maskerade, Schleim ...«

Bei niemandem sonst war etwas an den Tag gebrochen, bei keinem war eine Fassade zusammengekracht; die Gerüste aller schienen ein Leben lang zu halten; nur Moses Menn hatte seins einstürzen lassen, hatte alles aufgegeben. Maurice hatte nie eine Mösenroes mit ihm zusammen gekannt – die anderen nannten sie früher so, gewiß, doch Maurice und Moses hatten sich stets geweigert, diesen Namen in den Mund zu nehmen. Auch hatte Maurice nie etwas mit Wein, Weib und Gesang im Sinn gehabt. Moses hatte früher seinen schlanken braunen Hals beim Lachen gebogen wie ein junger Hund, den Hals, den er jetzt nicht mehr biegen konnte, der steif geworden war und feist. Seine dunkel glänzenden Augen waren nun stumpf, die sehnigen, schlanken Hände schwammig und bleich. Er hatte das Wunder vollbracht, aus sich etwas anderes zu formen. Maurice starrte ihn an, von nahem, aus der Ferne: ein fremder Mann, einer, der gelebt und sich vom Leben hatte zeichnen lassen, einer, für den das Leben einen Sinn gehabt hatte – denn wofür leben wir, wenn wir bleiben, was wir waren; sind wir nicht tot, wenn das Leben uns nichts anhaben kann? Moses hatte sich zerstören lassen von der Zeit, hatte sich nicht aufbewahrt, nicht aufgespart, hatte sich vergeudet und hingegeben, ohne etwas Gleichwertiges als Ersatz dafür zu bekommen. Wie stolz die anderen waren auf das bißchen Ideal, das sie sich erhalten hatten. Als ob es eine Leistung sei, den Traum, den man in seiner Kindheit entwickelt, sein Leben lang mit sich zu schleppen. Wie kühn dagegen Moses Menn, der alles aufs Spiel gesetzt und alles verloren hatte. Da stand er, mit seinem schmalen, bitteren Mund, leicht gebeugt, aufgeschwemmt, kurz und hämisch meckernd, wenn ihm jemand etwas Vergnügliches zuraunte, verächtlich um sich blickend in den leeren Pausen, sich selbst verachtend, vorwurfsvoll, übelnehmerisch, mit der Sehnsucht, geliebt zu werden, ohne jedoch zu lieben, stolz darauf, abgewiesen zu werden – und war doch einst – wie heißt es? – Maurice' schwanengeschmeidiger jugendlicher Held gewesen mit seinen langen schwarzen Haaren, mit seinem Witz, seinem Geist, seinem Charme. Auch wenn Maurice dem neuen Moses nie wieder begegnen möchte, so verdankte er ihm doch die Zuversicht, weiter an die Veränderbarkeit der Welt glauben zu können.

Auf der Rückreise mußte Maurice wegen einer Verspätung auf dem Flughafen warten. Er überblätterte die Zeitung und las in den Regionalnachrichten, daß ein Sportflugzeug tags zuvor in der Nähe von L. abgestürzt sei. Die vier Insassen – zwei Brüder, der eine davon, der Pilot, hatte seine beiden Söhne dabei – seien auf der Stelle tot gewesen. Ein Bauer, der das Unglück zufällig beobachtet hatte, berichtete, die Maschine sei ganz friedlich gesunken. Er habe gedacht, ihr sei das Benzin ausgegangen und sie schaffe es nicht mehr bis zum nahe gelegenen Flugplatz. Es sei schon ein paarmal vorgekommen, daß so ein Sportflieger auf einem seiner Äcker notgelandet sei. Das Flugzeug sei zwischen den Obstbäumen niedergegangen, habe auf einer abgemähten Wiese kurz aufgesetzt, sei dann noch einmal aufgestiegen, es habe ausgesehen wie ein Hüpfer, ganz leicht, dann aber, etwa achtzig Meter über dem Boden, sei es in der Luft irgendwie umgeknickt, ja, als habe es einen Fehltritt gemacht, worauf es senkrecht, mit der Nase voran, auf die Erde zugerast und dort neben einem Mirabellenbaum mit ungeheurer Wucht aufgeprallt und zerborsten sei. Der Familienname der vier Abgestürzten war Vogel.

In einem der Sommerlager am See hatte er einen Knaben gekannt, der Vogel hieß und jeden zweiten Tag von zu Hause ein

Paket mit Süßigkeiten geschickt bekam. Sein Vater war Direktor einer Keksfabrik, die als Spezialität steinharte, zuckersüße Gewürzkringel herstellte, sogenannte Vogel-Ringe. Sie schmeckten fabelhaft. Man nahm sie in den Mund, lutschte an ihnen und speichelte sie so lange ein, bis sie weich genug waren, um zerbissen und zerkaut werden zu können. Vogel selbst aß keine. Er benutzte sie ausschließlich, um sich damit Vorteile zu verschaffen und Zuneigung zu erkaufen. Das funktionierte aber nur die ersten paar Tage. Bald prügelten diejenigen, die stark genug waren, einfach so lange auf ihn ein, bis er die verlangte Anzahl Kringel herausrückte, während die Schwächeren sich zusammentaten und in der Nacht seine Schuhe, Kleider oder seine Zahnbürste versteckten, um ihm am nächsten Morgen anzubieten, die abhandengekommenen Sachen gegen entsprechend viele Kringel wieder herbeizuschaffen. So wurde er zum Opfer seiner Ringe. Als Bestechungswährung akzeptierte man sie nur gerade für den Augenblick – kaum hatte man sie erhalten, rächte man sich an ihm dafür, daß er es gewagt hatte, einen zu bestechen. Warum er nicht einfach in Ruhe gelassen wurde, ist schwer zu erklären. Seine Haut verlockte, hineinzukneifen, seine Arme waren weiß und weich zum Hineinboxen, sein Gesicht war ebenmäßig zum Zerkratzen, seine Haare hingen schnittlauchgerade herunter zum Daranziehen. Seine Füße waren schmal zum Drauftreten, seine Kleider gepflegt zum Zerreißen, seine Augen hell zum Blauschlagen. Vogel kapierte die Zusammenhänge nicht. Er verhedderte sich immer mehr in seinem Geflecht aus Versprechungen von Bitt-, Bestechungs- und Wiedergutmachungskringeln. Anstatt sich gezielt ein paar Leibwächter zu dingen und auf sie zu bauen, versuchte er, sich bei allen beliebt zu machen. Doch jeder, der sich von ihm dazu verführen ließ, ihm gegen Kringel einen Gefallen zu tun, verachtete ihn hinterher dafür und machte ihm das Leben schwer. Er wurde morgens nicht ans Waschbecken gelassen, wurde gehindert, den Frühstücksraum zu betreten; sein Bett war zerwühlt, kaum drehte er ihm den Rücken zu; seine Turnschuhe fehlten, wenn geturnt werden sollte; sein Pyjama fehlte, wenn's ins Bett gehen sollte; und war etwas kaputt im Ferienheim, schob man die Schuld auf Vogel.

An einem der Badetage blieb er in der Baracke zurück, weil seine Badehose verschwunden war. Maurice hatte zwei dabei. Seine Mutter bestand darauf, daß er stets mit zwei Hosen ins Schwimmbad ging und, sobald er aus dem Wasser kam, die nasse durch die trockene ersetzte. Eine Auflage, die ihn zutiefst demütigte. Keiner außer ihm mußte die Badehose wechseln. Alle anderen legten sich in den Badeanstalten naß auf die heißen Betonplatten, hinterließen dort dunkle Abdrücke, sprangen nach kurzem wieder auf und zurück ins Wasser, kletterten erneut heraus, legten sich wieder hin, rannten herum...

Vogel saß auf der Bank. Die anderen waren bereits draußen, nur Maurice stand noch unter der Tür, rannte dann zurück zu seinen Sachen, knüllte seine zweite Badehose zusammen, stopfte sie zuunterst in seinen Beutel und wollte wieder los. Vogel fragte, kannst du mir die leihen? Maurice erschrak. Er hatte ihn nicht gesehen und geglaubt, allein zu sein. Nach einer Stille sagte er: Nur wenn du mir so viele Kringel gibst, wie ich auf deine Pfeife kriege. In der Baracke roch es nach Schimmel. Es war feucht und warm. Vogel sah im schummrigen Licht fahl aus, bleich wie eine Made. Er starrte Maurice an, als stehe der mit einem offenen Messer in der Hand vor ihm. Nach einer Pause öffnete er den Mund, um etwas zu erwidern, blieb dann aber einfach so da sitzen, mit halboffenem Mund. Der Speichel auf seinen Zähnen glänzte. Maurice verriegelte von innen die Tür der Baracke und wartete. Vogel schlug die Augen zu Boden und sank in sich zusammen. Nach einer

Weile begann er, müde in seiner Tasche zu wühlen, zog eine Schachtel Vogel-Ringe heraus, legte sie neben sich auf die Bank, erhob sich, streifte das Unterhemd über den Kopf, zog die Hose aus, schloß die Augen, richtete sich auf und blieb stehen. Seine Füße standen in einem Sonnenfleck und schimmerten. Was an ihnen so zum Drauftreten reizte, war ihre puppenhafte Unversehrtheit. Makellos weiß standen sie da. Maurice begann, langsam durch Mund und Nase gleichzeitig die Luft einzusaugen, gierig und tief. Wie von einem Magneten angezogen, näherte er sich den kleinen Füßen, kniete vor ihnen nieder und starrte sie an. Sie sahen aus wie in Mehl gewendet. Nach einer stillen Pause löste Maurice den Blick von den Füßen und ließ ihn an Vogels nackten Beinen emporwandern, Zentimeter für Zentimeter. Alles sah wächsern aus wie auf alten anatomischen Abbildungen. Maurice griff nach der Schachtel mit den Kringeln, holte einen heraus und streifte ihn über das winzige Glied vor seinen Augen. Der Kringel fiel zu Boden. Das Glied richtete sich auf. Maurice stülpte einen weiteren Kringel darüber, der hielt, dann noch einen und noch einen. Vogel rührte sich nicht. Er stand da wie aus Marmor, die Augen geschlossen, drei Kringel über seinem Glied. Maurice erhob sich, trat einen Schritt zurück, schlich um Vogel herum und schaute. Plötzlich schnellte er vor, packte Vogel von hinten und preßte ihn an sich. Aus Vogels Brustkasten entwich die Luft mit einem hohen Fiepen. Seine Haut fühlte sich zart an, trocken und warm. Maurice umklammerte ihn mit dem einen Arm, drückte ihn an sich, als wollte er ihn zerbrechen, schlug die Zähne in seinen Nacken und riß ihm mit der anderen Hand die Kringel vom Glied. Dann packte er es an der Vorhaut und zerrte daran.

Vogel gab keinen Laut von sich. Maurice ließ ebenso unvermittelt von ihm ab, wie er ihn angesprungen hatte, wich zurück und schaute. Vogel preßte immer noch die Augen zusammen. Das Glied schrumpfte rasch. Urin tropfte heraus. Der letzte Kringel fiel zu Boden. Maurice holte seine zweite Badehose aus dem Beutel, stülpte sie Vogel über den Kopf, würgte ihn damit und zischte ihm bebend vor Wut ins Ohr: Wenn du erzählst, daß du die von mir bekommen hast, dann schlag ich dich zu Brei.

Am Abend, nachdem sie zurück waren, verhöhnte er Vogels Bettnachbarn. Er behauptete, wer neben Vogel schlafe, sei schwul. Ihm, Maurice, müßte man mindestens eine Packung Kringel pro Nacht geben, wenn er sich in die Nähe von so einem legen sollte. Vogels Bettnachbar fing sogleich an, sich Kringel einzuhandeln. Kurz vor dem Zubettgehen hatte er genügend beieinander und bot sie Maurice im Tausch gegen dessen Bett an. Maurice akzeptierte. Für alle sichtbar legte er ein Messer unter seine Matratze und sagte: Für den Fall, daß sich der Schleim nachts an mich ranmachen will. Von da an schliefen sie bis zum Ende der Ferien nebeneinander.

Ein Mann mit einem wohlklingenden Namen wurde aufgerufen, sich umgehend zu einem bestimmten Flugsteig zu begeben. In Maurice' Kopf klang es im Echo nach wie: Herr Urzino Uccellino, gebucht nach Milano, wird zum Flugsteig A 7 gebeten... Maurice legte die Zeitung neben sich auf die Bank, erhob sich, ging zum Kiosk und fragte die Verkäuferin, eine Asiatin, ob ihr Vogel-Ringe ein Begriff seien. Bitte schön, sagte sie lächelnd, verbeugte sich und deutete auf eine Ecke in der Auslage. Da standen sie. Die Schachtel kam ihm kleiner vor als damals. Der Schriftzug war der alte. Maurice nahm eine, bezahlte, setzte sich wieder hin und öffnete die Packung, wobei ihm vor Aufregung Speichel auf die Hose tropfte. Er holte einen Ring heraus und legte ihn sich auf die Zunge. Der Ring saugte sich knisternd fest; er schmeckte vor allem nach Zucker und Malz. Abzubeißen wagte Maurice nicht – er hatte Angst um seine Zähne. Er lutschte an dem Kringel und wartete, bis er weich war. Dann zerkaute er ihn und schluckte ihn runter. Na ja, dachte er, legte die angebrochene Schachtel neben sich auf die Bank, schaute sich um, sah, daß niemand auf ihn achtete, ließ die Schachtel liegen, erhob sich und setzte sich woandershin.

Lesend bis hierher fällt mir auf, daß ich vergessen habe zu erwähnen, wer Hamid ist, wo Maurice wohnt und was es mit dem Cello hinter der Bürowand auf sich hat. Hamid, den Sohn persischer Eltern, hatte Maurice im Schweizer Internat kennengelernt, in welchem er als Halbwüchsiger vier Jahre lang untergebracht war. Damals konnten sie nicht viel miteinander anfangen. Maurice war Stipendiat jenes Mittelländischen Protestantischen Hilfswerks, das bereits seinen Onkel unterstützt hatte, Hamid hingegen kam direkt aus Tausendundeiner Nacht. Zwar war der Reichtum seiner Eltern in politischen Wirren zum größten Teil verlorengegangen, doch das perlte an ihm ab; er konnte nicht anders, er war Diener gewohnt.

Sein engster Freund, Alexej, ein Sohn russischer Aristokraten, kam von seinem Selbstverständnis her ebenfalls aus unermeßlich reichem Haus, hätte in Wirklichkeit aber wohl auch eher als verarmt bezeichnet werden müssen. Nach dem Internat und ein paar Semestern Wirtschaftswissenschaft zogen die beiden nach Berlin und stiegen mit Hilfe familiärer Beziehungen in den Kaviarhandel ein, mit dem sie von Anfang an großen Erfolg hatten. Sie verdienten eine Menge Geld und gaben es großzügig auch wieder aus beim Versuch, der damals noch eingeschlossenen Stadt zu ein wenig Weltläufigkeit und gehobener Lebensart zu verhelfen. Sie mieteten eine Villa im Grunewald, veranstalteten darin mondäne Feste – an einem von ihnen, dem Flugfest, hatte Maurice Paulchen, den späteren Flavian Karr, kennengelernt –, luden Theaterleute, Maler und Musiker dazu ein, kauften Kunst, finanzierten Konzerte und betätigten sich als Mäzene. Doch der märkische Sand saugte all ihre Bemühungen auf, ohne daß auch nur der Ansatz einer kultivierten Gesellschaft daraus erwachsen wäre; Berlin verharrte in seiner dumpf jovialen Hemdsärmeligkeit. Die beiden verloren bald jede Lust und jedes Interesse an der Stadt.

Nachdem die Mauer gefallen war, konzentrierte sich Alexej auf Petersburg, wo er sich darum bemühte, ein Stadtpalais und die Ländereien, die ehemals im Besitz seiner Familie gewesen waren, zurückzuerhalten. Eines Tages wurde er am Ufer der Newa auf offener Straße erschossen. Die polizeilichen Ermittlungen verliefen in der Leere und wurden nach fünf Jahren eingestellt.

Hamid wurde dadurch alleiniger Inhaber der Kaviarfirma, die sich in der Zwischenzeit zu einem kleinen Imperium entwickelt hatte. Er trennte sich von seiner Frau und zog nach Genf. Die Frau, eine Berliner Schauspielerin, die in ihrer Jugend äußerst attraktiv und dementsprechend viel beschäftigt gewesen war, deren Stern aber rasch zu sinken begann, nachdem sie Hamid geheiratet und von ihm einen Sohn bekommen hatte, wohnt heute allein in einer großen Charlottenburger Wohnung, erhält von Hamid eine monatliche Apanage, liest manchmal in der Seniorenresidenz am Steinplatz Fontane vor, tritt dann und wann am Vorabend in Fernsehserien als Mutter auf und ist von diesem Leben mit den Jahren ganz durchsichtig geworden. Ihren gemeinsamen Sohn haben sie im selben Schweizer Internat untergebracht, in dem auch Hamid, Maurice und Alexej gewesen waren.

Zwei Jahre nach Alexejs Tod brachte Hamid aus einer sentimentalen Laune heraus den Champagner »Comte Alexej« auf den Markt. Er verfolgte damit keine wirtschaftlich ernsthaften Absichten; er hatte bloß herausgefunden, daß Champagner das einzige alkoholhaltige Getränk war, das er bei Geschäftsverhandlungen mit seinen georgischen Lieferanten trinken konnte, ohne am nächsten Morgen mit einem schweren Kopf dafür büßen zu müssen. Außerdem regte Champagner die Kauflust der Kaviarkunden an. So besorgte er sich eine Lizenz, ließ den Namen eintragen und gesetzlich schützen und ein paar Kisten von Frankreich nach Berlin schicken, um von dort aus den deutschen Markt zu beliefern.

In diesem Zusammenhang erinnerte er sich an Maurice, der, kurz nachdem Alexej und er ihr Kaviargeschäft eröffnet hatten, ebenfalls nach Berlin gezogen war, ohne damals besonders engen Kontakt zu den beiden zu suchen. Hamid meldete sich telefonisch bei ihm und fragte, ob er Lust habe auf ein Abendessen. Maurice war überrascht, nach so langer Zeit wieder einmal von Hamid zu hören. Sie trafen sich. Hamid schlug vor, den Champagnervertrieb unter Maurice' Adresse anzumelden, weil das steuerlich für ihn günstiger sei, als wenn er es in Genf tue. Er übernehme dafür die Hälfte von Maurice' Miete; vielleicht möge Maurice außerdem die Geschäftspost und die paar amtlichen Gänge, die dann und wann anfielen, für ihn erledigen – es werde nicht viel zu tun geben, täglich maximal eine Stunde Arbeit –, wofür Hamid ihm, wenn er wolle, zusätzlich ein kleines Gehalt überweisen könnte? Maurice war froh um das Angebot und nahm es dankend an. Mit den Jahren entstand aus dieser Geschäftsbeziehung eine, allerdings recht einseitige, Brieffreundschaft – Hamid bevorzugt das Telefon.

Maurice' Wohnung ist die oberste in einem zentral gelegenen Hinterhaus aus der Gründerzeit. Bei einem Dachbrand, verursacht durch eine Bombe im Zweiten Weltkrieg, ist sie beinahe vollständig zerstört und nur notdürftig mit Planen zugedeckt worden. Danach stand sie jahrelang leer. Die Eigentumsverhältnisse waren ungeklärt. Niemand mochte Geld in die Instandsetzung investieren. In den siebziger Jahren besetzten zwei handwerklich begabte Studenten das Dach, bauten es für sich aus, dichteten es mit Teerpappe ab und zogen ein. Die Räume sind sehr groß, wirken aber durch eine zu niedrige Decke merkwürdig unproportioniert. Im Sommer wird es mangels Isolation drückend heiß, im Winter entsprechend kalt. Nach dem Mauerfall bekamen die beiden Studenten von einem in Haifa ausfindig gemachten Alteigentümer die Kündigung; die Behelfsunterkunft wurde auf dem freien Wohnungsmarkt angeboten. Wegen der verschiedenen Mängel war die Miete trotz bester Lage relativ günstig, also bewarb sich Maurice darum, zumal die Wohnung eine Besonderheit vorzuweisen hat: An Stelle der beiden hinteren Zimmer gibt es eine riesige Südterrasse mit einer Art Gartenhäuschen drauf. Auch das eine Behelfskonstruktion: Die Bombe fegte an dieser Stelle alles weg und brach durch bis in die untere Etage. Das Loch wurde von unten zugemauert und darüber ein zementiertes Flachdach bis zum erhalten gebliebenen Fußboden der ehemaligen vierten Etage gezogen, um die unteren Wohnungen vor eindringendem Wasser zu schützen. Dieses Flachdach dient seither als Terrasse.

Das Haus liegt direkt neben dem Bahnhof Zoo. Von der Terrasse schaut man über die Gleise und sieht im Minutentakt die S-Bahnen ein- und ausfahren. Maurice' Freundin liebt diese Terrasse. Im Sommer stellt sie große Oleander drauf, die Maurice im Herbst zum Überwintern ins Gartenhäuschen räumen muß.

Der aufgetauchte Alteigentümer des Hauses entpuppte sich in den neunziger Jahren als Hochstapler und tauchte wieder unter, das Haus wird seither zwangsverwaltet. Es sind nicht mehr viele Mieter drin. Die elektrischen Installationen, die Wasser- und Gasleitungen sind überholungsbedürftig. Doch die alte Pracht des Treppenhauses und die Größe der Räume lassen Maurice und seine Freundin über die Mängel hinwegsehen.

Das Cello hinter der Wand erinnert an eine Erzählung, die unter dem Titel »Das Cello« anfangs des neuen Jahrtausends im deutschsprachigen Raum eine gewisse Berühmtheit erlangt hatte und dort in vielen Haushalten abends vorgelesen wurde. Wann Maurice das Instrument in seiner Nachbarschaft zum ersten Mal wahrgenommen hat, weiß er nicht. Irgendwann war es da und erklingt seither fast jeden Tag. Von wo der Klang kommt, läßt sich nicht genau feststellen. Aus dem Haus, in dem Maurice arbeitet, mit Sicherheit nicht. Eine seiner Bürowände schließt an die Rückwand eines Hauses aus der Parallelstraße. Es ist schwierig, mit Sicherheit festzulegen, welches der Häuser es ist, da die Straßen nicht genau parallel, sondern leicht schräg zueinander verlaufen. Zwei Gebäude stehen zur Auswahl, ein Mietshaus und ein Postamt. Seit Jahren versucht Maurice, wenn er gerade nichts Besseres zu tun hat und das Cello zu hören ist, herauszukriegen, wo genau und von wem es gespielt wird. Doch als sei es verhext, will ihm das nicht gelingen.

Immer, wenn er es schafft, in das Mietshaus zu gelangen, von dem er annimmt, daß in ihm geübt werde – das Postamt kommt ihm weniger wahrscheinlich vor –, ist dort absolut nichts zu hören. Wie eine Zikade, die, wenn man sich ihr nähert, verstummt und sich totstellt. Manchmal bleibt es danach ein paar Tage lang still, und Maurice vergißt das Instrument. Manchmal hat er viel zu tun und registriert nicht, ob es gerade gespielt wird oder nicht. Nur wenn er sich dann wieder einmal heftig langweilt und besonders wenig mit sich anzufangen weiß, dringt es von neuem zart durch die Mauer zu ihm, und er überlegt, ob er nun endlich herausfinden will, wo und wer... Und schon verstummt es ein weiteres Mal, als spüre es, daß sein Geheimnis in Gefahr stehe, gelüftet zu werden. Also macht er sich einmal mehr nicht auf den Weg, denkt an anderes, liest, schaut aus dem Fenster, in den Hof hinunter.

Immer seltener überwindet er sich und geht, wenn er es hört, los, zählt die Schritte bis zum Nettelbeckplatz, biegt dort um die Ecke, geht die schräg verlaufende Parallelstraße zurück, gleich viele Schritte, steht vor den beiden fraglichen Gebäuden, in deren linkem er das Instrument vermutet, weiß dann aber natürlich nicht, ob es in der Zwischenzeit möglicherweise aufgehört hat zu spielen oder immer noch gespielt wird, und bricht deshalb in der Regel, nach zaghaften Versuchen ins Haus zu gelangen, das Unternehmen ab, setzt sich unten in die Cafékonditorei und trinkt einen Milchkaffee.

Es ist eine lange, wenig aufregende Geschichte, eher so etwas wie ein Tick, ein Zucken, ein Zipperlein, das einen begleitet und das einem nur manchmal, ein, zwei Tage lang, ins Bewußtsein rückt, um dann wieder für Monate in Vergessenheit zu geraten, so wie die Geräusche der S-Bahn unter seinem Schlafzimmerfenster zu Hause: Mal stören sie ihn, dann nimmt er sie wieder wochenlang nicht zur Kenntnis. Auf der Suche nach dem Cello hat er sich angewöhnt, im Zeitungskiosk neben der Cafékonditorei einen Lottoschein auszufüllen und abzugeben. Einmal fragte er den Lottoverkäufer, ob er zufällig einen Cellospieler im Haus kenne oder dann und wann jemanden mit einem großen, dunklen Instrumentenkasten draußen vor dem Fenster vorbeigehen sehe. Der Verkäufer, Herr Margitta, verneinte.

Eine Greisin an einem Fenster erweckt den Anschein, in diesem Buch die Rolle von Maurice' Mutter übernehmen zu wollen. Ihr winziger Kopf hat die Farbe eines ehedem weißen Radiergummis. Alles Fleisch daran ist weggedorrt. Was übriggeblieben ist, wird von einem brüchigen, knittrigen Häutchen überzogen, das über den Schädelknochen glatt aufliegt und matt glänzt wie Darm, der mit Wurstmasse prall gefüllt ist. Unter der Nase, am Kinn und am Hals stehen einzelne lange Haare hervor, gebogene, grauweiße Fäden. Zwei Sehnen sind von den Schlüsselbeinen links und rechts unter die Ohren gespannt und sehen aus wie zwei von einer faltigen Plane verhängte Taue. Auf dem schmalen Grat der Nase sitzt eine große Brille, die vom eigenen Gewicht auf die vorderste Spitze gerutscht ist und dort von einer knorpeligen Verdickung am Fallen gehindert wird. Die Augen hinter den staubigen Gläsern sind trübfarben. Das linke Lid hängt tief. Wenn die Greisin darunter hervorschauen will, schiebt sie die Braue darüber mit dem linken, ingwerfarbenen Zeigefinger, einer Art Putenkralle, nach oben und hält sie dort fest. Eine Zeitlang hat sie dazu aus Bequemlichkeit ein Streichholz verwendet, dessen Schwefelköpfchen abgebrochen war. Das klemmte sie wie ein Monokel zwischen die Braue und den Tränensack und ließ es dort stehen. Das Streichholz war an beiden Enden vom Gebrauch gerundet, vom Hauttalg dunkelgefärbt. Wenn sie es nicht benutzte, legte sie es in den Falz des jeweils aktuellen Großschrift-Kreuzworträtselhefts, das aufgeschlagen neben ihr auf dem Fensterbrett lag. Oberhalb vom Streichholz, im selben Falz, lag ein Kugelschreiber und quer über die gewölbten Seiten die Lesebrille, deren Bügel immer aufgeklappt blieben.

Durchs geöffnete Fenster dringt der starke Geruch von gärendem, faulendem Obst. Vor dem Fenster steht ein alter Zwetschgenbaum. Viele seiner Äste ragen schwarz und abgestorben in die Luft. Der Ehemann der Greisin, demzufolge in diesem Buch Maurice' Vater, hatte ihr – mit zunehmendem Alter häufiger – den Unterschied zwischen Zwetschgen und Pflaumen erklärt, immer wieder, um unvermeidlich zum Schluß zu kommen, daß Pflaumen zum Rohessen seien, während aus Zwetschgen Kuchen und Mus gemacht werden müßten, was er beides für sein Leben gern möge. Über die Jahre hatte sie auf diese Weise Kuchen und Mus hassen gelernt. Nachdem ihr Mann gestorben war, rührte sie das Obst im Garten nicht mehr an. Es bleibt seither hängen, wird reif im Sonnenlicht, das von Jahr zu Jahr älter scheint – inzwischen, ihrer Überzeugung nach, nur noch sehr schwach. Die Stare kommen, picken die Früchte an, die fallen ins Gras, beginnen dort zu faulen und zu gären, die Wespen kommen, ein süßlicher Verwesungsduft geht vom Grundstück aus.

Die Greisin sitzt am geöffneten Fenster, früher mit dem Streichholz vor dem linken Auge, heute nur noch dösend. Der entfleischte Schädel mit der riesigen Brille ragt knapp über das Fensterbrett, die feinen, kurzen Härchen stehen davon ab, die großen Ohren segeln durchsichtig nebenher, ein rettichfarbener Schrumpfkopf – wie man sie aus den Völkerkundemuseen kennt, wo in großen, leeren, abgedunkelten Sälen an den Wänden Vitrinen stehen, in denen auf Glasregalen kleine, schrumpelige, nebeneinander aufgereihte Köpfchen zu betrachten sind, elektrisch beleuchtet, beschriftet, zwiebelartige Gebilde, oder eher rote-Bete-artig, mit Haarbüschelchen, die wie kleine Elefantenschwanzquasten oben herausragen, in den verlassenen Sälen, in denen die Schritte einsamer Besucherinnen von weitem zu hören sind, wo das Geräusch von näher kommenden Frauenabsätzen hallt, wo sexuelle Gelüste keimen, wo das Gemurmel, Gelächter, Gerenne von Schulklassen aus der Ferne anschwillt und herangerollt kommt wie eine sich nähernde U-Bahn, den Boden erzittern lassend – oder wie die Häupter der privilegierten Bürger in den Kellergewölben des Kapuzinerklosters draußen vor Palermo, dieser mumifizierten Leichen, die dort in langen Reihen an den Wänden hängen oder aufgebahrt liegen, Kinder, Männer, Frauen, gut erhaltene neben angenagten und verfallenen, deren Schädel mit den verrutschten, scharf herausragenden Nasen von einer pergamentenen Haut überzogen sind, die Augen hohl, die Lippen schmale, ledrige Streifen, verzerrt, über schiefstehenden Zähnen erstarrt, mit Haarzotteln, die von den Schläfen abstehen, verfilzt wie das Fell eines räudigen Hundes, an denen man fröstelnd entlangschreitet, im schummrigen Halbschatten, während sich die Brustwarzen der Geliebten unter dem dünnen Sommerkleid abzuzeichnen beginnen und draußen die Vorstadtstraße im Staub und in der Hitze flimmert –, der rettichfarbene Schädel mit den verschleierten, trüben Augen.

Daß sich gehenläßt, wer sich geliebt weiß. Wie viele unappetitliche Väter es gibt, wie viele aus dem Leim gegangene Mütter! Wie riechen sich geliebt wähnende Männer oft ungewaschen, wie zerdätscht sehen Frisuren von sich auf ihre Geliebten verlassenden Frauen oft aus! Die Hosen eines Lebenspartners sind meist verfleckt und ausgebeult, während ein alleinstehender Junggeselle fast immer gut rasiert und blank in den Tag geht. Das macht die Gewißheit der Liierten, nicht mehr gefallen zu müssen, da sie ja schon einmal gefallen haben und sich diejenigen, denen sie gefallen haben, daran werden erinnern können. Dazu ihre panische Angst davor, ein weiteres Mal zu gefallen und in die Abgründe einer neuen Leidenschaft gerissen zu werden. Oft vergißt man, zurückgehalten von der Furcht zu gefallen, liebenswürdig zu sein.

Diese seine Mutter darstellende Greisin, die ihr Leben lang ungeschickt, uncharmant, ungepflegt war, die sich unschön bewegte, die aus Unsicherheit herrisch auftrat, zu laut sprach, jeden verletzte, dem sie begegnete, sich von morgens bis abends gegen jeden und alles wehrte, keine Hilfe akzeptierte, zunehmend vereinsamte, blindwütig ihren Sohn hinter sich her durchs Leben in die Irre führend, ihm einfältige Regeln einbleuend – nicht zu stehlen, nicht zu lügen, sich nicht gegen die Obrigkeit aufzubäumen, sich regelmäßig zu waschen, nicht zu prassen, mit wenig auszukommen, keine Forderungen zu stellen, möglichst niemanden zu behelligen, morgens früh aufzustehen, abends früh ins Bett zu gehen –, einfachste Grundregeln, über die sie nicht hinauszudenken vermochte – Respektspersonen möglichst zu meiden, um nicht zu zerbrechen am Gehorsam, sich fernzuhalten von allem, weil man überall nur immer auflaufen und untergehen konnte usw. Sie kochte billiges Zeug, kleidete sich billig, ging zu billigen Ärzten, kaufte billige Schuhe, so daß ihr Körper heute zerschlissen ist von diesem auszehrenden Leben. Sie mag keine Schuhe mehr tragen, nicht, weil es keine passenden für sie geben würde, sondern weil sie zu dumm war, sich passende für sich vorstellen zu können; ihre Füße sind in falschen Schuhen über die Jahre verkrüppelt. Sie hat keine Zähne mehr, nicht, weil sie ihr ausgefallen wären, sondern weil ein billiger Zahnarzt sie ihr eines Tages gezogen hatte mit der Behauptung, ein Gebiß sei besser für sie. Nichtskönner, der er war, verstand er nicht, das Gebiß passend herzustellen. Sie vertrug die falsche Prothese nicht, war aber zu dumm, an ihr zu zweifeln und eine andere zu fordern, sondern lebt seither ohne Zähne. Ihre Haare läßt sie millimeterkurz schneiden, um möglichst selten zum Friseur gehen zu müssen. Sie geht nur hin, wenn ihr bereits die Fransen in die Augen hängen, nicht, weil sie uneitel wäre, sondern weil sie zu dumm ist, sich eine Frisur für sich vorstellen zu können. Sie bellt den Friseur an, er behandelt sie entsprechend schlecht, sie schweigt wütend, läßt sich, da sie nicht mehr gehen kann auf ihren kaputten Füßen, in ein Taxi setzen, flucht darüber, daß das Taxi zu niedrig sei, daß der Fahrer zu weit links fahre oder zu weit rechts, sie beschimpft ihn, weil sie sich angewöhnt hat, sich auf diese Weise einen Rest an Raum zu bewahren, zu dumm zu realisieren, daß ihre Kraft im Alter schwinden und sie mit ihrem Widerstand bald gar nichts mehr erreichen, nur alles immer noch schlimmer machen würde, daß sie sich darum eher fügen als sich gegen alles sperren sollte, um wenigstens weniger leiden zu müssen. Sie krallt sich schmerzhaft in den Arm dessen, der sie über den Plattenweg zu ihrer Wohnungstür führt, packt dort ihre beiden Stöcke, wankt an ihnen zum Stuhl neben dem Fenster, auf dem sie tagaus, tagein sitzt, schimpft über den Friseur, den Taxifahrer, sagt, am liebsten möchte sie sterben, wartet auf den Tod, ißt eine Banane, ein Joghurt, wartet – und liebt ihren Sohn. Ja, das ist schwer zu erklären: Diese Greisin liebt ihren Sohn. Er könnte der schlimmste Verbrecher sein, ein Betrüger, ein Zuhälter, sie liebt ihn, weil sie ihn geboren hat. Er kann sie grob behandeln oder gut, sie liebt ihn ohne Für und Wider. Er könnte sie vor ihren Augen bestehlen, sie würde den Diebstahl aus ihrem Gedächtnis tilgen und ihn weiterlieben, weil sie ihn lieben will, so gut sie lieben kann – sie beleidigt aus Versehen auch ihn, selbstverständlich, ist ihm gegenüber grob und undankbar, aber sie liebt ihn mit einer Unbedingtheit, mit einer fast hündischen

Treue. Sie sitzt schief da mit ihrem eingefallenen Mund mit den gefältelten Lippen –, die falsche, viel zu schwere, verschmierte große Brille auf der Knorpelspitze der abgemagerten Nase, die ungepflegten dünnen Haare, die abstehen, der runzlige Hals –, und sie schaut ihn mit einem Urvertrauen an, so daß er einfach nicht schlecht zu ihr sein kann. Sie ist so einfältig, daß sie seine Grobheit gar nicht bemerken würde, also ist er gut.

Wie zerschlissen sie ist! Sie hat sich ihr ganzes Leben lang dermaßen idiotisch verhalten, daß ihr Skelett von oben bis unten verschoben, verzogen, verbogen ist. Ein billiger Orthopäde hat ihr eingeredet, ihr eines Bein sei kürzer als das andere, also trägt sie auf der einen Seite einen zwei Zentimeter höheren Absatz und geht wie eine Irrsinnige. Ein billiger Arzt hat ihr eingeredet, Sonne sei schlecht für ihre Gesundheit, also sitzt sie jahraus, jahrein im Schatten, wo ihre Knochen mangels Licht zu bröckeln begannen. Sie ißt minderwertige Kost, vorgekocht, abgepackt, Hühnerfleischbrühen für siebzig Cent, Auszugsmehl, Dinge, in denen keinerlei Nährstoffe enthalten sind. Ihr Körper ist ausgeweidet von Dummheit.

Mit welcher Wut ihr Sohn sie manchmal anstarrt! Er bemüht sich um ein Lächeln, das aber regelmäßig zerbricht auf seinem Gesicht. Und doch liefert sie sich ihm aus, ganz; sie liebt ihn, wobei sie nicht weiß, was Lieben ist, sie kann nicht unterscheiden, auswählen, er ist ihr vom Schicksal zugeteilt worden, also ist er es, den sie liebt. Sie würde ihm alles schenken, wenn sie wüßte, was Schenken ist, und wenn sie etwas zu verschenken hätte. Doch sie besitzt nichts; sie ist wie ein Stück Holz, sie riecht nach Holz, nach Staub, und sie schaut ihn mit dem unbedingten Vertrauen an, weil sie zu beschränkt ist, ihm zu mißtrauen.

Maurice hört draußen leise die S-Bahnen vorbeifahren. Er steht auf, registriert, während er sich anzieht, dumpfe, rhythmische Baßtöne, überlegt, wo die wohl herkommen könnten, frühstückt, denkt nach über sich und die Frau, die ihm seit einigen Tagen wieder gegenübersitzt, mit der er zusammenlebt, darüber, wie es ihnen beiden von Tag zu Tag schwerer fällt, andere Menschen zu ertragen. Sie sitzen zu Hause, schweigen, schauen einander an, rasch wieder weg, schuldbewußt, ohne zu wissen, wessen sie sich schuldig gemacht haben, stehen auf, räumen Dinge von da nach dort, lesen Broschüren, welche die Frau, mit der er zusammenlebt, mitbringt aus Geschäften, wo solche Broschüren zum Mitnehmen neben den Kassen ausliegen. In den Broschüren entdecken sie interessante Hinweise das bessere Leben betreffend, zum Beispiel: Der Gesundheit zuliebe soll man täglich singen – wenn Maurice allein ist, versucht er also, sich an ein Lied zu erinnern, und summt mit ungeschickter Stimme Anfänge; es hilft nichts, er hört jeweils sogleich wieder damit auf –, und nach Wochen, manchmal nach Monaten, sagt er, wenn in der Zeitung gerade wieder einmal von einem vereinsamten Friseurmeister die Rede ist, der mumifiziert vor dem Kleiderschrank in seiner Wohnung aufgefunden worden ist, oder von einem klapprigen, arbeitslosen Fernfahrer, der seine bettlägerige Frau hat verhungern lassen, während er von morgens bis abends neben ihr auf der Couch vor dem laufenden Fernsehgerät saß – die Frau wog noch neunundzwanzig Kilo und lag in ihren Exkrementen, als man ihre Leiche fand, der klapprige Mann weinte –, dann sagt Maurice zu der Frau, mit der er zusammenlebt, wir sollten wieder einmal jemanden besuchen gehen, laß uns soziale Kontakte pflegen, es ist nicht gut, daß der Mensch allein sei, und die Frau, mit der er zusammenlebt, die die Rolle seiner Geliebten übernommen hat, sagt, von mir aus, wenn's denn sein muß. Dann machen sie sich auf den Weg, kaufen Blumen, klingeln bei einem Bekannten – es gibt nicht mehr viele Klingeln in der Stadt, die ihnen bekannt vorkommen –, sagen guten Tag, treten ein in die fremde Wohnung, setzen sich steif hin, klammern sich vorsichtig an ein Lächeln, an das sie sich von früher glauben erinnern zu können, ein veraltetes, aus der Mode gekommenes Lächeln, das sie mangels besseren Ersatzes maskenhaft und viel zu lang in den Ösen und Haken ihres Gesichts hängen lassen, erzählen Geschichten, die vor über einem Jahr spielten und ihnen abgestanden vorkommen, machen einen Witz, den sie längst nicht mehr ertragen, fahren sich über den Mund, jeder sich über den seinen, wenn etwas Negatives herauswill, bemühen sich, aufmunternd zu sein, die Rückenmuskeln sind angespannt, im Kopf sirrt es, ihre Mütter kommen ihnen in den Sinn, die Mütter, die in ihren eigenen Exkrementen liegen, die ihre Wohnungen nicht mehr verlassen, die nicht mehr schlafen können, die sich Sorgen machen um ihre Kinder, welche ihnen umgekehrt Haltestangen angebracht haben im Bad, im Klo, im Flur, in der Küche, überall, welche Rädchen an Tische und Stühle montiert und Fernbedienungen für alle nur vorstellbaren elektrischen Geräte besorgt haben, und sie fixieren weiterhin ihr altbackenes Lächeln im Gesicht, versuchen nun den Bekannten zuzuhören – was sie erfahren, ist ihnen fremd, Geschichten von Kindern, von Erfolgen, von Freunden, Verwandten, Familien, Geschwistern, Haustieren, Krankheiten, Sorgen, ja auch die Besuchten haben Sorgen, was für Sorgen, das sind doch keine Sorgen, Maurice und die Frau neben ihm, mit der er zusammenlebt, die seine Freundin zu sein scheint, begreifen nicht, was man ihnen erzählt, sie versuchen, den Sätzen zu folgen, werden dabei aber fortwährend abgelenkt vom Gedanken an den Eindruck, den sie wohl beim Zuhören erwecken, an ihre ganz und gar leergelaufene Erscheinung, was sollen sie bloß aus ihrem Leben berichten, was haben sie erfahren, was können sie bieten, alles, was sie früher vertreten konnten, ist in der Erinnerung verblaßt, das einzige, was Maurice heute noch vertreten kann, ist die Erkenntnis, daß Glücklichsein einfach ist, wenn da nur nicht all das Freundlichsein, das Komplimentemachen, das würgende Lächeln, die Krötenkür wären, und dann ist alles gesagt, kein weiterer Satz will heraus, der Nieselregen aus Wörtern versiegt, die Schleusen sind dicht, der Kopf ist leer, alle schauen ertrinkend, die Augen treten aus ihren Höhlen, man erhebt sich, greift nach seinem Schirm und geht in die Nacht, vorneweg Maurice, seine Freundin hinterher, dann suchen sie ein Restaurant auf und essen und trinken. Er versinkt mit ihr zusammen zunehmend in der Überzeugung, soziale Kontakte seien eine Zumutung.

Dann realisiert er wieder die dumpfen, rhythmischen Baßtöne, fragt die Frau, die ihm gegenübersitzt, ob sie sie auch höre, nimmt sich vor, bevor er ins Büro fährt, unten an der Wohnungstür zu klingeln und zu fragen, ob die Musik möglicherweise von dort komme, zieht sein Jackett an, erinnert sich daran, daß er heute früh ein Buch bestellen wollte, geht zum Telefon, verwählt sich, bekommt seine Mutter an den Apparat, die Mutter, die auf ihrem Stuhl am Fenster sitzt und auf die gegenüberliegende Wanduhr schaut, er wird rot und wütend über ihre verlorene, einsam klingende Stimme, dabei ist nicht sie es, die schuld ist an diesem Anruf, sondern er, der sich verwählt hat und nun mit ihr sprechen und ihre Einsamkeit hören muß, dann verläßt er seine Wohnung und klingelt unten.

Eine junge Frau beugt sich aus der Tür. Sie hat nasse Haare und nur ein Badetuch umgeschlungen. Er entschuldigt sich vielmals, hört aus dem Zimmerhintergrund leisen Jazz, der nichts mit den wummernden Bässen zu tun hat, die bei ihm oben aus den Wänden dröhnten – er hätte die feuchte Frau anfassen mögen wie im Film, aber das tut man ja dann doch nie –, er sagt Entschuldibumm, warum Entschuldibumm? er weiß es nicht, es rutschte ihm so heraus, vielleicht hielt er es für die der Situation angemessene Floskel, er verabschiedet sich, eilt die Treppe hinunter.

Er steigt aufs Rad, fährt durch den Stadtpark, sein Rad ist siebzehn Jahre alt, er hat es bei einem Trödler gekauft, es ist ein Unfallrad, der Rahmen ist verzogen, aber es hält. Es zwitschert, knackt und scheppert. Als Knabe hatte er sich zum Ziel gesetzt, sich stets und überall lautlos zu bewegen. Schuhe durften weder knarren noch quietschen, der Roller durfte keinen Laut von sich geben, das Fahrrad keinen – wohl eine kindliche Übersetzung von idealisiertem Indianertum. Bis heute findet er Fahrräder, Schuhe und Kleider, die Geräusche verursachen, unzumutbar, fährt aber auf einem Rad, das vom Sattel bis zur Pedale fürchterlich ächzt und knarrt. So verrät man seine Ideale. Er hat wenige.

Ein Mensch verbraucht in seinem Leben höchstens drei Räder, überlegt er und denkt darüber nach, während er durch den Stadtpark fährt. Dort sieht er Enten auf einem Teich. Sie haben sich in der Mitte zusammengefunden und lassen sich auf dem Wasser treiben. Die Ränder des Teichs sind zugefroren. Er freut sich am Anblick der Enten. Er realisiert, daß er, je älter er wird, desto mehr Freude hat an Tieren und Pflanzen. Früher bemerkte er sie kaum. Heute ist es für ihn ein Vergnügen, einem Hund zu begegnen, einer Ratte, die nachts vor seinem Fahrrad über den Weg rennt im Scheinwerferkegel der Lampe, oder einem Raben, der sich, wenn Maurice auf dem Fahrrad näher kommt, von dampfenden Pferdeäpfeln, die da liegen, hüpfend entfernt. Die berittene Berliner Polizei soll demnächst abgeschafft werden, hat er gelesen.

Es freut ihn, kahle Äste zu sehen, die sich im Wind schütteln. Er hat den Eindruck, seine Freude hänge damit zusammen, daß ihn solche Anblicke dazu ermutigten, nicht zu verzagen. Früher holte er die Kraft dazu aus sich selbst. Er war zuversichtlich von innen heraus. Er dachte, irgendwie wird es schon werden; der Tag wird schon noch kommen. Doch die Tage sind vergangen, und gekommen ist keiner. Mit den Jahren wurde es immer einsamer um ihn her. Die meisten fangen deswegen früher oder später damit an, die Dinge selbst in die Hand zu nehmen und sich selbst darum zu kümmern, wie es wird. Kaum einer baut als Erwachsener gar noch darauf, daß ER ihn doch nähre. Nur Tiere und Pflanzen strahlen diese Zuversicht aus und machen Mut, es ebenfalls zu wagen. Wenn Maurice heute einem Spatzen zusieht, wird er ruhig. Sieht er heute eine Ente, wird ihm leicht ums Herz. Sieht er heute Gras, fühlt er sich getröstet. Als Kind ärgerte er sich über die Natur. Er fand sie langweilig. Leute, die sich für Pflanzen interessierten, verachtete er. Leute mit Haustieren kamen ihm gefangen vor, angebunden. Heute möchte er eine Katze haben, einen Hund, einen Esel, Kartoffeln, einen Apfelbaum. Äpfel mochte er als Kind nicht. Heute würde er gern welche von seinem eigenen Baum pflücken und essen.

Maurice ist also durch den Stadtpark zur Arbeit gefahren mit dem Vorsatz, endlich die Cellistin in seinem Leben auftreten zu lassen, eine zarte, blasse Russin. Im Büro mußte er sich jedoch eingestehen, daß er das Cello seit Monaten nicht mehr gehört hatte – ohne es übrigens vermißt zu haben.

Der Stadtteil, in dem das Büro liegt, ist ein so armseliger, daß jeder, der hier aufwächst, nur den einen Traum hegt: irgendwann einmal von hier fortzukommen. Es gibt so Flecken auf der Welt. Ich weiß nicht, was sie dazu macht. Die Luft in diesem Teil der Stadt ist die gleiche wie an ihrem anderen Ende, die Pflanzen sind die gleichen, das Wetter ist das gleiche. Die Sonne scheint hier wie dort, der Nebel steigt hier wie dort. Und doch steht es für jeden außer Frage, daß man von hier nur weg, und dort nur hin wollen kann. Alle, die Maurice hier kennengelernt hatte, sind irgendwann weggezogen. Wer an ihrer Stelle neu kam, den mochte er gar nicht mehr erst kennenlernen – er wird seine Zelte eines Tages abgebrochen haben oder abbrechen wie alle anderen vor ihm auch. Die Cafékonditorei hat den Namen zum fünften Mal gewechselt, seit er hier ist. Momentan handelt es sich wieder einmal um einen Mann, der versucht, mit ihr wirtschaftlich auf die Beine zu kommen. Er läßt seine Kuchen von einem Betrieb backen, der sich aus Kostengründen außerhalb der Stadt angesiedelt hat. In der ersten Woche testete der Pächter seine Kundschaft und versuchte verschiedene Angebote aus. Ein Kuchen kostete mehr als die anderen und schmeckte vorzüglich. Maurice war jedoch der einzige, der jeden Tag ein Stück davon kaufte. Nach zwölf Tagen war der Kuchen aufgegessen, die letzten Stücke schmeckten überfällig. Danach gab es diesen Kuchen nie mehr. Was angeboten wird, ist inzwischen vor allem preiswert, groß und süß. Der Pächter macht bereits einen etwas quarkigen Eindruck, die Haare stehen ihm vom Kopf ab, als hätte er unordentliche Gedanken, seine Brille ist ungeputzt und trüb, bald wird wieder das »Zu vermieten«-Schild im Schaufenster hängen. Es ist hier wie am Meeresstrand: Die Menschen schwappen heran und versickern im Sand, neue schwappen heran, versickern, schwappen heran, versickern – wer es nicht schafft, rechtzeitig wegzuziehen, versickert und verendet hier.

Carola aus »Carola's Schreib- und Bastelboutique« hat es geschafft. Sie war jung und verließ den Bezirk, solange sie noch bei Kräften war. Eine ältere Frau übernahm ihren Laden. Am

Anfang sah sie mütterlich aus und gefaßt. Heute wirkt sie zerstört. Der Alkohol hat sie zerfressen. Im Laden riecht es disparat. Unordnung breitet sich aus. Oft fehlt das Allereinfachste – Briefumschläge, Schreibpapier, Leim –, weil sie vergißt nachzubestellen. Jeden zweiten Tag bleibt sie zu Hause im Bett liegen und schickt als Ersatz ihren arbeitslosen Mann. Der hat ein graues Gesicht. Er trinkt mehr als sie. Seine Hände zittern, oft schlottern sie. Wenn er da ist, riecht es strenger, als wenn sie da ist. Beide rauchen.

Der Laden ist klein. Hinten führt ein dunkler Flur zu einem Klo. Am Anfang des Flurs, hinter einem Vorhang aus Plastikschnüren, setzt sich der Mann auf einen niedrigen Hocker. Neben sich hat er einen zweiten Hocker, auf dem ein winziges, batteriebetriebenes Kofferradio und eine brennende Kerze stehen. Da sitzt er dann, raucht, trinkt, starrt zwischen den Schnüren hindurch nach vorne in den dunklen Laden und hört leise Sportnachrichten. Das Licht ist aus, der Strom ist gesperrt.

Wenn man den Laden betritt, läutet eine mechanische Glocke an der Tür. Die Luft steht. Maurice möchte jeweils am liebsten rückwärts wieder hinaus. Aber er wartet. Alles ist still. Nachdem die Glocke verklungen ist, kristallisiert sich das leise knisternde Geräusch aus dem Hintergrund, das laufende Radio, und Maurice weiß, heute ist der Mann da. Vielleicht döst er gerade oder hängt in einer halben Ohnmacht. Maurice steht in der Stille, irgendwann rascheln die Plastikfäden, der Mann kommt mit kleinen, vorsichtigen Schritten nach vorne – Wassertreten nennt man diese Art zu gehen –, schaut Maurice feindselig an, fragt, was es sein soll, abwehrbereit, weil er davon ausgeht, das Verlangte nicht vorrätig zu haben, es jedenfalls nicht zu finden. Meistens weiß Maurice, wo die Dinge liegen, die er braucht, Klebstreifen, Kuverts, Kleinigkeiten aus dem Kindergeburtstagsüberraschungskorb. Er geht hin und holt sich das Gewünschte. Der Mann schaut ihm dabei argwöhnisch zu. Er glaubt, Maurice wolle ihn bestehlen. Wenn nicht da ist, was Maurice haben möchte, beschuldigt der Mann seine Frau, die nicht nachbestellt habe. Bald wird der Laden dichtmachen. Er heißt immer noch nach der Vorbesitzerin, etwas verkürzt: »Carola's Schreib-Shop«.

Und so wird auch die Cellistin weggezogen sein, fürchtet Maurice. Alle gehen fort. Keiner mag diesen Stadtteil. Keiner sieht irgendwelche Reize in ihm. Jeder, der hier wohnt, verhöhnt ihn. Jeder spuckt auf dessen Boden. Auch Maurice verleumdet ihn. Er arbeitet bloß hier, weil er sich eine bessere Adresse nicht leisten kann und weil sich hier Kundschaft für seine Art von Geschäft findet. Er ist sozusagen hängengeblieben und mitgefangen in dieser Gesellschaft, die sich um eine bessere Zukunft höchstens bewirbt, um auszuscheiden. Dabei ist der Bezirk in Ordnung. Seine Erde bebt nicht, das Trinkwasser ist sauber, der Strom und das Gas fließen zuverlässig, die öffentlichen Bahnen und Busse fahren wie anderswo. Aber alle wollen weg. Es gibt so verfluchte Orte. Das Cello wird wohl fort sein, und Maurice wird in Zukunft wohl wieder in prosaischer Stille sitzen. Ein anderes Geräusch, auf das er sich konzentrieren könnte, mag er nicht suchen. Er fand es schön, ein echtes, großes Cello in seiner nächsten Nähe zu haben. Wo er wohnt, in der satten Mitte der Stadt, ist ein Pianist in seiner Nachbarschaft eingezogen, parterre. Wenn Maurice auf seinem Fahrrad losfährt, sieht er ihn manchmal durch das geöffnete Fenster vor einem schwarzen Flügel sitzen und üben. Eine getigerte Katze liegt im Fenster hinter einem Fliegengitter und hört ihm zu. Überall leben Musiker, nur aus dem Nordosten der Stadt ziehen sie weg. Schade.

»Carola's Schreib-Shop« ist geschlossen und leergeräumt.

Im Fenster hängt ein Schild: »Zu vermieten, ab sofort frei«. Auf einem Regal liegt ein heruntergefallener roter Plastikstreifen mit dem Wort Räumungsverkauf. Der Pächter in der Konditorei bietet neuerdings Tagesgerichte an, heute: Aal in Aspik mit Kartoffeln.

An Hamid:

»...Wie schön es ist, eines Verkehrsdelikts überführt und von einem Polizisten angehalten zu werden! Meistens sind sie herrlich fest im Fleisch, die Polizisten, sauber gewaschen und gesund. Die Haare tragen sie kurzgeschoren. Am liebsten würde ich manchmal ihre nackten, braunen Arme mit den blonden Härchen drauf tätscheln wie den heißen Hals einer trächtigen Sau. Oft haben sie Sommersprossen, und immer üben sie auf mich eine beruhigende Wirkung aus. Wie man dies erreicht, lernen sie auf Fortbildungskursen. Sie sprechen mit gesenkter Stimme, langsam und wenig. Manchmal lächeln sie. Ihre Sätze strahlen die Einfachheit richtiger Lösungen aus, gefüllt mit dem Marzipan eindeutiger Wörter aus Verordnungen. Polizistenschenkel sind prall, Polizistenhälse kräftig, die kurzärmligen Uniformhemden sind gestärkt, ihre Nähte knacken. Polizisten führen glänzende Apparate und Instrumente mit sich, Dinge, die ich gern anfassen möchte, Stöcke, Pistolen, Sonnenbrillen, Kugelschreiber, Nachschlagewerke, Formularhefte, Funkgeräte, Stablampen, Leuchtkellen, Megaphone. Wenn ich auf dem Rad unterwegs bin, lasse ich mich gern von einem solchen Ordnungshüter anhalten, ermahnen und mir einen Strafzettel aushändigen. Am Anfang schießt jeweils ein heißer Schrecken in mich, ich erröte, der Reflex zu fliehen durchzuckt mich, doch rasch ergebe ich mich in mein Schicksal, es überkommt mich eine süße Lähmung, als hätte mich jemand aus der Ferne narkotisiert, die Anspannung läßt nach, ich überantworte mich den Händen der Macht. Es wimmelt hier in letzter Zeit von Straßenpolizisten. Wie eine biblische Plage sind sie über die Stadt gekommen, eine erlösende Plage, welche die Widerstände von uns Bürgern bricht, eine Plage, welche uns Einwohner gefügig macht, uns ausrichtet und leichter aneinander vorbeifließen läßt, eine Art Gleitmittel. Polizisten sprechen aus, was man darf. Was sie nicht erwähnen, vermeidet man besser zu tun, da es verboten sein könnte. Das Leben in erlaubten Bahnen verläuft angenehm unbeschwert. Wem es allzu leichtfällt, wer droht abzuheben, der wird von den warmen Händen eines Polizisten zurückgehalten und mit Mahnungen rettend beschwert. Hätte ich genügend Geld, würde ich mich jeden Tag mindestens einmal anhalten und mir einen Bußzettel aushändigen lassen, um die erhebende Gewißheit allumfassender Gerechtigkeit täglich neu zu empfinden. Polizisten sind nicht listig, nicht parteiisch, nicht voreingenommen. Sie sagen zu jedem das gleiche. Ihre Regeln gelten für alle. Ihre Wörter treffen den Kern der Sachen. Alles wird in ihrer Umgebung für kurze Zeit begreifbar und von klarster Einfachheit erhellt, ihre Rede ist ja, ja, nein, nein, die Welt gehorcht für einen Moment einer höheren Ordnung. Dann steigt der Polizist in seinen grünweißen VW-Bus und fährt langsam davon. Die Welt hält sich noch einen Augenblick im Lot, die Bäume rauschen, die Straße liegt ruhig da, der Himmel hängt fest, ich fahre ein paar Schritte schnurgerade vor mich hin und finde das Leben durchsichtig und verstehbar – doch bald fängt es wieder an zu schwanken, zu bröckeln, und alles verwirrt sich ...«

Er erwägt, einen Ersatzmusiker einspringen zu lassen. Einen, den er von früher kennt und also glaubwürdig ausmalen könnte. Einen schönen, hellblonden Jüngling, der schon früh im Sommer jeweils am ganzen Körper von einer goldbraunen, knusprigen Haut überzogen war. Maurice sah ihn manchmal nackt am Ufer des Halensees sonnenbaden. Im Nachtclub dann, abends, wo er eine Chansonsängerin auf dem Cello begleitete, sah er aus wie ihr Schüler. Seine Augen glänzten. Er lachte viel, meistens aus Verlegenheit. Vielleicht war er dumm, jedenfalls war er immer arglos, treuherzig und freundlich, als sei er zumindest recht einfältig. Wenn Maurice an ihn denkt, geht es ihm sogleich besser. Wäre es dieser Jüngling, der jenseits seiner Wand lebte und übte, würden Maurice schöne Zeiten bevorstehen. Aber der Jüngling ist geborener Berliner; er kennt die Stadt; er würde nie in deren Nordosten ziehen, wo man, wie er weiß, nur Schiffbruch erleiden kann. Das Cello schweigt. Entweder hat es sich umgebracht, oder es ist gestorben, oder es ist weggezogen. Letzteres wird der Fall sein. Die Art, wie es gespielt worden war, klang aufstrebend, kommend, südwestlich. Es sickerte keine Resignation, kein Zweifel, kein Nachgeben durch. Es war kein Klang für Berlins Nordosten.

An Hamid:

»... Heute folgte ich einem jungen, sportlichen Radfahrer, der mich kurz vor dem Stadtpark überholt hatte. Dort gilt es, eine breite Straßenkreuzung mit mehreren Fahrbahnen zu überqueren. Kenner wie ich fahren sie langsam an, um trotz des großen Verkehrs nie mit dem Fuß den Boden berühren oder gar vom Rad steigen zu müssen, sondern vorsichtig fließend von einer Spur zur nächsten gleiten und wohlbehalten auf die andere Seite gelangen zu können. Der junge Radfahrer, der einen Anzug trug und ein Aktenköfferchen auf dem Gepäckträger mitführte, schaffte sie in einem kühnen, draufgängerischen Tempo und wies sich dadurch als besonders sicherer Routinier aus. Ich heftete mich ihm im Park ans Hinterrad.

Zuerst führt der Weg dort über eine kleine Fußgängerbrücke, unter welcher der Ausläufer einer übelriechenden, sich lang hinziehenden Pfütze, die hier Teich genannt wird, grün schimmert und auf welcher in der Regel eine Joggerin seilhüpft. Die Joggerin tut das seit Jahren. Früher war ihr Körper statuenschön, ebenmäßig. Inzwischen sieht er eher drahtig aus und gemahnt vor allem an die Tugend des Durchhaltens. Der junge Radfahrer folgte dem Hauptweg, den auch ich immer einschlage. An der ersten Abzweigung bog er jedoch links ab. Ich überlegte kurz, wo dieser Nebenweg hinführe, erinnerte mich dann daran, daß er ein paar hundert Meter weiter in den Hauptweg zurückmündet, also folgte ich. Der Nebenweg war romantisch, verwachsen, ziemlich schmal. Er führte direkt am Ufer des grün schimmernden Tümpels entlang. Die Entscheidung des jungen Radfahrers, hier durchzufahren, fand ich sympathisch eigenwillig. Hintereinander bogen wir wieder in den Hauptweg ein, den der junge Mann nach ein paar Metern erneut verließ, zugunsten eines diesmal rechts abzweigenden Nebenwegs, den ich von früher kenne. Er ist zwar romantischer als der Hauptweg, dafür aber mindestens fünfzig Meter länger als dieser. Ich fuhr darum meine gewohnte Strecke und begegnete dem jungen Mann erst am andern Ende des Parks wieder, wo die beiden Wege zusammentreffen. Ich befand mich jetzt auf gleicher Höhe mit ihm, da meine Strecke etwas kürzer gewesen war als seine. Voller Wohlwollen ließ ich ihm den Vortritt und fuhr erneut hinter ihm her. Doch kaum waren wir auf die Straße eingebogen, als er schon wieder einen romantischeren Weg einschlug, den am Kanzleramt vorbei, auf dem es mindestens vier Bordsteinkanten zu überwinden gilt, weswegen ich den Weg grundsätzlich meide und den längeren vor dem Reichstag nehme, was ich auch diesmal tat, inzwischen froh gestimmt: Was für ein Vergnügen, einen jungen Geschäftsmann kennenzulernen, der sich seinen Arbeitsweg romantisch gestaltet, und zwar mit demselben Pragmatismus, mit dem ich den meinen funktionalisiert habe. Beim jahrelangen Austesten der optimalen Strecke ging es mir darum, möglichst wenig Unebenheiten, Kurven (im Herbst wegen des nassen Laubs, im Winter wegen des Schnees) und die kürzeste Distanz miteinander zu verbinden. Dem jungen Geschäftsmann hingegen ging es offenbar um Schönheit und Abenteuer, die er sich, ganz für sich allein, jeden Morgen und jeden Abend auf seinem Arbeitsweg bescherte. Was für ein anziehender Mann! Ich hatte Lust, ihn an der Entlastungsstraße, wo wir wieder aufeinandertrafen, anzusprechen – beide mußten wir vor einer Ampel warten –, doch läuft seit einiger Zeit meine Nase, wenn ich mich körperlich betätige. Aus Rationalität mag ich sie nicht putzen, solange ich unterwegs bin – sie würde sowieso gleich wieder anfangen zu laufen. Ich putze sie deswegen immer erst am Ziel. Da ich mir mit Rotz auf der Oberlippe jedoch unzumutbar vorkomme, fahre ich möglichst schnell und vermeide es, wo immer möglich – an Ampeln oder Kreuzungen –, anzuhalten und mich angaffen zu lassen. Natürlich hätte ich in diesem Fall eine Ausnahme machen und mir die Nase putzen können, als ich schräg hinter dem jungen Romantiker vor der Ampel stand. Doch Routine ist stärker als jede kurze, spontane Anwandlung. Wer kann schon ausbrechen aus seinem Trott. Gewohnheiten sind etwas sehr Kräftiges. Ihretwegen habe ich ja auch den Cellisten hinter der Wand längst als ein Rätsel hingenommen, das nicht zu lösen ist: Ich sitze an meinem Tisch, höre die Töne – wie man Ratten oder Siebenschläfer hört, die nachts hinter der Täfelung hin und her oder über den Dachboden trippeln, Dinge von da nach dort schieben, rascheln, rennen, fiepen, übereinanderkullern – man gewöhnt sich daran, sie nie zu Gesicht zu bekommen.

Es wurde grün, der junge Mann fuhr geradeaus weiter, ich bog nach rechts ab.

Jetzt sitze ich wieder an meinem Tisch und überfliege sämtliche hundertmal gedachten Möglichkeiten, wo sich der Raum mit dem Cello befinden könnte. Ich komme immer zu denselben Schlüssen. Früher ging ich nach solchen Überlegungen noch dann und wann hinaus auf die Straße, um nachzusehen, ob nicht vielleicht doch zutreffen könnte, was ich mir zurechtgelegt hatte (die letzte Theorie, die ich überprüft hatte, war die, das Cello in einem Keller aufzustöbern, da sich Musikübungsräume oft in Kellern befinden; ich verschaffte mir im Haus an der rückwärtigen Brandmauer Zugang zum Keller – doch auch da wurde ich nicht fündig). So sitze ich an meinem Tisch, höre das Cello oder höre es nicht, streife in Gedanken kurz die mir bekannten Erklärungsmöglichkeiten für dessen Verbleib, weiß, daß keine von ihnen zutrifft, und vergesse die Angelegenheit wieder. Aus Gewohnheit. Ich sollte mich zusammenreißen und endlich eine entschiedene Anstrengung machen, den Musiker ausfindig zu machen, ich weiß ...«

Weihnacht *die;* –; **Weihnachten** *das;* –; – (Weihnachtsfest). Maurice macht seit Jahren keine Geschenke mehr zu diesem Anlaß. Wann genau er damit aufgehört hat, kann er nicht sagen. Es hat sich langsam eingeschlichen, von schlechtem Gewissen begleitet. Einzig den Besuch bei der Greisin, welche in diesem Buch die Rolle seiner Mutter spielt, hat er beibehalten. Sie wohnt inzwischen in einem Altenheim für Frauen, wo am vierundzwanzigsten Dezember diejenigen, die keine Angehörigen mehr haben, und diejenigen, die keiner abholen kommt, nachmittags in den Aufenthaltsraum geschoben werden, um miteinander aufs Abendessen zu warten. Vom CD-Spieler singt ein Knabe mit holländischem Akzent deutsche

Weihnachtslieder. Maurice kennt die Stimme aus seiner Jugend. Dann und wann summt eine der Greisinnen mit, eine Zeile, ein paar Wörter, mit leisem, schütterem Stimmchen. Auch Maurice singt mit, wenn er das Lied kennt. Er sitzt an der Seite der alten Frau, die seine Mutter zu sein scheint. Sie verbringt ihre Tage schweigend im Rollstuhl und wackelt mit dem Kopf. Ob sie sich daran erinnern kann, wer er ist, läßt sich nicht feststellen. Sie schaut seit längerem nur noch unter sich und zupft mit der linken Hand eingebildete Fussel von ihrer Trainingshose. Aufgewachsen ist sie in einer Vorstadt, am falschen Ufer eines Sees, und das ist sie ihr Leben lang geblieben: ein Vorstadtmädchen vom falschen Ufer. Im Sommer schwamm sie als Kind quer über den See auf die richtige Seite zu einem städtischen Ausflugslokal, wo sie die Gäste mit blauen Lippen um ein Stück Kuchen bat, welches sie auf dem Steg schlotternd verschlang, bevor sie zurück ins Wasser sprang. Das waren die Höhepunkte in ihrem Leben; keine großartigen Feuerwerke, zugegeben, eher flackernde Teelichter; dann kam die Pflicht. Ein Büroangestellter aus der Stadt forderte das magere Mädchen mit den grauen Augen am Nationalfeiertag zum Tanz auf und sagte ihr, er brauche eine Ehefrau. Abends im Bett dachte sie noch ein paar Wochen lang an den Sohn des Vorstadtbäckers, der versucht hatte, ihr die Zunge in den Mund zu stecken. Als Ehemann kam so einer nicht in Frage, das wußte sie, also nahm sie den Büroangestellten. »Das Leben meiner Mutter? Na ja –«, sagt Maurice, »nicht gerade aufregend. Einen großen Garten hatte sie zu bestellen, mit Obst und Gemüse. Nichts durfte verkommen darin, darauf achtete mein Vater. Er war in dieser Hinsicht wie besessen. Das ganze Jahr über galt es, Gelee, Saft, Mus und Marmelade zu machen oder Gemüse einzuwecken. Auch eine Truhe in der genossenschaftlichen Kühlhalle hatten wir gemietet, die mußte immer nachgefüllt werden. An was meine Mutter beim Kochen dachte, wenn ihr Kopf über dem heißen Dampf hing? Ich weiß es nicht. Sie war nicht geübt im Denken. Sie dachte an den Topf, denke ich, daran, daß er nicht überlief. An sich selbst bestimmt nicht, schon gar nicht an ihr Aussehen. Nicht einmal eine Lieblingsfarbe hatte sie – vielleicht Blau. Eine Frau hat dazusein für ihren Mann und für ihren Sohn. Irgendwann starb mein Vater, nachts im Bett, gerade ausgestreckt auf dem Rücken. Sie ließ ihn vom Bestatter Lehmann abholen. Ich war längst weggezogen von zu Hause, nach Berlin. Sie blieb allein zurück, ließ den Garten verkommen, legte die Hände in den Schoß und sagte, sie sei müde. Eines Tages erhob sie sich nicht mehr vom Stuhl und behauptete, sie könne nicht mehr gehen. Ich brachte sie ins Altenheim, wo sie in einem Notzimmer auf eine Pritsche gelegt wurde und ihren Namen, das Geburtsdatum, den Geburtsort, ihren Zivilstand, die Anzahl ihrer Kinder und ihrer Enkel, den Namen ihres Vaters, seinen Beruf, seinen Geburtsort, den Namen ihrer Mutter, ihren Beruf, ihren Geburtsort etc. angeben mußte. Sie wurde kreidebleich bei der Befragung und behauptete, sie könne sich nicht erinnern, ihr sei schlecht. Ich saß neben ihr mit törichtem Lächeln im Gesicht und redete ihr zu: Aber natürlich kannst du dich erinnern; ich bin dein Sohn, Maurice, du kommst aus der Vorstadt vom falschen Ufer, wo die Sonne schien wie sonst nirgends, dein Mann hieß soundso... Sie sagte ungläubig: Ja? Dann wurde es Abend, ich ließ sie allein und fuhr zurück nach Berlin. Seither ist sie im Heim.«

Maurice mag die alljährlichen Besuche zu Weihnachten. Sie geben seinem Leben Struktur und kommen ihm irgendwie sinnvoll vor. Er mag sie besonders auch deswegen, weil er, ohne daß jemand darüber murrt, hier alle halben Stunden dasselbe erzählen darf. Im Alltag fällt ihm meistens wenig zum Sagen ein, worunter er leidet. Er empfindet sich, wie bereits erwähnt, als langweilig. Hier, im Altenheim, läßt man ihn seine paar Belanglosigkeiten berichten – mehrmals hintereinander, wenn es sein muß –, ohne daß sich jemand darüber beklagt. Man nimmt, was er erzählt, immer von neuem auf, als erzählte er es zum ersten Mal und als sei es der Rede wert. Dementsprechend gnädig hört auch er, umgekehrt, die Wiederholungen der Greisinnen an, die er längst wörtlich mitsprechen könnte. Die meisten hören und sehen schlecht; sie würden nicht merken, wenn er mitspräche.

Einen Tag später, am Fünfundzwanzigsten, tauchen die entfernten Familienangehörigen der anderen auf, in knisternden, bunten Windjacken, mit geröteten Gesichtern, schwitzend, verlegen. Sie brüllen »frohe Weihnachten« in die Ohren ihrer Verwandten, um sich im gleichen Moment beschämt umzusehen mit dem Verdacht, jemand könnte sich hinter ihrem Rücken über sie lustig machen. Sie winden sich, beobachten einander verstohlen, vermeiden es, sich beim Reden eine Blöße zu geben, sagen lauter unverdächtige Belanglosigkeiten und machen sich so schnell sie können wieder auf den Weg nach Hause.

Maurice mag diese Tage. Er weiß nicht, woran es liegt, vielleicht am Wetter, an der Dämmerung, an der flachen Landschaft, am Nieselregen, an der Zersiedelung der Orte, an der Ärmlichkeit rundum: eine gewaltige Trostlosigkeit ergreift ihn und füllt ihn süß aus.

Aus einem der Zimmer waren über Jahre hinweg in regelmäßigen Abständen Schreie zu hören, durchdringend wie die eines Papageis; als läge jemand mit größten Schmerzen hinter der Tür. Unheimlich. Irgendwann gewöhnte sich Maurice an die Schreie und redete sich ein, sie zeugten eher von Wahnsinn als von Schmerzen und er könne wohl sowieso nichts ändern.

Dieses Jahr schiebt ein Pfleger die Schreierin am Vierundzwanzigsten zum ersten Mal nachmittags in einem Rollstuhl in den Aufenthaltsraum. Sie ist mucksmäuschenstill, fast andächtig, eine ausgemergelte Frau mit schlohweißem Haar und glatter, zarter Haut im Gesicht. Sie sitzt reglos in ihrem Stuhl, mit nach oben geklappten Fußstützen, so daß die dürren Beine wie Speerspitzen vor ihr in den Raum ragen. Sie starrt Maurice ohne Unterlaß an, mit dunklem Blick, samten, tief, wie eine Robbe. Aus den Lautsprechern erklingen die Lieder des holländischen Knaben, von denen Maurice besonders das eine mag, jenes, in dem Joseph über die Kälte und seine klammen Hände schimpft und Maria anfährt, nachdem die ihn in einer Strophe bittet, ihr mit dem Kind zu helfen: »Wie soll ich dir denn dein Kindlein wiegen?! Ich kann ja kaum selber die Finger biegen.« Nach dieser Strophe dreht Maurice die Musik leise. Die Greisinnen hängen mit stumpfen Blicken schief in ihren Rollstühlen. Drei schlafen. Die Schreierin starrt ihn unverändert an, in einer Art Verzückung. Aus ihrem linken Mundwinkel tropft Speichel. Leise singt aus dem Hintergrund der holländische Knabe mit glockenheller Stimme: Stille Nacht, heilige Nacht. Maurice dreht die Musik wieder lauter und singt mit: alles schläft, einsam wacht. Ein paar der Alten schrecken hoch und fallen ebenfalls in den Gesang ein. Es ist in der Zwischenzeit dunkel geworden. Eine Pflegerin kommt herein, knipst die elektrischen Kerzen an und verteilt Senfgläser, Tassen, Teller und Gabeln auf den Resopaltischen. Dann trägt sie einen Topf mit Würstchen und einen Eimer mit Kartoffelsalat auf, dazu gibt es Tee.

An Hamid:

»... Das Cello spielt seit einigen Tagen wieder regelmäßig. Wenn ich mein Büro betrete, empfangen mich bereits die leisen Töne. Gegen Mittag hören sie auf. Am späten Nachmittag erwachen sie von neuem und dringen durch die Mauer. Meine Freude an ihnen nimmt zu. Ich kann es jeweils kaum erwarten, sie zu hören. Von Tag zu Tag kommen sie mir schöner vor. Der Ernst, mit dem geübt wird, spornt mich an, ebenfalls Höheres anzustreben. Durch den Filter der Wand dringt ausschließlich die Idee des angestrebten Klangs zu mir. Jegliche Gefallsucht, Koketterie, alles Repräsentieren entfällt. Die Töne sind um ihrer selbst willen da. Jemand ringt um sie, möchte sie besonders pur herauslocken aus dem Instrument, ohne zu ahnen, daß er dabei belauscht wird. Vielleicht treibt ihm bei seinen Bemühungen die Zungenspitze zwischen den Lippen hervor, vielleicht verzieht der Musiker, die Musikerin das Gesicht zu einer abstoßenden Grimasse bei den hohen Tönen. Ich liebe Menschen, die alles um sich herum vergessen und nur an die eine Sache denken, die sie gerade tun. Ich liebe eine Kuh, die eine Kuh ist, eine Ziege, die meckert, weil sie gemolken werden will, eine Wespe, die an die Fensterscheibe donnert, weil sie aus dem Zimmer will. Mein Wunsch ist zu sagen, ich habe Hunger, wenn ich hungrig bin, ich habe Durst, wenn ich durstig bin. Was für ein herrlich klarer Mensch ich dann wäre. Vielleicht rinnen dem Musiker, der Musikerin Tränen über die Wangen, nachdem ihm, ihr eine Passage gelungen ist. Man hört durch die Mauer weder das Schleifen des Bogens auf den Saiten, noch das Schnaufen des Übenden, noch die kleinen Unreinheiten im Ton; nichts als die reine Idee. Eine erhebende Vorstellung, jemanden in seiner Nähe zu wissen, der mit Inbrunst versucht, seine Arbeit gut zu machen – ohne Verbissenheit, nicht bis zur Bewußtlosigkeit, immer nur so lange, wie er Lust dazu hat. Sobald es mechanisch wird, hört er auf. Je länger ich diesem Üben zuhöre, desto zuversichtlicher werde ich …«

Es scheint ein großer Künstler zu sein auf der anderen Seite der Mauer, einer, der an die Träume der Menschen rührt und ihre Sehnsucht nach Schönheit und Wahrheit weckt. Es ist beinahe anstößig, mit welcher Gier Maurice neuerdings lauscht; wie er Leben saugt aus diesen Tönen; ein Ohrenvampir.

Den Cellisten ausfindig zu machen würde bestimmt nicht allzu schwierig sein. Doch möchte Maurice sich nicht zu erkennen geben. Denn das Cello würde ihm hinterher nie mehr denselben Genuß bereiten; es würde nie mehr so selbstlos gespielt werden, so rein; es würde von da an für ihn spielen; es wüßte, daß es belauscht wird, würde gefallen wollen, würde sich spreizen, würde, selbst wenn Maurice gar nicht da wäre, für jenseits der Mauer erklingen und seinen Ernst nie wieder erreichen.

Der Cellist, die Cellistin wird, je länger Maurice die leisen Töne hört, desto engelhafter in seiner Vorstellung. Seine, ihre Hingabe an das Instrument, an die Musik, an die Kunst, die überall sonst auf der Welt seit Menschengedenken verraten und verkauft wird: hier glüht sie rein – all das wächst und wächst, wird feiner, zarter, leuchtender, je länger Maurice es sich vorstellt. Doch es kommt der Moment, in dem jede Vorfreude kippt und sauer wird.

Besuch beim Cellisten: Ein etwa fünfzig Jahre alter Mann öffnet die Tür. Er hat weiche, volle Lippen. Die Mundwinkel hängen leicht nach unten. Lefzen, denkt Maurice. Die Haare sind dünn und licht, seit mindestens neun Wochen nicht mehr geschnitten; die Augen flattern, die Haut ist käsig, irgendwie unrein, als litte der Mann unter Stoffwechselproblemen. Er macht einen insgesamt talgigen Eindruck, um die Hüften dicklich, schlaff. Enttäuscht von der Erscheinung, leiert Maurice herunter, was er in Gedanken schon so oft durchexerziert hatte – immer in der Vorstellung, es werde sich um eine Frau handeln, die die Tür öffne, mal älter, mal jünger, mal schöner, mal weniger schön, aber doch immer irgendwie attraktiv. Das Gesicht des Mannes verändert sich unmerklich, während Maurice redet. Zuletzt sieht er geradezu angeekelt aus. Er sagt, ja, das werde wohl er sein, den Maurice durch die Wand höre. Leider könne er nicht leiser üben. Aber nun, da das Rätsel gelöst sei, werde Maurice' Neugier gewiß gestillt sein, so daß er künftig wieder in Ruhe seiner gewohnten Arbeit werde nachgehen können.

»Das Problem ist, ich habe zur Zeit keine Arbeit, der ich nachgehen könnte«, gesteht Maurice. »Zwar stehen verschiedene Angebote im Raum, doch tun sie das auf eher wackeligen Beinen. Um der Wahrheit die Ehre zu erweisen, sie hängen allesamt mehr in der Luft, als daß sie stehen. Deswegen habe ich mich in den letzten Wochen ja auch so verzweifelt an Ihr Cellospiel geklammert. Wäre ich diesem nicht in Gedanken nachgegangen, hätte ich mein Leben quittieren müssen, da es sonst zu rein gar nichts mehr zu taugen scheint. Dürfte ich nicht vielleicht kurz eintreten? Ich könnte Ihnen beim Üben zuschauen. Oder Sie könnten mir vielleicht Stunden geben? Irgend etwas in der Art? Bloß schicken Sie mich nicht weg, damit ich nicht schon wieder auf der Straße stehe, diesmal ganz ohne Rätsel, ohne Ziel, ohne Beschäftigung.«

Der Mann schaut Maurice mißtrauisch an, murmelt dies, sagt jenes, lauter Dinge, die er wohl irgendwann einmal für gut befunden, seither oft wiederholt und jederzeit auf Vorrat in seinem Kopf parat liegen hat. Nachdem ihm diese Sätze langsam ausgehen – Maurice aber nach wie vor keine Anstalten macht, ihn zu verlassen – und er den Eindruck gewonnen zu haben scheint, daß keine Hinterlist in Maurice sei, beginnt er von sich zu erzählen:

»Die Mehrheit kann mit meinem Spiel nichts anfangen. Um nicht dauernd verletzt zu werden, nenne ich es deswegen in der Öffentlichkeit vorsichtshalber dilettantisch, immer in der Hoffnung, auf jemanden zu stoßen, der mir widerspricht und das Spiel lobt, ja rühmt. Dieses Werben um Lob und Aufmerksamkeit entspricht offenbar einem tiefen Bedürfnis nach Anerkennung, das uns allen gemein ist. Wie Sie sicher auch schon die Erfahrung gemacht haben, läßt sich aber niemand gern zu einem Lob nötigen. Jedenfalls bei mir ist das so: Sobald mir jemand sagt, er halte seine eigenen Hervorbringungen für mittelmäßig oder gar minderwertig, denke ich, na, dann werden sie es wohl auch sein, denn wer soll es besser beurteilen können als der dafür Verantwortliche selbst. Wenn ich also beispielsweise zum Essen eingeladen werde, und der Gastgeber sagt, was er gekocht habe, sei ihm leider mißraten, schmeckt mir das Essen schlagartig nicht mehr, selbst wenn es vorzüglich ist. Wenn ich also meinerseits beteuere, mein Spiel sei nur halb geglückt, spreche ich damit naturgemäß mein eigenes Todesurteil, ich weiß. Zumindest dasjenige mein Spiel betreffend. Wer jedoch sein Leben lang nur Mißerfolge geerntet hat mit seinem Tun, dem vergeht die Lust am Tun. Er verlangsamt seine Produktion und stellt sie schließlich ganz ein. Noch übe ich, wie Sie hören, fast jeden Tag, aber immer weniger und mit immer weniger Elan. Ich kenne ein paar Maler, Schriftsteller und Musiker, die mit der Zeit richtiggehend verödet sind, weil sich niemand um ihre Erzeugnisse scherte. Sie sind heute antriebslose, fahle Gesellen, voller Skrupel; manche bitter geworden, manche gutmütig um Verzeihung für sich bittend; unbrauchbare – wie soll ich sagen? – Drohnen gewissermaßen, gelähmt, auf Außenstehende phlegmatisch wirkend. Ich möchte nicht werden wie sie, weiß aber, daß ich, um deren Schicksal zu entrinnen, von meinem Talent, meinen eigenen Gedanken, Ideen, Projekten entflammt sein müßte in einer geradezu anmaßenden Weise. Ich müßte mich mit aller Kraft überschätzen, da die Mitwelt einen grundsätzlich unterschätzt, so ist es eingerichtet, auf daß keiner hochmütig werde. Zum mindesten müßte ich im schönsten Einklang mit mir selbst leben und anderen mit größtem Selbstbewußtsein gegenübertreten, um sie von mir überzeugen zu können. Das weiß ich, halte es aber nicht aus, meine vergangenen Konzerte und Leistungen für wertvoller zu erachten als sie waren. Meine Eitelkeit, mich nicht mit übertriebener Selbsteinschätzung vor anderen lächerlich machen zu wollen, ist stärker als das Wissen, daß einer nur mit Hilfe solcher Selbstüberschätzung von den anderen ein Mindestmaß an Respekt erwarten kann. Es geht dabei nicht nur um den Erfolg auf der Konzertbühne oder in finanziellen Dingen. Es geht um das Leben ganz allgemein, um das Respektiertwerden, das Gemochtwerden im Alltag. Wer soll einen mögen, der sich selbst nicht mag. Wie aber soll sich einer mögen, der erkannt hat, daß er nur dann gemocht wird, wenn er die andern dazu nötigt, ihn zu mögen. Ich glaube nicht, daß ich noch lange Cello üben werde. Ich danke Ihnen dafür, daß Sie an der Wand gelauscht und mich ausfindig gemacht haben, um mich zu loben. Meine Selbstzweifel sind jedoch so groß, daß Ihr Lob von ihnen weggesaugt wird wie ein Platzregen vom feuchten Acker. Wer aus was für Gründen auch immer unter dem Fluch steht, genug Zeit zu haben, um über sich und seine Dinge nachzudenken, bei dem überholt die Selbsterkenntnis früher oder später den Selbstbetrug, und er kann mit zunehmendem Alter kaum noch ein Wort sagen, für das er sich nicht, bevor es ihm zwischen den Lippen entweicht, auch schon schämt. Stumme, antriebslose Leute sind nicht unbedingt als solche geboren worden. Oft schaffen sie es bloß nicht länger, ihren von ihnen als solchen erkannten Blödsinn weiterhin zu äußern, wie das die aufstrebenden, verdrängenden Charaktere tun. Die Tüchtigen haben das Glück, nicht am Sinn ihres Sichregens zu zweifeln. Sie spielen Klavier, lesen Bücher, gehen ins Theater, ins Konzert, ziehen Kinder groß, kochen mehrgängige Menüs, laden Freunde zu sich ein, üben einen Brotberuf aus, bilden sich weiter, reisen, laufen Ski, Marathon – alles in der Gewißheit, damit etwas Sinnvolles zu tun. Würde in ihrem Leben aus Versehen eine Stockung eintreten, eine Pause, eine Leere, in der sich in ihrem Kopf der Zweifel am eigenen Klavierspiel, am Beruf oder an der Existenz der Liebe zu ihren Auserwählten festsetzen könnte, würde das erdrutschartige Folgen nach sich ziehen, und der tüchtige Mensch würde unter seinen eigenen Fragen verschüttet oder von ihnen in die Tiefe gerissen. Da ich es nicht geschafft habe, mich in welchen Zusammenhang auch immer erfolgreich einzugliedern, hatte ich viel Zeit übrig, um darüber nachzudenken, wo ich mich denn überhaupt eingliedern wollte, und jede Beschäftigung, jedes Gefühl, die ich daraufhin prüfte, hielten nicht stand. Oder ich hielt ihnen nicht stand. So sitze ich heute in dieser unansehnlichen, dummen Wohnung, zwinge mich Tag für Tag an mein Cello, streiche mit dem Bogen über dessen Saiten. Der Klang, den ich erzeuge, entsetzt mich, ich könnte weinen, doch ich streiche fort, ohne Überzeugung, ohne Ziel, und manchmal, ohne darüber nachzudenken, macht mich das Spiel dann plötzlich ein paar Minuten lang froh. Man weiß selten, daß man glücklich ist, meistens nur, daß man glücklich war. Ich sitze in dieser nicht gewählten Wohnung und spiele einzig und allein, um nicht endgültig zu erstarren. Wenn Sie wüßten, wie nahe ich der Selbstaufgabe bin. Manchmal liege ich tagelang im Bett und schaffe es nicht, mich aus ihm zu erheben. Wie ein Käfer, der auf dem Rücken liegt und mit den Beinchen in der Luft rudert. Dann muß ich warten, bis sich die Kräfte in mir wieder so weit angesammelt haben, daß ich auf die Beine komme. Das ist manchmal die Leistung einer ganzen Woche: Aufstehen. Das Schlimmste daran ist, daß keinerlei erwähnenswerte Erkenntnisse reifen, während ich da so auf dem Rücken liege. Es ist nichts als eine fahle Leere, die mich umgibt. Eine Ödnis, in der man nur immer dümmer und träger und schwächer wird. Seufzen ist die einzige Äußerung, die man da lernt. Unbestimmtes, vages Seufzen. Ich hege den furchtbaren Verdacht, daß Sie an der Grenze zu diesem Niemandsland stehen und erwägen, sie zu überschreiten. Jemand, der besonders rege ist und an die Möglichkeiten der Welt glaubt, scheinen Sie mir jedenfalls nicht zu sein. An dessen Ohr vermöchte nämlich kein Glucksen der Heizungsrohre oder fernes Cellospiel durch dicke Brandmauern zu dringen. Nur auf der Schwelle zur Leere sind solche Klänge zu vernehmen. Kehren Sie um. Gehen Sie, sonst stecken Sie sich bei mir noch an, und wir glotzen künftig gemeinsam vor uns hin, stumm, blöd, unbrauchbar geworden. Einer, der die Energie aufbringt, jemanden ausfindig zu machen, der hinter einer Brandmauer sitzt und Cello übt, der scheint mir durchaus einen Rest Unternehmungslust, Neugierde und Interesse am Leben in sich erhalten zu haben. Gehen Sie, ich traue Ihnen nicht. Und mich von Ihnen verletzen lassen, das mag ich nicht.«

Maurice schaut ihn an und überlegt. Dann antwortet er: »Gut, so soll es sein. Doch bevor ich gehe, will ich Ihnen etwas anvertrauen: Während der vielen Monate, in denen ich das Vergnügen hatte, Ihnen beim Üben zuzuhören, wuchs in mir die Vermutung, es hier möglicherweise mit einem Talent zu tun zu haben. Zwar bin ich kein Kenner der Materie, und Sie dürfen sich auf mein Urteil nichts einbilden. Doch die Überzeugung, Sie seien ein Talent, setzte sich in meinem Kopf fest, und ich begann mir über die Tatsache, möglicherweise sogar ein Genie in meiner unmittelbaren Nachbarschaft zu haben und es vielleicht überdies eines Tages auch noch persönlich kennenzulernen, Gedanken zu machen.

Was ist Talent, was ist Genie, wie geht man mit ihnen um? überlegte ich. Einen Satz von Friedrich Schiller muß ich Ihnen in dem Zusammenhang zuallererst vorlesen. Ich habe ihn irgendwo abgeschrieben, und mir scheint, er bestätigt, was Sie eben ausführten. Was halten Sie davon: ›Gelegenheitlich muß ich anmerken, daß ich nunmehr der Meinung bin, daß Genie, wo nicht unterdrückt, doch entsetzlich zurückwachsen, zusammenschrumpfen kann, wenn ihm der Stoß von außen fehlt. Man sagt sonst, es hälfe sich in allen Fällen selbst auf – ich glaube es nimmer.‹ Das würden Sie bestimmt unterschreiben? Auf der anderen Seite bin ich mir nicht sicher, ob es einem Genie wirklich dient, wenn es gestoßen und geschoben wird. Vielmehr scheint es mir etwas zu sein, das sich ganz und gar selbst genügt. Wenn ich Ihnen beim Üben zuhörte, stellte ich Sie mir immer eher vor wie etwas, das sich aus sich selbst nährt und fortwährend neu bildet. Ich hatte den Eindruck, niemand könne da ernsthaft eingreifen und Richtung oder Tempo Ihrer Entwicklung beeinflussen. Wer ein Talent antreibt oder es bremst, macht es sich zum Feind, dachte ich. Ihm wird es die Zähne zeigen. Ist der Antreiber oder Bremser stark, wird es sich ihm zwar knurrend unterziehen, sicher, ja, aber wozu soll man es antreiben oder bremsen? Zugegeben, es darf es nicht zu gemütlich haben, sonst wird es träge, fett und alt, und ein träges, fettes, altes Talent, das gibt es nicht; vorher geht es ein. Wird ein Talent nämlich träge, fett und alt, verliert es seine Elastizität und die Fähigkeit, sich immer wieder aufzufangen, was es schließlich erst ausmacht. Wer Talente schmieden will, darf sie auf gar keinen Fall loben, habe ich woanders gelesen. Er sollte ihnen vielmehr den Boden entziehen, immer wieder, damit sie nie zur Ruhe kommen und immer wieder neuen Boden für sich gewinnen müssen.

Talente seien neugierig; man solle sie sich die Finger verbrennen lassen. Belohne man sie für ihre Hervorbringungen, würden sie verkümmern. Man packe sie rauh an, man packe sie an wie jeden.

Talent ist eine Gabe, ein Geschenk, denke ich außerdem, und an Beschenkte darf man keine Forderungen stellen, sonst beginnen sie das Geschenk zu hassen. Die meisten Talente schlummern und erwachen glücklicherweise nie. Wenn sie aber erst einmal erwacht sind, darf man ihre Flügel nicht berühren. Man darf ihnen zuschauen, solange man mag, nur darf man sich dabei nicht zuviel Wohlgefallen anmerken lassen. Je länger sie sich beobachtet wähnen, desto reicher blühen sie. Schaut man ihnen zu lange zu, verausgaben sie sich mit dem Blühen und sinken tot um. Ein Talent muß sich zwischendurch erholen, also gucke man dann und wann weg. Man freue sich, wenn ihm etwas gelingt; man zeige seine Freude. Wenn ihm etwas mißlingt, wende man sich von ihm ab. Das Talent ist bequem. Am liebsten legt es sich zur Ruhe und will schlafen und rosten. Man muß es daher ständig zwingen, sich zu regen. Man muß es scheuchen. Manchmal wacht es von selbst auf und macht ein paar Sprünge. Gelingen sie ihm, freut es sich selbst am allermeisten darüber. Wenn es sich dabei den Schädel anhaut, weint es nicht. Es schaut verdutzt, schüttelt den Kopf, setzt sich hin, putzt sich, reibt sich die Beule, schläft ein. Man lege ihm, während es schläft, Nahrung hin. Man verlange nicht von ihm, daß es sich deswegen vor Freude überschlägt, sobald es aufwacht. Dies alles sind Erkenntnisse, die ich aus einer Talentfibel gezogen habe.

Mein Freund Hamid, ein reicher Mann in Genf, dem ich in Briefen manchmal von Ihnen erzähle, beherbergt eine große alte Perserkatze, die ihre Krallen nicht einzuziehen versteht; ein Defekt in den Reflexen. Ohne es zu beabsichtigen, kratzt sie jeden blutig, den sie mag. Sie liebt meinen Freund und springt ihm, wann immer es geht, auf den Schoß, um ihn mit ihren Krallen nach kurzem vor Schmerz aufschreien zu machen und heruntergescheucht zu werden. Sie versteht das nicht. Bald stirbt sie, war aber eine ganze große Katze, ihr Leben lang. Er hätte sie gleich zu Beginn aus dem Haus jagen sollen, aber bei Katzen hat man Mitleid. Bei Talenten fällt das schwerer. Ein Talent, das sein Leben lang verletzt und beißt, ohne das zu beabsichtigen, wird nicht gern durchgefüttert. Talent ist ein Fluch. Es verzieht sich, wenn man es braucht. Es taucht auf, wo es stört. Viele Talente haben kaum welches. Sie wurden nur von ihm gestreift. Es ist wie der kalte Hauch aus der Gruft, der in südlichen Friedhöfen manchmal angeweht kommt: eine Ahnung. Oder auf dem Meer im Nebel der Duft von Pinien, der einem die Tränen in die Augen treibt, weil er nach verzweifelten Wochen auf dem salzigen Wasser endlich das ersehnte Land ankündigt. Talent ist etwas Kindliches. Ein Erwachsener mit Talent ist unerträglich. Talent reift nicht. Es bleibt sein Leben lang eine Hoffnung. Es erzählt von dem, was nicht da ist. Wenn es von sich hört, achtet es sich gering. Wie kann man es pflegen?...«

Der Schatten des Kopfs, der über das Wesen des Talents zerbrochen wird, verdunkelt die Zeilen, die sich hier aneinanderreihen sollen, aber nicht so recht wollen.

»... Von Talleyrand, einem großen Staatsmann, der mit Sicherheit talentiert war, habe ich unlängst etwas erfahren, nur habe ich vergessen, was es war (vielleicht nur die Tatsache, daß er von Napoleon als ›Seidenstrumpf voller Scheiße‹ bezeichnet wurde). ›Unlängst‹ ist ein Wort, das mir unheimlich ist. Mir scheint, es wurde mir, während ich schlief, ins Nest meines Hirns gelegt wie ein Kuckucksei. Wer sein eigenes Talent erblickt, wird davon blind und dumm. Wie viele sind an ihrem Talent erblindet und verblödet! Ich kenne Schauspieler, die vor lauter Respekt ihrem eigenen Talent gegenüber einherschreiten, als seien sie mindestens zwei. Eigentlich ist Talent nichts. Talente müssen lernen zu arbeiten. War beispielsweise jener Dichter talentiert, bei dem ich alles, was ich Ihnen eben gerade auseinanderlege, gelesen habe, oder hatten seine Augen und Ohren bloß besonders große Löcher, durch die das Leben leichter zu ihm eindringen konnte als zu uns anderen? So daß er früh daran ertrunken ist, in jungen Jahren, überflutet von innen heraus? Er hat die Backwarenverkäuferin gesehen und konnte nicht verstehen, warum die arme Frau eine solche Backwarenverkäuferin abgeben mußte ihr Leben lang. Er sah den Hund vor der Bäckerei, der da angebunden stand und sein Leben lang auf diese Weise sein Hundedasein absolvieren sollte, was dem Betrachter das Herz zusammenpreßte. Er sah ein Mädchen, das Brot holen kam, dem gerade ein Zahn ausgefallen war, weswegen es weinte, und er begriff nicht, warum dem Mädchen brotholend ein Zahn ausfiel. Er ging weiter, sah einen jungen Spatzen am Boden, dem die untere Schnabelhälfte ausgerenkt war, eine Heuschrecke, die nicht mehr alle

Beine hatte, einen Passanten, der seinen Hut wie früher senkrecht in die Höhe hob beim Grüßen, eine Taube, die vor ihm aufflatterte, einen kleinen, dicken Mann, der mit einer Aktentasche unterm Arm daherkam und fest entschlossen war, der Backwarenverkäuferin eine Teigrührmaschine anzudrehen, dabei war sie nur Teilzeitangestellte und hatte keinerlei Befugnis, über die Anschaffung von Teigrührmaschinen zu bestimmen. Er sah eine Nachbarin an Krücken, die sich ihre Füße von einem Chirurgen hatte brechen und neu schienen lassen, weil sie davon träumte, mit anderen, den Anforderungen des Publikums eher gerecht werdenden Füßen im städtischen Ballett mittanzen zu dürfen. Er sah ihren Mann, der sie verehrte und Assoluta nannte, der ihr Tee kochte, als sie mit den eingegipsten Füßen im Bett lag. Er sah eine Ärztin, die aufgegeben hatte, Ärztin zu sein, weil sie drei eigene Kinder glaubte aufziehen zu müssen, unabhängig davon aber weiterhin darauf hoffte, in ihrem Leben irgendwann einmal doch noch etwas anderes zu tun, als Mutter zu sein, die aber Mutter war, blieb, die er hätte umarmen wollen, der er hätte sagen wollen, Muttersein sei doch schön, obwohl er nicht wußte, ob Muttersein schön sei, er wußte nichts, begriff nichts, alles brach ganz einfach in ihn ein mit Macht, er kam nicht voran, das Leben füllte und ersäufte ihn, und er wußte nicht, daß dies ein Talent war, nichts war … Wissen Sie, was eine Synözie ist? Ich wußte es nicht. Es ist das Zusammenleben verschiedener Organismen, das den Wirtstieren weder schadet noch nützt. So ist das mit dem Talent: Es lebt auf seinem Wirtstier, schadet nicht, nützt nicht, ist einfach da und führt sein Talentdasein. Talent: altgriechische Gewichts- und Geldeinheit.«

Mit dieser letzten, etwas abrupten Volte, verabschiedet sich Maurice.

Besuch bei der Cellistin: Eine etwa fünfundzwanzig Jahre alte Frau öffnet die Tür. Ihr Körper ist der eines Mädchens. Ihre Haare sind kurz geschnitten. Obwohl zart wie Flaum, stehen sie vom Kopf ab. Ihre Augen sind groß, bernsteinfarben. Die Haut drum herum leuchtet hell, ganz besonders die Nase, wie weiß gepudert. Ein glockenförmiges Kleid hängt um ihren Körper. Es ist aus einem leichten Stoff, der sich in der Luft, die durch die geöffnete Tür zieht, zu bauschen beginnt. Ein Kleid, das knapp unter der Brust mit einem schmalen Gürtel zusammengerafft ist. Die Arme sind nackt. Die schlanken Beine, die darunter hervorschauen, stecken in weißen, gestrickten Strumpfhosen. Schuhe trägt sie keine. Nachdem Maurice seine Erklärungen vorgebracht hat, starrt sie ihn an wie eine Geistesgestörte. Als hätte sie kein Wort verstanden von dem, was er sagte. Sie starrt ihn nur an. Er beginnt noch einmal von vorne. Sie unterbricht ihn: »Ich habe sehr gut verstanden, was Sie sagten, doch was wollen Sie?« – »Ich weiß es auch nicht. Ich habe Sie nun gefunden und bitte Sie, meinem weiteren Leben einen Sinn zu verleihen.« – »Das kann ich nicht.« – »Ja, ich weiß, das war auch nur so dahingesagt. Natürlich können Sie das nicht. Aber ich würde gern eintreten, wenn Sie erlauben. Wie kommt es, daß Sie gerade hier, im Nordosten der Stadt, und mit einer solchen Disziplin Cello üben?« – »Ich möchte es gern gut spielen. Auch andere Dinge in meinem Leben würde ich gern richtig machen. Ich träume davon, daß es eines Tages nur noch genau um das geht, was jeder gerade tut. Doch kaum packe ich irgendwo in der Öffentlichkeit mein Cello aus und setze mich damit hin, starren die Männer auf meine Beine und beobachten, wie diese das Instrument umschließen. Dann hebe ich den Bogen, lege ihn auf die Saite, setze zum ersten Ton an, und sie starren auf meine Hand, die den Bogen hält, auf den Unterarm, den Oberarm, die andere

Hand auf dem Griffbrett, meinen Hals. Sie hören nicht auf die Musik. Ich kann so gut spielen, wie ich will, sie hören nicht hin. Es wäre mir egal, wenn sie auf meine Beine und Arme starrten, dabei aber zuhören und irgendwann von der Musik weggetragen würden, doch die Musik stört sie nur. Kaum höre ich auf zu spielen, treten sie an mich heran und beginnen mich auszufragen. Sie behaupten, ich spiele schön, um gleich darauf zu fragen, wie ich heiße, wo ich herkomme und ob ich mit ihnen einen Kaffee trinken möge. Ich habe nichts gegen Männer und Frauen. Ich mag, wenn sie sich ineinander verlieben, aber auch das Sich-ineinander-Verlieben ist doch eine ernste Angelegenheit und muß mit aller Kraft betrieben werden? Jemanden zu lieben erfordert doch größte Anstrengung? Man kann sich doch nicht nur so ein bißchen verlieben, ein bißchen Cello spielen, ein bißchen leben? Wenn ich Cello spiele, dann möchte ich, daß es ums Cellospiel geht. Sonst könnte ich ja etwas anderes tun – um das es dann aber bitte schön auch wieder gehen sollte. Vielleicht spiele ich nicht gut genug? Man spielt nie gut genug. Es ist entsetzlich, das zu entdecken: daß man nichts jemals gut genug tut in seinem Leben. Aber deswegen von vornherein gleich auf Beine und Arme auszuweichen, das finde ich erbärmlich. Darum übe ich hier in dieser Wohnung. Sie ist nicht schön. Kommen Sie lieber nicht herein.«

Maurice starrt ihre Brüste an, die sich unter dem weichen Stoff abzeichnen, ihre nackten Arme, ihre feinen, langen Hände, ihre Lippen, ihre helle Haut, ihr abstehendes Haar, ihren schlanken Hals, ihre Hüften, die unter dem Glockenkleid nur zu erahnen sind, ihre in weiße Strickstrumpfhosen gesteckten Beine, und er bittet sie, ob sie nicht für ihn spielen möge, nur ein kurzes Stück, ein paar Takte, er verspreche ihr, sich von ihr abzuwenden und sie mit Sicherheit nicht anzuschauen, es gehe ihm ausschließlich um die Musik.

An Hamid:

»... Später standen wir nebeneinander auf dem Balkon, sie links von mir, und schauten in die Krone des Baums davor und hinunter auf die Straße. Ich wandte mich zu ihr und überlegte, ob ich vielleicht lieber zurück ins schattige Zimmer treten sollte. Fast im gleichen Moment wandte auch sie sich um und schaute mich an. Wir standen einander gegenüber. Ich sagte nichts, beugte mich leicht vor, legte meine Arme über ihre Schultern und ließ sie hinten über ihren Rücken hinunterbaumeln. Meine geöffneten heißen Hände ruhten auf den beiden weichen, kühlen Rundungen ihres Gesäßes. Sie wandte den Kopf von mir weg und schaute auf die gegenüberliegende Fassade. Ich preßte ihren Körper sanft an mich. Sie ließ es geschehen. Mein Glied schwoll an. Bestimmt spürte sie es gegen ihren Bauch drücken. Ich löste meine rechte Hand, legte sie ihr auf die linke Hüfte und drehte ihren Körper um neunzig Grad von mir weg. Sie stand jetzt quer zu mir, Richtung Baum und Straße. Ich legte meine linke Hand auf ihre von mir abgewandte Hüfte und zog ihr Becken an mich. Die rechte Hand ließ ich über ihren gewölbten Bauch zwischen ihre Beine gleiten. Die Cellistin rührte sich nicht. Ich preßte sie an mich und ließ sie mein hartes Glied an ihrem Hüftknochen spüren. Durch ihr dünnes Kleid ertastete ich mit der rechten Hand das kleine Haarpolster. Die Finger bewegten sich von da weiter zwischen ihre Beine. Die Muskeln der Cellistin lösten sich. Ich hob ihr das Kleid und fuhr mit der flachen Hand zwischen Unterhose und Haut in die heißen, drahtigen Haare. Sie winkelte das von mir abgewandte Bein ein wenig nach außen und hob es leicht an. Die linke Hand hatte sie auf die Balkonbrüstung gelegt, die rechte hing über meinem linken Arm hinten herunter. Kaum wahrnehmbar kippte sie ihr Becken nach vorne und spreizte den angehobenen Schenkel weiter ab. Nun legte sie ihre zweite Hand neben die erste auf die Brüstung. Sie schloß die Augen. In der Baumkrone war das kurze, trockene Flattern eines Vogels zu hören, der von einem Ast auf den nächsten flog. Ich trat hinter sie, umfaßte mit dem linken Arm ihren Bauch und bog ihren Oberkörper mit der rechten Hand darüber. Sie knickte um und legte beide Arme verschränkt auf die Balkonbrüstung. Unter ihrem Arm war das feine Krachen einer Naht zu hören. Sie stellte die Beine etwas breiter, schob das Gesäß nach hinten und legte den Kopf auf die Unterarme. Ich schlug ihr das Kleid über den Rücken nach oben und zog mit beiden Händen ihre Unterhose mitsamt der Strumpfhose nach unten. Sie hob das rechte Bein und schlüpfte aus dem Stoffknäuel, der am linken Schienbein hängenblieb. Ihre weißen Hinterbacken mit der dunklen Furche dazwischen wölbten sich mir entgegen. Ich öffnete meinen Gürtel, den Knopf am Bund, den Reißverschluß, schob Hose und Unterhose nach unten, stieg mit dem rechten Bein aus dem Kleiderwulst und suchte mit den Augen gleichzeitig die gegenüberliegende Fensterfront ab. Da war niemand. Mein Glied ragte vor mir ins Licht. Der rauhe Betonboden des Balkons war von der Sonne aufgeheizt. Ich stützte mich mit der linken Hand auf ihren durchgebogenen Rücken und legte meine Rechte auf den dunklen Fleck aus flachgedrückten, krausen Haaren. Die Finger tasteten sich hindurch. Die Spitzen wurden feucht. Ich teilte das Geflecht und legte hellrote, schleimig glänzende Haut frei. Mit der linken Hand hielt ich diese auseinander, mit der rechten umfaßte ich mein steifes Glied und zielte mit dessen Kopf auf den nassen Eingang. Ich rieb ihn daran auf und ab. Der dunkle, kastanienförmige Kopf begann ebenfalls zu glänzen. Die Cellistin stellte sich auf die Fußballen und machte ein hohles Kreuz. Das weiße Gesäß blendete. Ich drängte mich an sie und spürte, wie sich zartes, nasses, warmes Fleisch über meine pflaumenfarbene Eichel stülpte, die, prall wie ein Nierchen, zwischen die weichen Schleimhäute glitt, welche nachgaben und sich dehnten. Die Cellistin ließ Luft durch die Zähne entweichen. Ihre Hinterbacken zogen sich zusammen. Rechts und links entstand je eine schattige Kuhle. Nach und nach verschwand das helle Glied im dunklen Haar. Ich legte beide Hände auf die Hüften der Cellistin, hielt mich daran fest und zog ihren Körper an mich. Ein Gurgeln war zu vernehmen. Über dem Ansatz des Gliedes staute sich der gefältelte Stoff meines Hemdes. Er verfärbte sich dunkel. Wir blieben einen Augenblick reglos stehen. Ich löste meine Hände von ihr und streifte mir mit einer heftigen Bewegung das Hemd über den Kopf, wobei das Geräusch reißenden Gewebes zu hören war. Mein blasser Oberkörper leuchtete bestimmt weit über den Balkon hinaus. Ich packte sie erneut an den Hüften, schob sie von mir weg und zog mein naß glänzendes Glied langsam aus ihr zurück. Ich umfaßte es mit der rechten Hand und rieb die pralle Eichel im Graben zwischen den Hinterbacken auf und ab. Eine Rinne entstand in den verklebten Locken. Die Cellistin machte einen Buckel, löste den rechten Arm von der Brüstung, welcher einen roten Striemen vom Geländer hatte, griff hinter sich, packte das steife Glied, bog es nach unten, verlagerte ihr Gewicht auf das linke Bein, hob das rechte auf die Zehenspitze, richtete das Glied auf ihre nasse, offene Scheide und stülpte sich mit einem einzigen, langsamen Gleiten wieder darüber. Sie öffnete dabei ihren Mund. Wir verharrten. Ein Duft von Meer, Waldboden und feuchtem Mehl stieg in meine Nase. Die Cellistin legte den rechten Arm zurück auf die Brüstung, über den linken, und darauf den Kopf. Ich ging leicht in die Knie, stellte die Beine etwas auseinander und schob mein Becken nach vorne oben. Die Cellistin verlor den Boden unter den Füßen und hing in der Luft. Die Strumpfhose baumelte vom linken Fuß. Ich hielt mich an ihren Hüften fest, kippte mein Becken zurück, nach unten hinten, die Füße der Cellistin fanden wieder Halt auf dem warmen Boden. Nun rollte ich mein Becken wellenartig nach vorne oben, unten hinten, vorne oben, unten hinten, wobei die Füße der Cellistin rhythmisch in die Luft gehoben wurden und kurz hin und her pendelten. Ihre gleißenden Hinterbacken wurden zusammengeschoben und dehnten sich wie ein Blasebalg, wobei ihr Kreuz jedesmal durchgebogen wurde und zwei kleine Grübchen links und rechts vom Steiß entstanden. Mit einem letzten, heftigen Stoß hob ich die Cellistin in die Höhe, preßte ihr Gesäß eng an mich, richtete meinen Oberkörper steil auf, spannte all meine Muskeln, das steife Glied in ihrem heißen, dunkelroten Fleisch schwoll noch mehr an, hatte ich den Eindruck, und entließ dann in kurzen zuckenden Schüben heiße Samenflüssigkeit. Die Cellistin hielt ihre Beine krampfhaft zusammengepreßt. So verharrten wir einige Zeit. Ich ging langsam wieder in die Knie und ließ die Cellistin Fuß fassen. Dann beugte ich mich über sie, legte die linke Hand aufs Geländer, die Rechte auf ihren kühlen Bauch und drückte sie damit an mich. Die Sonne stand am selben Punkt wie eben. Ein leichter, warmer Wind wischte über uns wie jemand mit einem weichen Pinsel. Mein Bauch und ihr Steiß waren glitschig. Ich schaute nach unten auf die Straße, wo ein silbriger Lieferwagen in zweiter Reihe hielt, aus dem ein Mann mit Glatze stieg, der aus dem Kofferraum vorsichtig einen flachen, quadratischen Karton holte, eine Pizza, mit welcher er unten aus meinem Gesichtsfeld verschwand. Ich versuchte zu sehen, wo er klingelte. Dazu schob ich mich über die Cellistin nach vorne, während sie, den einen Fuß angewinkelt und nach innen gedreht, ihre Schenkel weiterhin eng aneinandergepreßt hielt. Ich sah nichts, richtete mich auf, betrachtete ihre nassen Hinterbacken, streichelte darüber, fuhr mit der rechten Hand ihrem Schenkel entlang zum Knie und bog es nach außen. Sie entspannte sich und stand mit leicht gespreizten, gestreckten Beinen auf beiden Füßen. Mein weiches Glied rutschte aus ihr heraus. Tropfen fielen auf den hellen warmen Boden, wo sie dunkle Flecken hinterließen. Ich packte das klebrige Glied, rieb es an ihren nassen, drahtigen Haaren ab, löste mich von ihr, hob vorsichtig den zweiten Fuß aus dem Kleiderwulst, trat einen Schritt zurück, ins schattige Zimmer, und fragte, ob sie etwas trinken möge. Sie stand weiterhin nach vorne gebeugt, die Stirn auf den über der Balkonbrüstung verschränkten Armen, die weißen Beine leicht gespreizt. Ihr halb verborgener Kopf glühte dunkel, die glitzernden Hinterbacken blendeten. Unter ihrem Bauch baumelte der Stoff des Sommerkleides, die Füße standen in einigem Abstand parallel nebeneinander im Wulst aus Strumpf- und Unterhosen. Am linken Schenkel innen lief langsam ein großer heller Tropfen nach unten. Sie griff mit der rechten Hand nach dem baumelnden Kleid, wischte damit den Tropfen nach oben bis zur glänzenden dunklen Spalte, preßte dort den verknäulten Stoff drauf und sagte, nein danke ...«

»Denn die Lügenmäuler sollen verstopft werden« und »der Greulichen und Totschläger und Hurer und aller Lügner, deren Teil wird sein in dem Pfuhl, der mit Feuer und Schwefel brennt.«

Der Besuch beim Cellisten, bei der Cellistin hat nicht stattgefunden. Die Sehnsucht nach Abenteuer verführt zu den infamsten Lügen. Antiope, eine Figur aus der griechischen Mythologie, soll sich dem Vernehmen nach in ihrem herrschaftlichen, wohlbehütet absehbaren Alltag so sehr gelangweilt haben, daß sie sich bereit erklärte, alles Unglück der Welt auf sich zu nehmen, wenn sie dafür nur aus ihrer würgenden Geborgenheit, aus dem Glück des Gleichmaßes und des täglichen, gutbürgerlichen Trotts befreit würde. (Die Geschichte endet grauenvoll.) So auch Maurice. Er hätte gern endlich einmal etwas erlebt. Die Wahrheit ist jedoch, daß er das Cello nach wie vor noch nicht einmal ausfindig gemacht hat. Die Sonne schien bloß gerade so schön warm in sein Büro, daß er die Zeit und die Welt um sich vergaß und in der Hitze des Sommernachmittags eingenickt und in Träumereien abgeglitten war. Wo immer das Cello gespielt wird, ein veronesischer Balkon wird sich in dessen unmittelbarer Nähe wohl kaum finden lassen.

Apropos Balkon, Maurice hat zu Hause auf seiner Terrasse über den S-Bahn-Gleisen eine Kamelie stehen. Die Pflanze hatte er vor Jahren an der U-Bahn-Endstation im äußersten Norden der Stadt entdeckt, wo sie trostlos und verlassen in ihrem zu kleinen Plastiktopf vor einem holländischen Blumendiscountladen stand, so mager, zerrupft, entwurzelt und verbannt, daß sich bei ihrem Anblick Maurice' Herz zusammenzog. Er kaufte sie, stellte sie zu Hause in die Sonne und wartete ab. Nach ein paar Tagen verfärbten sich die Blätter von den Rändern her braun und fielen ab. Maurice besorgte sich ein Buch über Kamelien und erfuhr daraus, daß die Pflanze zwar Wärme möge, direktem Sonnenlicht aber nicht ausgesetzt werden sollte. Er stellte sie also an eine andere helle Stelle, zur Hälfte unters Vordach des Terrassenhäuschens, vom Wind geschützt (auch auf Zugluft reagiere sie empfindlich, hatte er gelesen). Tatsächlich erholte sie sich, ließ ein zartgrünes Blättchen nach dem anderen aus ihren grauen Ästchen sprießen, im Spätsommer entwickelte sie sogar eine Blütenknospe, die größer wurde und wie eine pralle Frucht lange einfach so am Ast hing. Die Tage wurden trüber, es wurde kalt. Maurice stellte die Pflanze zusammen mit dem Oleander ins Häuschen, wo es ihr zu gefallen schien. Sie öffnete um Weihnachten die Blüte, zartrosa, prachtvoll, viel zu mächtig für die kleine Pflanze. Die Blüte leuchtete etwa drei Wochen lang so schön, wie mir jetzt nicht einfällt. Dann fiel sie ab. Als die Tage im Januar und Februar keine Anstalten machten, heller zu werden, schien die Kamelie ihre Zuversicht zu verlieren. Eins nach dem anderen wurden die Blätter gelb und fielen ab. Im März war die Pflanze wieder kahl und grau wie nach den allerersten Tagen an der prallen Sonne. Maurice stellte sie hinaus, zurück an den Platz unter dem Vordach. Langsam erwachten ihre Lebensgeister wieder. Sie ließ erneut zartgrüne Blattspitzen aus den kahlen Ästchen sprießen, entfaltete sie, ließ sie wachsen, bis es kräftige, ledrig dunkelgrüne Blätter waren, dann bildete sie mehrere Blütenknospen, wuchs sogar um zwei Zentimeter – doch schon kam wieder der Herbst und bald darauf der Winter mit seinen dunklen Tagen. Die ersten Wochen hielt sie sich tapfer, begann um Weihnachten wieder die Blüten zu öffnen, prachtvoll, viel zu groß, mehrere aufs Mal. Nachdem die letzte abgefallen war, schien die Kamelie von der Anstrengung dermaßen erschöpft zu sein, daß sie endgültig keinen Funken Energie mehr übrig hatte und wie im Jahr zuvor sämtliche Blätter fallen ließ. Maurice redete auf das kahle, silbergraue Gerippe ein, doch bitte ein zweites Mal bis zum Frühling durchzuhalten. Und bis heute wiederholt sich dieses Spiel, Jahr für Jahr: Die Kamelie schafft es knapp, die langen, dunklen Berliner Winter zu überstehen und sich im Frühling an sich selbst zu erinnern, von neuem Hoffnung zu schöpfen und wieder von vorne anzufangen. Nur zum Wachsen reichen die Kräfte nicht aus. Sie gehört nicht in diese Region. Es ist eine Quälerei, sie hier festzuhalten. Sie bleibt kleinwüchsig, verkrüppelt, erzeugt aber trotzdem Winter für Winter die schönsten, sehnsuchtsvollsten Blüten aus sich heraus und macht Maurice und der Frau an seiner Seite damit große Freude.

Die Faulheit meldet sich mit kleinen Aussetzern im Alltag, ähnlich dem Kratzen im Hals vor einer Erkältung. Man mag eine Seite im Buch plötzlich nicht mehr umblättern, weil man sich nichts gravierend Neues mehr auf der nächsten vorstellen kann. Man läßt beim Frühstück den Teelöffel unbenutzt neben der Tasse liegen, um ihn hinterher nicht abspülen zu müssen – man rührt mit dem Messer um. Man geht nicht mehr zur Post, um einen Brief abzuschicken – man wartet, bis ein zweiter dazugekommen ist, ein dritter, damit sich der Gang zur Post lohnt. Man zieht am Morgen das Laken nicht mehr gerade, nachdem man das Bett verlassen hat. Man sitzt auf seinem Stuhl und registriert, daß eine Weile vergangen ist, während der man nichts gedacht oder getan hat. Wenn das Telefon klingelt, fühlt man sich vom grellen Ton gestört. Schweiß tritt in kleinen Tropfen auf die Oberlippe, während man darauf wartet, daß das Klingeln aufhört. Endlich kehrt wieder Ruhe ein. Man zittert noch eine Weile nach vor Aufregung. Die Vorstellung, etwas könnte sich ändern, bereitet Unbehagen. Einmal faul geworden, ist man für das meiste verloren. Nebenan wohnt vielleicht eine Mutter, die Kinder großzieht, Fortbildungskurse belegt, Gemäldeausstellungen besucht, dies liest, jenes studiert. Man selbst schaut vor sich hin. Die Stunden dehnen sich, werfen Blasen. In der Zeitung sucht man nach kurzen Artikeln. Auf längere mag man sich nicht mehr einlassen. Man fürchtet, zuviel Zeit an sie zu verschwenden, Zeit, in der man vor sich hin starren könnte, untätig verbrachte Zeit, die zum einzigen Schatz geworden ist, den man besitzt, den man hortet und mehrt, ohne daß man wahrgenommen hat, wann und wie er einem zugefallen ist. Leute, die viel zu tun haben, lesen, wenn sie einen Moment lang nichts zu tun haben, horizonterweiternde Artikel in Magazinen. Sie interessieren sich für alles, was um sie herum vor sich geht; sie wissen, welches Buch gerade gut ist, welcher Politiker gerade schlecht. Der Faule erträgt keinerlei Wissen. Ihm wird übel davon. Neues lehnt er ab, das Alte verblaßt, verliert an Farbe und Kontur. Die Vorstellung, sich vom Küchenstuhl auf einen anderen umzusetzen, erzeugt Schwindelgefühle. Befallen von Faulheit, beginnt man zu versiegen. Unternehmer, die sich in gesellschaftlichem Verantwortungsbewußtsein darauf kaprizieren, Faule einzustellen und zu beschäftigen, gehen zugrunde, weil ein einmal faul Gewordener zu nichts mehr zu gebrauchen ist. »Der Faule gleicht einem beschmutzten Stein« (Sirach 22,1). »Der Faule spricht: Es ist ein Löwe draußen; ich möchte erwürgt werden auf der Gasse« (Sprüche 22,13). »Ein Fauler wendet sich im Bette wie die Tür in der Angel« (Sprüche 26,14).

Über Faulheit ist wenig bekannt, da es dem Faulen an Ehrgeiz und Kraft gebricht, über seinen Zustand in einer Weise Auskunft zu erteilen, die einem Tüchtigen bleibenden Eindruck verschaffen könnte. Der Faule sieht keinen Sinn darin, sich jemandem zu erklären, ebensowenig wie der Ertrinkende, der Sterbende ganz allgemein erwähnenswerte Anstrengungen unternimmt, seine Beschäftigung mit dem Ertrinken, dem Sterben, die für Außenstehende durchaus von Interesse sein könnte, in verbindliche, leicht verständliche Worte zu fassen. Kinder aus wohlhabendem Haus und mit entsprechend guter Bildung, die heute wie gestern den Acker des Schriftlichen bestellen, werden von Faulheit selten befallen. Seit frühester Jugend dagegen immunisiert, schweigen sie sich in der Regel über dieses Laster aus, da sie gelernt haben, nicht über Dinge zu sprechen, von denen sie nichts verstehen. Wenn überhaupt, lassen sie bisweilen einen Faulen am Rand ihrer Schriften auftauchen als eine Art Girlande, als einen Farbtupfer, der den Hintergrund ihrer Geschichten reicher macht und ihm größere Tiefe verleiht. Seit die aus behütetem Haus und herausragenden Bildungsanstalten nachwachsenden Schriftsteller durch politische Agitation, Unruhen und Revolutionen auf die Tatsache aufmerksam gemacht worden sind, daß es lauter wankelmütige Besitzlose sind, die den Stuhl, auf dem sie sitzen, daran hindern, zu kippen, schauen sie bisweilen ängstlich oder auch mitleidig unter ihre Sitzfläche und entdecken dort die absonderlichsten Erscheinungen, zum Beispiel eben einen Faulen, der bleich und aufgedunsen in der Parterrewohnung ihres Hauses vor sich hin vegetiert. Den erwähnen sie dann mit tastenden, mutmaßenden Worten, unsicher, ob er überhaupt zum Leben gehöre, von dem sie, so wahrhaftig sie können, Zeugnis abzulegen für ihre Pflicht halten. Früher haben sie ihn mit großer Sorgfalt in seiner kleinen, modrig dunklen Wohnung abgeschrieben und in einer hübschen Miniatur verewigt. Die Abbildungen waren ein bißchen langweilig, brav, wie man sie halt von ihnen kannte und erwartete. Alles war an seinem Platz. Dann sind Risse entstanden. Lichtstrahlen fielen in die modrig dunkle, kleine Wohnung. Es sickerte durch, daß die Welt da unten und die da oben zusammengehören. Daß die obere nur dank der unteren besteht, daß das Unten nur deswegen existiert, weil es ein Oben gibt. Die Söhne und Töchter, die unsere Geschichten aufschreiben, kommen zwar immer noch aus gutem Haus, aber sie sitzen nicht mehr so ruhig auf ihrem Stuhl. Er ist ihnen unheimlich geworden. Sie glauben, unsichtbare Verbindungsstränge seien von dessen Beinen bis in die tiefsten Kloaken hinunter gespannt.

Untätig verbrachte Zeit legt sich in Schichten um den Faulen. Die Schichten werden beim Trocknen steif. Wer sich nicht rechtzeitig aus ihnen befreit, kann sich eines Tages nicht mehr rühren und sitzt fest. Wer rastet, rostet. Was nicht benutzt wird, beginnt zu zerfallen – ein Fahrrad, das jahrelang in einem Schuppen steht; ein Mensch, der jahrelang herumliegt: irgendwann kann er sich nicht mehr vom Fleck bewegen. Seine Gelenke, Muskeln, Sehnen gehorchen ihm nicht mehr. Das macht nichts. Jeder bleibt eines Tages endgültig liegen; das läßt sich nicht aus der Welt leugnen.

Maurice ist faul. Seinen Gedanken vermag er nicht zu folgen. Sie kommen vorbei, sehen ihn dösen, lassen ihn in Frieden und ziehen weiter. Er ist nicht in der Lage, einen von ihnen festzuhalten. Sie sind zu schnell. Er sieht sie bei sich eintreten, sich umschauen und wieder verschwinden. Da war zum Beispiel ein Gedanke über den Neid, oder einer über den Verrat. Sie sahen interessant aus und frisch, aber sie wollten nicht bleiben und sich vor Maurice entfalten. Sein Kopf war ihnen zu staubig, zu trocken. Sie ließen sich nicht nieder.

Wenn sich ein Besucher rechtzeitig bei Maurice ankündigt, putzt er für ihn die Wohnung. Stöhnend vor Anstrengung und Wut über die viele Zeit, die das verbraucht und die er lieber leer lassen würde. Wozu Fenster putzen, wozu staubsaugen, wozu Wäsche waschen. Alles ist, kaum sauber, auch schon wieder im alten, unansehnlichen Zustand. Maurice kennt Freunde, die putzen jeden zweiten Tag etwas in ihrer Umgebung, mal dies, mal jenes, immer nur ein wenig, zwischendurch, und halten sich hygienisch so über Wasser. Maurice putzt einmal im Monat. Einmal alle zwei Monate. Einmal im Herbst, einmal im Frühling. Einmal im Jahr. Seine Zähne knirschen dabei. Die Tränen der Verzweiflung rannen ihm letztes Mal aus den Augen. Sind die Fenster sauber, schaut er sie voller Verachtung an. Erbrachte Leistung macht einen Faulen nicht froh. Hat man erst einmal angefangen, sich gehenzulassen, staunt man über die Tiefe des Abgrunds, in den man fällt. Nirgends ein Boden, an dem man aufschlagen und zerschellen könnte. Man fällt, fällt, es wird dunkler, die Luft wird kühler, feuchter, man fällt.

Im Café »Solitaire«, das Maurice aufsucht, sitzt seit längerem jeden Mittag ein Titan der Faulheit. Er trinkt ein großes Weizenbier und hält sich eine bestimmte Tageszeitung vor die Nase, immer die gleiche, eine sogenannt gutbürgerliche. Er schämt sich für sein Tun, was ihm das Blut ins Gesicht treibt. Er hält es kaum aus, immer um dieselbe Zeit aufzutauchen, ein großes Weizenbier zu bestellen, sich die Zeitung vor die Nase zu halten und – seiner Meinung nach für alle Welt sichtbar – nichts mit sich anzufangen zu wissen. Er sitzt kerzengerade da und wahrt diese Haltung, was ihn besonders auffällig macht, zumal der Stuhl, auf dem er sitzt, und das Tischchen, im Vergleich zu ihm, winzig klein sind. Er trägt schwarze Hosen und eine schwarze Lederjacke. Das Gesicht ist gedunsen, dunkel vor Verlegenheit. Seit er das Gefühl hat, von Maurice bemerkt worden zu sein, seit er ahnt, daß jemandem die Regelmäßigkeit seiner Besuche und seines Bierkonsums verdächtig sein könnte, daß jemand vermuten könnte, es handle sich bei ihm nicht um einen, der hier seine Mittagspause verbringt, sondern um dessen Gegenteil, nämlich um einen, der sich zu Hause aus dem Nichtstun emporreißt, um hier die einzig aktive Stunde seines Tages aufzuziehen, die Illusion einer Pause in seinen täglichen Trott einzubauen und damit seinem Tag eine rudimentäre Form zu geben – seit er sich durchschaut fühlt, flackert sein Blick, wenn er demjenigen von Maurice begegnet. Er setzt sich noch gerader hin, hält sich die Zeitung noch interessierter vor die Nase, läßt das Bier achtlos stehen und schal werden, nippt nur nebenbei daran, zufällig, als sei er ganz und gar absorbiert von der Lektüre. Maurice bemüht sich, nicht hinzuschauen. Er kennt das Leiden. Er weiß, welche Torturen der Mann in der Lederjacke zu erleiden hat, welche Überwindung es ihn kostet, jeden Tag zur festgelegten Stunde hierherzukommen und vorzugeben, dies sei seine Mittagspause, während er jederzeit fürchten muß, von einem der Gäste des Müßiggangs überführt zu werden. Der Mann sitzt da mit der Überzeugung im Kopf, alle würden es sehen und hätten nichts anderes zu tun, als darauf zu achten, daß er Pause von nichts macht, daß die Pause die einzige Anstrengung seines Tages ist. Sein Gesicht glänzt feucht. Er hat schütteres Haar und einen runden Kopf. Er ist beinahe zwei Meter groß. Wegen des Biers muß er jeweils einmal während seiner vorgegebenen Mittagspause aufs Klo. Schwankend vor Verlegenheit stakst er zur Mitte des Raums, wo eine Wendeltreppe zu den Pissoirs im Keller führt. Auf dem Weg dorthin vermeidet er es, jemandem in die Augen zu schauen. Seine Blicke fliegen von einem Gegenstand zum nächsten, manchmal sieht es aus, als ob er schiele. Noch taucht er täglich auf. Bald wird er den Mut dazu nicht mehr aufbringen. Er hat Maurice im Verdacht, ihn enttarnt zu haben. Maurice möchte sich zu ihm setzen, doch der Titan würde seine Nachbarschaft nicht ertragen, würde durch sie vollends verscheucht. Faule sind scheu. Orte, an denen sie sich beobachtet fühlen, meiden sie. Höhlenbewohner. Nachtmenschen. Die richtig Faulen wagen sich erst heraus, wenn die Straßen leer sind. Dann gehen sie unsicher ein paar Schritte, möglichst ausgetretene Pfade, die sie kennen, lassen sich an der nächsten Ecke erschöpft nieder, benommen von der Anstrengung, einen Platz überquert zu haben, ruhen sich aus, verfluchen die Tatsache, daß sie ihre Höhle verlassen haben, sehnen sich nach ihr zurück.

Der Mann in der schwarzen Lederjacke taucht pünktlich auf, setzt sich, bleibt seine genau befristete Zeit aufrecht auf seinem Stuhl sitzen, trinkt sein Bier, liest seine Zeitung, geht aufs Klo, bezahlt und verläßt das Café, als rufe ihn die Pflicht. Er ist gekleidet, als komme er von der Arbeit und müsse umgehend an sie zurück.

Wenn der Faule einen Zug zu besteigen hat, nimmt er den, welchen diejenigen nehmen, die nicht auf einen anderen ausweichen können, weil sie in feste Arbeitsabläufe eingespannt sind. Er fährt nicht vormittags um halb elf, wenn die Züge leer sind, sondern morgens um sieben, wenn jedermann zur Arbeit fährt, um auf gar keinen Fall aufzufallen.

Der Faule ist empfindlich. Er erträgt nicht, irgendwo warten gelassen zu werden. Meldet man sich bei ihm an und kommt mit Verspätung, und sei sie noch so klein, ist er ungehalten. Man zieht damit seinen Haß auf sich, seine Verachtung. Will er im Café bezahlen und wird dabei einen Augenblick übersehen, wird er bleich vor Erregung und beginnt zu zittern vor Zorn. Er bildet sich ein, man lasse ihn warten, weil man von ihm annehme, er habe nichts zu versäumen. Obwohl er nur nach Hause gehen und sich aufs Bett legen will, erträgt er nicht, daran auch nur eine Sekunde lang gehindert zu werden. Mehr als jeder, der von allen Seiten gefragt ist und um jeden seiner Augenblicke geizig feilscht, klammert er sich an die seinen und stürzt sich mit Todesverachtung in die leeren Stunden.

In seinem Büro benutzt Maurice zum Fensterputzen seit fünfzehn Jahren denselben Hocker aus Holz. Die Fenster putzt er zweimal jährlich. Der Hocker ist vom vielen Benutztwerden müde geworden. Er wackelt. Auch Maurice ist mit den Jahren müde geworden; er wackelt ebenfalls. Irgendwann wird der Hocker unter ihm zusammenkrachen, und da Maurice dann nicht mehr allzu gelenkig sein wird und der Kalkgehalt in seinen Knochen vermindert, wird er unglücklich fallen und sich einiges brechen. Dadurch, daß er die Fenster nun schon so oft geputzt hat, ist ihm im Zusammenhang mit ihnen verschiedenes aufgefallen. Die eine Front weist nach Westen, die andere nach Osten. Das obere Fenstergeviert in der nordwestlichen Ecke ist von außen jeweils am stärksten verschmutzt. Das untere in der südöstlichen wird auf der Innenseite von den Fliegen am meisten vollgeschissen. Das nordöstliche wächst mit Efeu zu. Daß solche Beobachtungen die Arbeit nicht spannender machen, daß, im Gegenteil, das Fensterputzen von Jahr zu Jahr mehr dazu herausfordert, die Arme gen Himmel zu heben und das Schicksal zu verfluchen, das Maurice dazu bestimmt, sie zu putzen, fällt ihm manchmal auf. Er haßt die Fenster, vielmehr, er haßt es, sie zu putzen. Warum er es trotzdem tut? Er weiß es nicht. Auf diesen vier Wörtern stehen ungezählte Lebensruinen: Ich weiß es nicht. Den Efeu, der sich ums nordöstliche Fenster rankt, reißt er jeweils rücksichtslos weg. Die Blätter fühlen sich im Frühsommer verschwitzt an. Sie kleben und glänzen. Vielleicht ist es zuckrige Läusepisse – die Knospen an den äußersten Spitzen der Ranken sind schwarz vor Läusen. Wenn er die Fenster putzt, schauen vom Haus gegenüber und vom Hof Kinder und Erwachsene zu. Oft gelingt es ihnen nur kraft größter Anstrengung, ihren Mund zu halten. Sie tänzeln von einem Fuß auf den anderen, starren herauf oder herüber, legen den Kopf schief, wollen etwas rufen in der Art: Na, wieder mal klar Schiff machen? Er fixiert sie mit grimmigem Blick, sie schweigen und verziehen sich. Während er putzt, denkt er über Erziehung nach. Darüber, was einer wie er im Leben weitergeben könnte. Kinder, denkt daran, der Umgang mit Menschen, die euch überlegen sind, ist von großem Nutzen. In ihrer Umgebung verlernt ihr, euch selbst allzu wichtig zu nehmen. Andererseits kann man sich selbst nicht genug wichtig nehmen; man hat nur sich. Wenn jeder immer einen anderen über sich stellte...

Der rasche Schatten einer Fliege, der über das Papier gleitet.

...Seit ein paar Jahren sind Fensterputzmittel auf dem Markt, welche das Beschlagen von Glasoberflächen verhindern sollen. Regelmäßiger Einsatz dieser Mittel verbessere den Antibeschlageffekt. Ein feiner Film lege sich unsichtbar auf die Scheiben und lasse Regenwasser, Dreck und Staub abperlen. Die Verschmutzung werde von Jahr zu Jahr weniger. Auf den Rahmen hinterläßt das Mittel einen schmierigen Schleier, der kaum noch wegzukriegen ist. Früher wurden Fenster mit Essigwasser und einem Hirschlederlappen geputzt. Heute benutzt man dazu die erwähnten chemischen Lösungen, die in weichen Plastikflaschen mit Sprühverschluß in jedem Supermarkt zu erhalten sind.

Maurice wird ins Grab sinken und in seinem Leben Hunderte von Scheiben geputzt haben, als Kind mit einem Hirschlederlappen, der sich unvergleichlich zart und weich anfühlte, wenn er mit Essigwasser vollgesaugt war, später mit industriell hergestellten Antibeschlagmitteln und altem Zeitungspapier. Er wird sich aufgebäumt haben gegen das Fensterputzen, und er wird sich hineingeschickt haben, ins Fensterputzen. Er wird sich gesehnt haben nach meditativer Gelassenheit gegenüber dem Fensterputzen, und er wird sie nicht erreicht haben, die meditative Gelassenheit. Oder er wird sie erreicht haben, wird Meisterschaft errungen haben im Umgang mit der Wiederholung ungeliebter Tätigkeiten, und er wird als Meister ins Grab sinken. Er wird nachgedacht haben über jene Zeiten, in denen es keine Fenster gab, und über jene, in denen es keine mehr geben wird. Er wird beobachtet haben, daß sich die Architektur, während er älter wurde, hin zum Licht, zum Glas entwickelt hatte, daß er eines Tages aufgewacht war und einer ganzen Front aus Glas gegenüberstand, Aufzügen aus Glas, Dächern aus Glas, Fußböden aus Glas, und er wird beobachtet haben, wie die Durchsichtigkeit dieser Flächen jeweils schnell getrübt wurde, wie die Bauherren nicht mehr hinterherkamen mit dem Säubern, wie die Industrie immer höher konzentrierte Reinigungsflüssigkeiten und kompliziertere Geräte entwickelte, die das Durchsichtighalten der Flächen aufs bequemste ermöglichen sollten. Er wird ins Grab gelegt werden und sein Leben lang damit beschäftigt gewesen sein, seine paar Fenster einigermaßen saubergehalten zu haben, sein Geschirr und sein Besteck sauber, seine Kleidung sauber. Seine Schuhe, seine Böden, seine Glieder, seine Haare, seinen Körper sauberzuhalten ist eine zeitraubende und zermürbende Angelegenheit. Seine Wohnung war groß. Er besaß viele Kleider, viele Schuhe. Sie überforderten ihn. Verschiedenes blieb angebraucht liegen, wurde brüchig, zerfiel, noch während er lebte. Dann wurde er ins Grab gelegt, und seine Schuhe, Kleider, Scheiben wurden herrenlos. Ein anderer kam, nahm sich ihrer an, putzte sie und begann sich bald darauf zu fragen, ob er wirklich dazu geboren worden sei, Fenster, Kleider und Schuhe zu putzen, die es in einer anderen Welt vielleicht gar nicht gab.

Das sind die lustig dummen Gedanken, die sich lustig dumme Menschen machen, wenn sie nicht in der Lage sind, über ihre eigene Nasenspitze hinaus zu sehen. Wie kommt es, daß so viel über Staub nachgedacht wird. Daß so viel über Kehricht sinniert wird. Banken und Regierungsgebäude werden immer noch durchsichtiger gebaut. Bald beanspruchen sie, für unsichtbar gehalten zu werden. Die Pflege ihrer Transparenz wird zu einer komplexen, schließlich unlösbaren Aufgabe. Ein Mann, der sich vor Jahren schon auf das Reinigen von Glas und Gebäuden spezialisiert hatte, ist heute einer der einflußreichsten in Deutschland. In Afrika, im Dschungel, im Jemen gibt es keine Scheiben. Dort braucht es den einflußreichen Mann noch nicht. Doch man ist sich einig darüber, daß weltweit mehr investiert werden müsse in Einrichtungen, die Reinlichkeit erfordern. Staub müsse weltweit bekämpft werden. Maurice wird ins Grab gelegt und sein Leben im Kampf gegen den Staub verloren haben.

»Wer das Geld liebhat, wird des Geldes nimmer satt.« Maurice denkt oft über Geld nach und darüber, wie er zu welchem kommen könnte. Nicht, daß dies eine Eigenart wäre, die ihn vor den anderen auszeichnen würde. Im Gegenteil, es ist die Krankheit, an der zu seiner Zeit die meisten leiden. Er ist ein typischer Vertreter seiner Zeit, einer von jenen, über die später gelächelt wird, weil sie waren, wie man zu ihrer Zeit war. Nur die wenigsten schaffen es, ihrer Zeit und ihrer Umgebung zu entrinnen; Maurice gehört nicht zu diesen Ausnahmen. Wer von der Geldsucht befallen ist, ruft, wie jeder Kranke, Ekel hervor, weswegen er gern so rasch wie möglich genesen würde. Doch wer krank ist, weiß in den seltensten Fällen, was er unternehmen könnte, um wieder gesund zu werden. Die Zeit heilt alle Wunden, murmelt er einfältig vor sich hin und schaut dazu hilfesuchend in die Runde. Geldsucht schmerzt und zerstört die Lust am Leben. Wer von ihr befallen ist, verbirgt die Symptome und bemüht sich, solange es geht für gesund gehalten zu werden.

Es gibt immer Zeiten, in denen Krankheiten weniger Todesopfer fordern, und solche, in denen sie ganze Generationen ausrotten. Als Maurice lebte, tobte die Geldsucht, als sei sie wie die asiatische Cholera auf einem Kamel angaloppiert gekommen. Ohne Geld glaubten die Leute schlichtweg sterben zu müssen. So etwas geht vorüber, doch stoßen vorher viele hysterisch veranlagte Zeitgenossen tatsächlich ihren letzten Seufzer aus und lassen sich in die Grube fallen. Im allgemeinen stirbt man schließlich nur allzugern. So wie man im allgemeinen auch gern einschläft.

Besonders gern schläft Maurice mit seiner Geliebten. Das fällt mir ein apropos Schlaf. Es spielt sich bei den beiden immer gleich ab: Er faßt sie überall an, und irgendwann steckt er sein Glied in sie. Obwohl der Akt weder für ihn noch für sie irgendwelche neue Erkenntnisse verspricht, vollzieht er ihn immer wieder gern. Schon nur der Gedanke daran läßt sein Glied anschwellen. Er schämt sich dafür, zumal er sich in seiner Vorgehensweise ein wenig eintönig vorkommt. Einmal hat er im Zoo gesehen, wie ein Nashornbulle ein Nashornweibchen bespringen wollte. Das dauerte quälend lange und erforderte von beiden eine gewaltige Anstrengung. Bis zur Erschöpfung jagte der Bulle hinter dem Weibchen her, immer wieder rammte er ihr sein Horn in die Seite, sie wehrte ihn ab, entwand sich ihm, rannte davon, beiden lief Blut über die Flanken, ungeheure Kräfte wirkten aufeinander ein. Bei Maurice und seiner Geliebten geht es bescheidener zu.

Fast ebenso gern wie er sein Glied in sie steckt, schläft er auf dem Rücken liegend neben ihr ein. Seine Sorgen steigen dabei langsam auf und zerplatzen an seiner Hautoberfläche wie Gasblasen, die aus dem moorigen Grund eines Waldteichs emporsteigen. Jeden Abend legt er sich hin, die Stirne sorgenvoll gefaltet. Er kneift die Augen zusammen, alles kommt ihm hoffnungslos vor, er stöhnt, dann fangen die Sorgen an aufzusteigen, verändern ihre Gestalt, dehnen sich, ziehen sich zusammen, drehen sich um sich selbst, blubbern an die Oberfläche seines Körpers, zerplatzen da und entschweben, während er tiefer und tiefer sinkt bis auf den weichen, dunklen Grund seiner selbst, wo er sich verliert. Am nächsten Morgen sammelt er sich wieder, die Sorgen lassen sich erneut auf ihm nieder, er ordnet sie, läßt sie in sich eindringen, eine nach der anderen, bis er prallvoll ist von ihnen und fast erstickt, dann ist es wieder Abend, er legt sich ins Bett, stöhnt, die Sorgen steigen empor und entweichen. Schön. Dichter, die für Jahrhunderte sprechen, formen daraus Reime.

Bei Maurice drehen sich die Sorgen vor allem ums Geld, sage ich. Spätere Generationen werden das nur schwer nachempfinden können. Wer keine Wohnung hat, lebt unter freiem Himmel, wird naß, friert und sorgt sich um ein Dach über dem Kopf oder wenigstens um eine wärmende Decke, denken sie. Wer nichts zu essen hat, der empfindet Hunger und sorgt sich um Nahrung, denken sie. Das Mittel, um solche Zwecke zu erreichen, ist Geld. Das ist zu begreifen. In Zeiten der Geldsucht hingegen sind die Zwecke erreicht, man ist nur noch süchtig nach dem Mittel. Einer, der zu einer anderen Zeit vielleicht davon träumen würde, Schuhe zu kaufen, träumt nun davon, welche zu verkaufen und Geld dafür zu bekommen. Ein Bäcker, ursprünglich besessen von der Idee, wohlriechendes Brot zu backen, hat nun nur noch im Sinn, welches zu verkaufen. Architekten behaupten in Zeiten der Geldsucht steif und fest, es gehe nicht darum, Häuser zu entwerfen und zu bauen, sondern sie zu verkaufen. Kleider, Bilder, Messer, Musik, Autos, Uhren – nirgends redet man mehr von den Dingen, überall ausschließlich davon, wie sie in Geld zu verwandeln sind. Wer eine Wohnung hat, denkt nicht darüber nach, wie sie zu bewohnen, sondern darüber, wie aus ihr Kapital zu schlagen ist. Wer eine Haut besitzt, denkt darüber nach, wie sie zu verkaufen ist. Wo aber alle alles verkaufen wollen, will keiner mehr etwas kaufen oder gar besitzen, es sei denn, um es weiterverkaufen zu können, am Ende eben auch jeder sich selbst. Während der Jahre einer Geldsucht sterben somit ganze Fuder freundlichster Zeitgenossen – nicht an zu großem Mangel, sondern ausschließlich an der festen Einbildung, ihre Not wachse ins Unermeßliche. Sie alle möchten sich natürlich von dem Wahn befreien. Aber sie kommen nicht los von ihm. Er saugt jeden in sich hinein. Das fehlende Geld läßt in den Köpfen ein Vakuum entstehen, an dem die Empfindsamen zugrunde gehen. Das wollte ich hier bloß kurz erwähnen, weil ich für spannend halte mitzuteilen, wie es war, als Maurice lebte. Sehr gern höre ich auch Schwarzen oder Eskimos zu, wenn sie von ihren Dingen erzählen. Oder Pinguinen, Eisbären und Gnus. Alle berichten von für mich unvorstellbaren Ritualen, Gewohnheiten, Gepflogenheiten, Überlegungen bei sich zu Hause.

Auch das Cello spielt in dieser Epoche der Geldsucht. Der Cellist, die Cellistin denkt somit, während er oder sie spielt, an Geld, übt für Geld, träumt von Geld, und Maurice hört dem Cello zu in der Hoffnung, es verrate ihm, wie er zu Geld kommen könne. So hat man sich das vorzustellen. Es ist mir unangenehm, das zugeben zu müssen. Aber ich bin nun einmal in die Pfütze von Maurice' Gegenwart getreten und meine deswegen beschreiben zu müssen, wie sie beschaffen war, diese Pfütze.

An Hamid:

»... Ich hatte eine schwere Geldsuchtattacke. Meine Freundin hielt mein Gejammer nicht mehr aus und kam auf die Idee, mich für ein paar Tage zur Kur in die Wüste zu schicken. Irgendwo hatte sie gelesen, Beduinen würden eine tiefe Abneigung hegen gegen die Materie und gegen alles Materielle. Das, dachte sie, sei bestimmt ein heilsamer Umgang für mich.

Also kaufte sie ein Ticket und setzte mich ins Flugzeug nach Amman, und sie hatte recht: Geld hat hier einen ganz anderen Stellenwert als bei uns. Schon nach wenigen Stunden begann es sich aus meinem Bewußtsein zu verziehen. Die jordanischen Banknoten sind klebrig, zerfleddert; sie werden lose in der Kleidung getragen, feucht vom Schweiß, staubig vom Sand;

sie riechen oft übel; jeder ist froh, wenn er sie nicht allzuoft anfassen und nicht allzuviele davon mit sich rumtragen muß. Lieber rundet ein Taxifahrer den Preis auf die nächstniedrige Einheit ab, als daß er mit Münzen und Noten herumzuhantieren beginnt. Oder er erläßt einem den Preis gleich ganz, weil er den Weg sowieso gerade machen mußte. Kellner verzichten lieber auf Trinkgeld, als daß sie die Mühsal des Herausgebens auf sich nehmen. An oberster Stelle scheinen Haltung und Würde zu stehen, dann erst folgt der Kontostand.

Das ist unendlich erholsam für einen wie mich. Auch daß die Stadt so wenig Abwechslung bietet, tut mir gut. Ich sitze meistens nur in einem Kaffeehaus. Es heißt Arab Leagu Café und ist ein schattiger, schmucklos lackierter Saal mit dem Charme einer stillgelegten Fabrikhalle und dem Geruch von Niedergang und Fernweh in der wackeligen Ausstattung. Kaum betritt man es, werden die Bewegungen langsamer. Man setzt sich hin und schaut durch die geöffneten Fenster in den weiten, blaßblauen Himmel – da das Café in der ersten Etage liegt, sieht man außer ein paar Flachdachkanten nichts weiter und wird von niemandem gesehen –, die Zeit vergeht, die großen Deckenventilatoren drehen sich, ein paar Männer spielen Karten (es sind ausschließlich Männer hier), ein paar schauen zu, ein paar lesen Zeitung, ein paar trinken Kaffee, ein paar denken nach, ein paar rauchen Wasserpfeife, und eine wunderbare Schwermut breitet sich aus. Dann und wann geht ein kleiner, dürrer Angestellter in einem grauen Kittel durch die Halle, einzig und allein dafür da, die Wasserpfeifen zu stopfen, sie anzurauchen, sie in glimmendem Zustand zu bringen und danach, bei Bedarf, immer mal wieder frische glühende Holzkohlenstücke nachzulegen. Er bekommt dafür von jedem Raucher ein paar Cent, wovon er offenbar leben kann – und die Raucher sind der mühseligen Fron enthoben, Tabak und Streichhölzer mit sich schleppen zu müssen; ein sympathischer Luxus.

Man setzt sich also hin, bestellt eine Pfeife und beginnt selbstvergessen daran zu saugen. Es dauert endlos. Die Pfeife geht nicht aus. Dazu trinkt man heiße Milch (heiße Milch! ein Kindheitsgeschmack; habe ich immer bekommen, wenn ich krank war, vor dem Einschlafen). Man sitzt da, nuckelt an der Milch und an der Pfeife, ein besänftigendes Blubbern erklingt, der Kopf wird eingenebelt (ungeheure Rauchwolken stößt man aus ohne es zu realisieren), man redet nicht, liest nicht, betätigt sich nicht, sitzt nur da. Nach etwa zehn Minuten tritt leichter Schwindel ein. (Ich habe erfahren: So eine Pfeife ist mit reinem Orient-Tabak gestopft, am besten aus Bahrain, und zwar mit der Menge einer ganzen Packung Zigaretten! Selbstverständlich werde einem davon schummerig.) Man raucht weiter und weiter, sieht, daß auch die anderen Raucher immer tiefer versinken in ihren Gedanken, daß sie vor sich hindämmern und träumen. Man sitzt da, döst, zieht einen weiteren Stuhl heran, auf den man den schweren Arm stützt, denkt nach, zieht einen dritten Stuhl heran für den anderen Arm, die Zeit verstreicht, die Deckenventilatoren drehen sich, der Straßenlärm dringt von unten herauf...«

An seine Freundin:

»...Was für eine gute Idee von Dir, mich in die Wüste zu schicken! Du wirst mich kaum wiedererkennen, wenn ich demnächst heimkehre. Amman ist ein wahrer Kurort für Leute wie mich. Es bleibt einem hier nichts anderes zu tun als den ganzen Tag im Café herumzusitzen; ein richtiger Schiffbruchsort. Wird die Empfindung, gestrandet zu sein, allzu stark, besteigt man einen der kleinen Überlandbusse und läßt sich mit offenen Fenstern, wehenden Vorhängen und arabischer

Musik irgendwo hinfahren. Richtung Osten beginnt schon bald die Wüste. Die Straße zieht sich zuerst durch gelbe, dann schwarze, kahle Endlosigkeit. Man fährt und fährt, die Sonne wandert, das Licht ändert sich, die Farben ändern sich. Hier dreht sich ein elegantes Windhöschen in die Höhe und zieht neben einem her, um sich irgendwann zu entfernen und aufzulösen, dort liegt ein spektakulärer Schatten in der weiten Ebene, da steht eine verlassene Bretterbude im Geröll, zwei dampfende Kannen davor, Tee und Kaffee für müde Fahrer, dann ein ganzes Beduinendorf auf einem leeren Schotterfeld, zusammengeflickte braune Riesenzelte in ausladender Distanz zueinander aufgestellt, dazwischen Joseph und Maria auf einem Esel, Ziegen, Schafe, selten auch ein Kamel. Ich war immer der Meinung, Wüste sei öd und langweilig, man wolle sie so schnell wie möglich durchqueren, um bei einer Oase anzukommen. Das Gegenteil ist der Fall: Nirgends bin ich so gern unterwegs wie hier. Selten habe ich den Spruch vom Weg, der das Ziel sei, besser verstanden. Die Reise kann gar nicht lange genug dauern. Man fährt und fährt oder steht und steht, nichts ändert sich, nur die Zeit, das Licht, die Farben, der Wind. Manchmal taucht eine Raststätte auf, da steigt man aus und setzt sich an einen Tisch. Im Hintergrund brät einer Hammelstücke auf einem Grill, Rauchschwaden von verbranntem Fett ziehen heran, um die Ecke liegen im Schatten eines Vordachs zwei Matratzen hinter einem kniehohen Mäuerchen auf dem Boden (ein Freiluftgästezimmer für Fernfahrer); zwei Saudis in weißen Gewändern sitzen daneben und lassen sich das Mittagessen bringen. Der »Roomservice« trägt ein Tablett mit Wasser, Salat und gebratenem Lammfleisch hin, zieht vor dem Mäuerchen die Schuhe aus, tritt ins »Zimmer«, stellt das Tablett auf die Erde, wünscht einen guten Appetit, zieht die Schuhe wieder an und geht zurück an den Grill, um nun Buletten zu braten (wunderbar gewürzt). Riesenlastwagen donnern am Tisch vorbei und stauben Teller und Wassergläser ein. Die Lastwagen kommen von der syrischen Mittelmeerküste und fahren in den Irak oder nach Saudi-Arabien, hochbepackt mit chromstahlglänzenden Limousinen und Geländewagen oder – in umgekehrter Richtung – mit mehlig gelben Kalkfelsen, aus denen auf den Baustellen in Amman dann von extra dafür angestellten Meißlern die Steine für die Hausmauern zurechtgehauen werden. Auf dem heißen Asphalt platzt dann und wann einem dieser Ungetüme ein Reifen, funkensprühend schliddert das Gefährt schräg weiter und kommt im Wüstensand zum Stehen. Manchmal kippt wohl auch eines um, dann bleiben die ungeheuren Felstrümmer im Sand liegen, daneben verstreut schwarze Gummifetzen – und sonst nur diese unendliche Leere, manchmal purpurschwarz (dann ist man in einem Basaltabschnitt), manchmal weiß (Salz), manchmal gelb (Sand oder Schafe), alles übersät mit Fetzen von weggeschmissenen Plastiktüten, die sich wie Konfetti übers Land gelegt haben, dazwischen da und dort eine verlorene, zerfranste Palme und staubiges, dorniges Gestrüpp.

Einmal mußte ich lange auf einen Bus warten. Ich saß unter dem Schattendach einer Hähnchenbraterei und schaute in die flimmernde Helligkeit, eine Stunde, zwei Stunden, Autos fuhren vorüber, Busse auch (aber die hielten nicht an), Fliegen setzten sich auf mich, ein silbergrauer Esel trottete vorbei, eine Ziegenherde, ein Knabe, wieder ein Lastwagen, eine alte Frau, die Fliegen liefen mir übers Gesicht, über die Hände – und ich hatte das Empfinden: Endlich angekommen! Das ist es! Hier sitzen, warten, mit den Fliegen, dem samtenen Wind, dem Staub, ohne Uhr (ich hatte sie im Hotel vergessen) – und nicht eine Sekunde Ungeduld oder gar Mißmut. Einfach die Zeit verstreichen lassen. Alttestamentarisch. Die Lust an den

Fliegen hat mich besonders überrascht. In Berlin hasse und töte ich sie, wie Du weißt. Hier mochte ich das Kitzeln ihrer Beinchen auf den Lippen...«

Zurück in Berlin. Zwei Etagen über dem Kommunikationskontor arbeitet das Ehepaar Doberan. Sie betreiben eine Druckerei. Maurice weiß nicht, woher sie ihre Aufträge bekommen. Sie besitzen eine alte Druckerpresse, setzen die Texte von Hand und sind beide, solange Maurice sie kennt, mit Druckerschwärze verschmiert, übellaunig, unfreundlich, ja, abweisend. Der Mann scheint ein Trinker zu sein. Maurice hat ihn zwar nie beim Trinken beobachtet, aber manchmal ist dessen Frau zu hören, die ihn unflätig beschimpft, im Sommer, bei offenen Fenstern, fast jeden Tag, mit keifender Stimme, wobei jeweils mindestens einmal der verächtliche Vorwurf fällt, du bist und bleibst ein Alkoholiker. Herr Doberans Haut ist weiß und zart wie die eines Säufers. Schwankend hat Maurice ihn nie erlebt, auch sind ihm in dessen Nähe nie alkoholische Ausdünstungen stechend in die Nase gestiegen. Herr Doberan wehrt sich nicht gegen die Vorwürfe seiner Frau. Durch die offenen Fenster ist nur dann und wann ein beschwichtigendes Grummeln von ihm zu vernehmen. Er trägt eine Brille und jahraus, jahrein ein enges Jackett aus hellbraunem Spaltleder. Die Frau hat einen spitzen Bauch. Sie trägt abwechselnd zwei blasse Kittelschürzen, die eine war ehemals hellrosa, die andere ehemals himmelblau. Wenn Maurice ihm oder ihr im Treppenhaus begegnet, antworten sie auf seinen Gruß seit etwa fünf Jahren mit einem »Maaahz«, das bedeutet Mahlzeit und ist eine aus der Mode gekommene Berliner Möglichkeit, einander guten Tag zu sagen. Bis acht Uhr in der Früh sagt man »Mon« (guten Morgen), danach »Maaahz«, ab fünf Uhr nachmittags dann »Schönd« (schönen Feierabend). Mehr haben Doberans und Maurice miteinander nicht zu schaffen. Zweimal hat er ihnen das große, gußeiserne Tor zur Straße aufgehalten, einmal Post für sie entgegengenommen. Seither behandeln sie ihn würdig wie Luft.

Plötzlich ist die Frau gestorben, an einer akuten Lungenentzündung, wie es hieß. Maurice kaufte eine Rose, die nach Rose duftete, und brachte sie Herrn Doberan in seine Werkstatt. Nachdem er an die Tür geklopft hatte, geschah nichts. Er wartete. Ein leises Rascheln war hinter der Tür zu vernehmen, dann wieder Ruhe. Er klopfte ein zweites Mal, wartete – wieder das zarte Rascheln, dann ein unwilliges, ja, was ist? Maurice sagte, ich bin's – nicht eben originell –, worauf sich die Tür langsam öffnete, einen Spalt weit. Herr Doberan schaute heraus. Ach, Sie? Er zog die Tür langsam weiter auf, trat dazu wie in Zeitlupe einen Schritt in den schummrigen Flur seiner Werkstatt zurück, schwankte, ließ sich gegen die Wand kippen, sagte, daß Sie hochkommen, daß Sie hochkommen, daß…, in lähmender Langsamkeit, dazu schob er sich von der Wand weg, versuchte geradezustehen, kippte zurück, lehnte schräg an der Mauer, und aus den Augen flossen langsam Tränen, die Brille war verschmiert. Maurice stand da mit der Rose. Herr Doberan sagte, Drucken war ihr Leben, schaute Maurice an, dann wieder, Drucken war ihr Leben, Sie sind ein netter Mann, daß Sie hochkommen. Langsam, ganz langsam sprach er, dann hob er seine zarte, schwarz verschmierte Hand und streichelte Maurice mit den Fingerrücken über die linke Wange, Sie sind ein guter Mensch, daß Sie hochkommen, und Maurice stand da. Hinter dem Drucker, im Zwielicht, fehlte ein Mensch. Da war alles leer, ausgehöhlt. Am Boden saß eine Katze, die Maurice verstört anschaute. Katzen lassen sich in der Regel wenig anmerken. Die hier wirkte vollkommen ratlos, fast blödsinnig. Und der Schmerz saugte Maurice beinahe in sich hinein, wie ein Schlund. Der Drucker streichelte Maurice immer noch mit seinen zarten Fingerrücken über die linke Wange, während dieser ihm die Rose entgegenhielt und sagte, herzliches Beileid – ja, was gäbe es wohl wirklich zu sagen für einen wie ihn, der keinen Tag vergehen läßt, ohne sich mit dem gewöhnlichen Leben zu beschäftigen? Die Katze schaute ratlos, Maurice stand da, Herr Doberan schob sich von der Wand weg, kippte zurück, lallte ganz langsam und ruhig ein Mal nach dem anderen, daß Sie hochkommen, Sie sind ein guter Mensch, Drucken war ihr Leben, wobei ihm langsam einzelne Tränen aus den Augen traten und über die zarte, weiße Haut nach unten kullerten.

Warum ich das erzähle? Weil einen manchmal das Leben erwischt mit unfaßbarer Schönheit und weil ich es wahrnehmen möchte, wenn es mir überraschend begegnet. Frau Doberan hatte ihren Mann schlecht behandelt, tagaus tagein, und da stand er, an die Wand gelehnt, und weinte um sie.

Immer wieder ist es verblüffend, mit welchem Gleichmut der Mensch seit Tausenden von Jahren seine kurz bemessene Zeit verbringt, sitzend, liegend, belangloses Zeug redend, ohne Appetit Kleinigkeiten knabbernd, ohne Durst an Flüssigkeiten nippend, Dinge betrachtend, die ihm nichts sagen, sich auf Wege machend, die ihn an Orte führen, wo er nichts verloren hat, im festen Glauben verankert, er sei ein vernunftbegabtes Wesen und mache sich Gedanken über dies oder jenes, dabei aber in Wahrheit nichts denkend, nur so vor sich hin tuckernd, ewig die gleichen falschen Schlüsse ziehend, sich im Kreis drehend seit Tausenden von Jahren, von Nebentischen Gesprächsfetzen aufschnappend, Sonnenbrillen betreffend oder Tierfelle, rohes Fleisch, Regale, das Wetter, bis plötzlich einem von ihnen alles zu viel wird, einer Mutter beispielsweise, sie wandert spätabends durch ihre Wohnung, zieht Kleidungsstücke aus, begießt sie mit Brennsprit, zündet sie an, läßt sie hinter sich zu Boden fallen, dann kommt ihr der neunjährige schlafende Sohn in den Sinn, der nicht bei Bewußtsein verbrennen soll, sie holt aus der Küche einen Hammer, geht ins Kinderzimmer und schlägt dem schlafenden Jungen mit dem Hammer den Schädel ein, erschrickt beim Geräusch der splitternden Knochen, schlägt sich selbst auf den Kopf, aus Wut, bekommt Mitleid mit dem zuckenden Bündel vor sich, schleppt es an ein Fenster in der Stube, öffnet es, damit das Kind nicht im Rauch erstickt, weckt blutüberströmt den zweiten, ein Jahr älteren Sohn und schickt ihn zur Feuerwehr, der kriegt einen Schock, rennt los, die Feuerwehr kommt, löscht und bringt den jüngeren Knaben ins Krankenhaus, wo festgestellt wird, daß dessen Hirn eingedätscht und das Sprachzentrum zerstört ist, er wird nie mehr sprechen können, die Mutter wird interniert... Der Mensch sitzt weiterhin da, auf Gartenstühlen, an Frühstückstischen, an Werkbänken, trinkt Bier, schimpft über das Wetter, redet von Autofelgen und Überschwemmungen, von Versicherungsbetrug und preisreduzierter Sommerware, die Sonne geht auf, die Sonne geht unter, der Mensch zwitschert, ein Spatz auf dem Dach, hüpft hierhin, dorthin, pickt Brosamen, stopft sich voll, ohne leer gewesen zu sein, legt sich hin, ohne müde zu sein, erhebt sich, ohne ausgeruht zu sein, trottet über Plätze, bellt, springt in Gewässer, schwimmt eine Strecke, legt sich zum Trocknen an die Sonne, weiß ganz und gar nicht, was er tut, behauptet, sein Vater sei schuld an allem oder seine Mutter, schuld an was, er weiß es nicht, an sich, er glaubt nachzudenken, weiß aber nicht, wie das geht, das Nachdenken, setzt sich, legt sich hin, steht auf, läuft über Plätze, trabt an Häuserfronten entlang, klingelt, wiehert etwas, ißt tüchtig, läßt sich vor Karren spannen, zieht bis zum Umfallen, man kann ihm Fäßchen um den Hals binden, er scharrt in Lawinen, gräbt Artgenossen aus, und plötzlich vergißt sich wieder einer, zerfetzt im Büro ein paar seiner Arbeitskollegen, wird eingesperrt, um dann zu sterben, wieder andere stürzen sich in ganz und gar höllische Aktivitäten, um mit ihrer Plackerei das viel Bedrohlichere in ihrem Inneren zu übertönen, das Ungeklärte, um nicht endgültig den Verstand zu verlieren, was unweigerlich geschehen würde, wenn sie sich schutzlos der Wirklichkeit aussetzen würden, diese merkwürdigen Wesen, die Menschen, die sich auf einmal vergessen und andere zerhacken.

Den Buchdrucker, Herrn Doberan, hatte Maurice dann mehrere Wochen lang nicht mehr gesehen. Das fällt einem immer erst hinterher auf. Die Fenster in dessen Werkstatt waren geschlossen. Manchmal brannte abends Licht, und Maurice dachte, Doberan sei da und arbeite. Mehr war von ihm jedoch weder zu hören noch zu sehen; die Druckmaschinen ruhten. Neulich begegnete er Maurice im Treppenhaus. Er war schneeweiß im Gesicht. Er sei im Krankenhaus gewesen. Vor sechs Wochen habe es in ihm drin gekracht. Er habe die Feuerwehr angerufen. Die hätten ihn ins Krankenhaus gebracht, wo ein Magendurchbruch festgestellt worden sei. Man habe ihn notoperiert. Daraufhin habe sich seine Galle entzündet. Er habe viel Antibiotika verabreicht bekommen, das habe aber nichts genützt. Schließlich habe man die entzündete Galle entfernt. Jetzt müsse er nach jedem Essen Tropfen nehmen, um den Gallensaft zu ersetzen, und er dürfe nicht mehr so stark würzen. Seine Frau fehle ihm. Früher habe er viel Paprika gegessen, das sei jetzt verboten.

Beim Reden erinnerte er an einen alten Wels, den Maurice als Kind in einem Aquarium gesehen hatte. Das Aquarium war grünlich beleuchtet und nahm die ganze hintere Wand eines Restaurants ein, welches nach ihm benannt war: »Aquarium«. Hinter dem Glas schwebte nur dieser eine große alte bleiche Wels auf der Stelle und öffnete und schloß sein Maul, schattenhaft, leicht phosphoreszierend. Das Restaurant hatte zur Straße hin nur wenige Fenster, vor denen Gardinen hingen; der Gastraum lag deswegen stets im schummrig grünen Licht des Aquariums.

Von ein paar Etagen weiter oben drang ein Getöse herab. Es klang, als ob jemand einen riesigen, schweren Behälter aus Karton die Treppen hinunterwuchten würde, von Stufe zu Stufe. Zwischendurch, in den kurzen Pausen, war leises Fluchen zu vernehmen. Dann wieder eine Erschütterung, gefolgt von gepreßtem Atmen.

Maurice fiel zu Herrn Doberans Krankenhausgeschichten nichts ein. Er hatte seine eigenen Sorgen, wußte immer weniger, was aus ihm werden solle und so weiter. All seine Versuche, sich gewinnträchtig zu betätigen, waren gescheitert, und er hatte keine Idee, was er als nächstes angehen könnte. So verabschiedete er sich zerstreut vom Buchdrucker, unter dem Vorwand, viel zu tun zu haben, dabei wissend, daß er einen weiteren Tag untätig an seinem Tisch sitzend verbringen würde, wünschte gute Erholung und zog sich in sein Büro zurück. Der Drucker seufzte: Arbeit, Arbeit, Arbeit, genau, schaute ihm traurig nach und stieg dann langsam die Treppe hinauf in seine Werkstatt. Er wußte ganz offensichtlich noch weniger mit sich anzufangen als Maurice. Seine Frau hatte ihn jeweils herumgescheucht und mehrmals am Tag weggeschickt, irgendwelche Besorgungen zu machen. Seit sie tot war, gab es für ihn nichts mehr zu erledigen.

Von oben näherte sich das Gepolter. Maurice beeilte sich, die Bürotür hinter sich ins Schloß zu ziehen. Er hängte sein

Jackett an den Haken und blieb lauschend stehen... Daß einer eine Frau liebt, das ist mit einem Satz erledigt. Daß einer nach Amerika auswandert, ist mit einem Satz erledigt. Daß einer eine Bank ausraubt, ist mit einem Satz erledigt. Daß einer aber, was immer er tut, von der Wirklichkeit umspült wird mit einer Wucht, deren er sich niemals bewußt werden, die er niemals realisieren kann, daß er das losgerissene Blatt ist, das vom Herbststurm vor sich her getrieben wird, das welke Blatt, das nichts selbst bestimmt und doch immer der festen Überzeugung ist, es sei alles richtig so, wie es sei, und wenn es zufälligerweise an einer Ecke, in einem Hausflur, hängen- und ruhig liegenbleibt, realisiert es auch das nur wieder als eine Tatsache und glaubt, so müsse es sein – für diesen Umstand reichen alle Sätze dieser Welt nicht aus.

Ein paar Tage später stellte sich heraus, daß Doberan hatte Konkurs anmelden müssen. Die Maschinen, die noch zu gebrauchen waren, verscherbelte er, bevor sie in die Konkursmasse aufgenommen werden konnten, bei Nacht und Nebel an private Abnehmer.

Wieder ein paar Tage später hing unten im Eingang ein handgemaltes Schild mit einem nach oben weisenden Pfeil und dem Wort »Auktion«.

An Hamid:

»...Ich bin längst aus Jordanien zurück und sitze wieder, neuerdings mit dort erworbener fatalistischer Gelassenheit, tagaus, tagein in meinem Büro. Der Drucker über mir mußte Bankrott anmelden. Du erinnerst Dich, Doberan. Außerdem ist ihm vor ein paar Wochen seine Frau weggestorben. Gestern war Zwangsversteigerung. Im Hof tauchten fremdsprachige Männer auf, zuerst vereinzelt, dann immer mehr, Polen oder Russen, auch Türken und solche aus der ländlichen Umgebung Berlins, dem sogenannten Weichgürtel, wo schwere, slawisch anmutende Dialekte gesprochen werden. Untersetzte, stämmige Typen in knappen, dunklen Jacken, die zuerst suchend stehenblieben, an der Fassade hochblickten, dann das provisorisch montierte Auktionsschild entdeckten, ihm folgten und im Treppenhaus an meinem Büro vorbei nach oben stiegen. Ich öffnete ein Fenster und hörte dem Gemurmel und Gescharre draußen zu. Dann und wann tauchte zwei Etagen über mir ein runder, geröteter Kopf mit einem Mobiltelefon am Ohr in einem von Doberans Fenstern auf; kurze, fremdländisch klingende Mitteilungen, die jeweils mehrfach wiederholt werden mußten, dröhnten über den Hof, während aus dem Hintergrund die Stimme eines unbeholfenen Auktionators zu vernehmen war, der zweifelnd fragte: Kein Angebot? oder: Bietet jemand mehr?, worauf meistens Ruhe folgte und dann wieder Gemurmel. Bald waren im Treppenhaus erneut Schritte zu hören, diesmal treppab, mal leichte, mal schwere. Wenn ich mich zum Fenster hinausbeugte, konnte ich unten die ersten Kunden abziehen sehen. Einige trugen Kleinigkeiten mit sich, zwei schleppten eine schwere Stanze, die sie nach ein paar trippelnden Schrittchen jeweils abstellten, um zu verschnaufen, ein schnauzbärtiger Jüngling trug zwei Stühle, ein Alter, vielleicht sein Großvater, vier Lampen. Ich überlegte, ob auch ich hinaufgehen und das eine oder andere ersteigern sollte. Offenbar gibt es im Osten einen Markt für gebrauchte Druckmaschinen. Ich überlegte schon, Dich anzurufen und Dir ein bombensicheres Geschäft vorzuschlagen: Du leihst mir Geld, ich mache im technisch hochgerüsteten Westen alte Druckereien ausfindig, weide sie aus, schaffe die Maschinen in den Osten, baue sie dort neu auf, lasse zu niedrigen Löhnen Bücher für Sammler und Liebhaber herstellen, in Bleisatz, mit Fadenheftung und geprägtem Leinenumschlag. Damit ließe sich zur

Zeit bestimmt viel Geld verdienen. Doch dann tat mir Doberan leid. Es kam mir vor wie Leichenfledderei, was da geschah, oder eher schlimmer, da die Leiche ja noch lebte: wie eine Vivisektion. Ich schaute den Männern in den dunklen Jacken nach, sah, wie sie die ersteigerte Ware im Kofferraum ihrer verschmutzten Autos verstauten, hörte das Schleifen der Sohlen im Treppenhaus, das Poltern schwerer Gegenstände, die hinabbefördert wurden, und ich wandte mich ab, um nicht länger Zeuge dieser Ausschlachtung sein zu müssen.

Jetzt steht Doberans Werkstatt leer und ist zu mieten. Nur der gußeiserne Fabrikofen fand keinen Abnehmer. Eigentlich würde ich den ganz gern in mein Büro stellen. Im Winter hatten Doberans darin Druckausschuß, Restpappe, Verpackungsmüll, Holz und Koks verheizt, einfach alles, was brannte. Auf der Deckplatte des Ofens standen immer Töpfe mit Wasser, oder Essen, das warm gehalten wurde. Der Ofen hatte es mir angetan. Du mußt Dir vorstellen: Im ganzen Haus ist längst eine Zentralheizung eingebaut; der Ofen war Doberans nach der Sanierung bloß gelassen worden, weil sie ihn immer schon hatten. Jetzt steht er nutzlos in der leeren Werkstatt und stört. Er ist viel zu schwer, um ohne Schienen, Hebel und Taue von der Stelle bewegt werden zu können. Er wird wahrscheinlich bis in alle Ewigkeit dort oben stehenbleiben und stören. Niemand wird sich die Mühe machen, dieses Ungetüm zu entsorgen. Alle werden sich provisorisch einrichten, einen Bogen drum machen und weiterwursteln, wo Doberan aufgehört hat. Die Räume, ihr Schnitt und ihre Lage, lassen jeden die Hoffnungen auf eine bessere Zukunft in kürzester Zeit verlieren und in eine gewisse Mutlosigkeit verfallen...«

Während er über Doberan nachdenkt, beginnt in ihm die Sucht nach Wirklichkeit zu wachsen, das Verlangen nach

Welt, Blut, Luft, Straße, Schweiß. Er stellt sich vor, wie es wäre, wieder einmal richtigen Regen auf der Haut zu spüren, wieder einmal einem richtigen Menschen gegenüberzutreten, mit seiner eigenen Stimme Fragen zu stellen und Antworten zu geben, das erregende Gefühl zu empfinden, ein Gespräch in Gang zu bringen, im Gesicht des Gegenübers Wolken vorüberziehen zu sehen, Wahrheiten darin zu suchen zwischen all den Schichten von Verlogenheiten und verborgenen Wünschen, sich erröten zu spüren und zu beobachten, wie es ausschaut, wenn jemand anderes errötet, zu erleben, wie es sich anfühlt, wenn Peinlichkeiten in einen fahren, wenn einem der Schweiß ausbricht, wenn man sich im Alltag verirrt.

Er hat es satt, immer nur im Kino und in Romanen das wilde Leben vorgeführt zu bekommen, das man ihm dort schon in seiner Jugend ausgemalt hatte, dieses Leben im zweiten Gang, mit Liebe, die so genannt wird und brennt, mit Freundschaft, die so genannt wird und glüht, dieses Leben, in welchem Menschen jung, schön, alt, dick, reich, willensstark, feig, böse, gut, treu oder tückisch sind, dieses Leben in einem Park voller Adjektive, wo die Reisen von da nach dort gehen – da ist es kalt und regnerisch, dort ist es heiß und sonnig, alles hat seinen Namen –, dieses ganze Bilderbuchleben ist ihm über.

Er will von jenem anderen erfahren, von jenem wirklichen, das draußen vor seiner Tür stattfindet. Er erbebt bei der Vorstellung, richtiges Brot einzukaufen beim Bäcker, eine richtige Fahrkarte für die U-Bahn zu lösen, eine Stunde lang richtig zu Fuß durch die Stadt zu gehen, einen Fremden nach dem Weg zu fragen, von hier nach da zu gelangen, die ungeheuer lange Weile zu empfinden, die es dauert, den Platz vor seinem Büro zu überqueren, die Schwierigkeiten neu zu entdecken, die sich ergeben beim Umgang mit seinesgleichen.

Ist also aufgestanden, hat Geld eingesteckt, ist hinausgegangen, über den Platz, ohne jedoch nach links oder nach rechts zu schauen, um nicht allzu sehr verstört zu werden von der Wirklichkeit, hat sich ins Café gesetzt, wo die Kellnerin einen Milchkaffee vor ihn auf den Tisch stellte, wobei er sie nicht angeschaut hatte, um keine übermäßige Vertraulichkeit aufkommen zu lassen – er fürchtet sich vor Zuneigung (alle da draußen sind ausgelaugt und dürsten nach Freundlichkeit, nach Einverständnis, nach Geborgenheit, denkt er; wer nicht aufpaßt, findet sich unversehens im Freundeskreis so einer Kellnerin wieder, wird von ihr vereinnahmt, fürchtet er). Hatte sie also nicht angeschaut, sondern vor sich in die Zeitung geblickt, in der sich die altbekannte Welt bewegte: Häuser flogen auf der ersten Seite in die Luft, nachdem deren Gasleitungen im Keller angesägt worden waren; Männer flohen auf der zweiten, nachdem sie ihre Frauen erdrosselt hatten; eine dicke, alte, beliebte Volksschauspielerin wurde auf der dritten aus dem Krankenhaus entlassen, nachdem sie dort fünfundzwanzig Kilo abgenommen hatte (sie wird in Zukunft weniger geschätzt werden); ein erfolgreicher Schriftsteller äußerte auf der vierten, er verstehe nicht, warum sich hierzulande erfolglose Schriftsteller besonderer Wertschätzung erfreuen dürften. Der Journalist, der ihn befragte, verstand das ebenfalls nicht. Gemeinsam schüttelten sie den Kopf über die Erfolglosen und lobten den Erfolg, redeten über Geld und erklärten einander, welche Literatur ihnen gefiel. Sie zitierten Sätze, die prall waren von dem, was sie aus Broschüren kannten und als Wirklichkeit bezeichneten.

Maurice saß im Café und stellte sich vor, einige dieser zitierten Sätze zur Kellnerin zu sagen. Bei der Vorstellung stieg ihm das Blut der Scham in den Kopf. Er wäre sich einfältig vorgekommen. Er stellt sich ganz allgemein zu viel vor, wägt zu oft ab, zögert zu häufig. Er sollte die Dinge einfach tun, die Sätze einfach sagen, die Chancen einfach nutzen, sollte sich nicht schämen, dumm zu sein, sollte sich nicht schämen, wie alle zu sein, schließlich sind alle wie alle, nur darum geht es immer weiter. Würde sich jeder vom anderen unterscheiden wollen, würde es harzig. Er trank aus, legte die Zeitung zurück ins Regal, wartete, neben dem Regal stehend, bis die Kellnerin vorbeikam, reichte ihr das abgezählte Geld, schaute sie kurz an, sagte auf Wiedersehen, streng, auf der Hut vor Zweideutigkeiten, ging über den Platz, zurück ins Büro, den kürzesten Weg.

An Hamid:

»... Vor ein paar Tagen packte mich im Büro plötzlich das unbändige Bedürfnis nach Wirklichkeit. Ich fuhr nach Hause, bat meine Freundin, mich zu begleiten, und ging mit ihr zum Bahnhof Zoo. Dort warteten wir auf einen der Regionalzüge, die täglich unter unserer Terrasse vorüberfahren. Sie kommen aus München und fahren über Weimar nach Berlin. Ich erkundigte mich nach dem weiteren Streckenverlauf: Die Züge enden an der Ostsee, in Wismar. Dort waren wir noch nie, also sind wir eingestiegen. Die Fahrt ging durch triefende Moore und sumpfige Heiden Richtung Nordosten. Hinter den beschlagenen Scheiben zogen schwarze Äcker vorüber. Sie standen unter Wasser. Verfaulte Kartoffeln und Rüben steckten drin. Einmal tauchte ein Schwan auf – er glaubte sich auf einem Teich oder einem See; es war eine überschwemmte Wiese. Kühe standen bis zu den Knien im Modder. Dicht darüber hingen dicke, dunkle Wolken, aus denen es pausenlos tropfte. Nicht mehr weit bis zum Ural. Im Zug saßen kahlgeschorene Soldaten, die aus Garnisonen in den Urlaub oder aus diesem zurück in irgendwelche Kasernen fuhren. Wenn einer von ihnen den Mund aufmachte, kamen heisere Laute herausgegurgelt. Endlich kamen wir in Wismar an, einer kleinen, verlorenen, vergessenen, verlassenen, dunklen Stadt. Der Regen strömte. Die paar Laternen an den Straßen brannten rund um die Uhr. Die Hälfte der Häuser war verrammelt. Auf dem Marktplatz stand eine einsame Frau, die ein halbes Kilo Äpfel zu verkaufen versuchte. Weiter nichts: eine einsame Frau hinter einer umgestülpten Kartoffelkiste mit einem halben Kilo Äpfel drauf. Einen Schirm hatte sie nicht dabei. Die Haare hingen triefend an ihrem Schädel herunter.

Außer Friseuren, Optikern und Apotheken mit schaufenstergroßen Reklamen für ein Mittel gegen Prostatabeschwerden gab es in den finsteren Gassen ausschließlich Filialen von Billigstladenketten, die es auch in Berlin gibt und in Genfer Vororten. Keinen einzigen Bäcker, keinen Konditor. Du weißt, wie traurig ich ohne Konditoreien und Cafés werde. Ich verfluchte meine Neugier nach Wirklichkeit und wünschte mich zurück ins Büro. Das Hotel direkt am Marktplatz versöhnte uns. Es gehört zu einer holländischen Kette und war schön; frisch renoviert. Die paar Gäste, die da waren, kamen zum größten Teil aus Schweden. Ich verstehe nicht, was die dort suchen, das sie zu Hause nicht auch haben – lauter Schweden und Dänen.

Die Einheimischen, denen wir begegneten, waren liebenswürdig, rührend fast, herzensgut und sehr blaß. Unten am Hafen standen ein paar Fischer im strömenden Regen und boten fette, bleiche Ungetüme an, die sie über Nacht aus der bleigrauen Ostsee gezogen und nun hier auf Brettern vor sich ausgebreitet hatten. Riesige Speicher in der Farbe von eingetrocknetem Blut säumten das Hafenbecken, in dem schwarz das Wasser stand.

Im großen Saal des Hotels fand am Abend ein Tanzkurs statt. Wir kamen über den dunklen Marktplatz nach Hause und schauten zu den beleuchteten Fenstern hinauf, aus denen leise Musik und die Foxtrott-Kommandos »lang kurz kurz lang kurz kurz« drangen, und mit einem Schlag hatte mich die Stadt gewonnen. Kaum waren wir wieder in Berlin, habe ich im Lexikon nachgeschlagen, was es über sie zu wissen gilt: Wismar wurde nach dem Dreißigjährigen Krieg den Schweden zugesprochen. Die haben es eine Zeitlang behalten, dann leihweise an Mecklenburg-Vorpommern abgetreten und dafür eine Pacht genommen. 1904 schenkten sie es den Mecklenburgern schließlich, mit dem Kommentar: Ach, laßt gut sein, wir wollen es nicht mehr zurückhaben, ihr könnt's behalten. – Das ist natürlich hart. Wer sich danach nicht dem Foxtrott ergibt, der ist ein herzloser Klotz. Man sagt den Mecklenburgern zwar nach, sie seien sture Kerle mit rauher Schale, sogenannte Barlachfiguren, aber sie sollen auch den berühmten weichen Kern haben, und an den glaube ich, seit ich diesem Tanzkurs zugehört habe.

Das war's. Erschöpft von soviel Wirklichkeit sitze ich nun wieder glücklich in meinem warmen, trockenen Büro...«

In die leerstehenden Räume des bankrott gegangenen Buchdruckers ist ein mit staatlichen Mitteln gefördertes Weiterbildungszentrum für Arbeitslose, die zu Flachmalern ausgebildet werden sollen, eingezogen. Männer mittleren Alters mit tiefen, dröhnenden Stimmen stehen tagsüber unten im Hof in Gruppen beieinander und machen Pause. Sie stecken in frischen, weißen Überziehgewändern, wie sie Maler tragen. Sie rauchen und warten auf das Ende des Tages. Manchmal steigen sie polternd die Treppe hinauf und verschwinden in der ehemaligen Buchdruckerei. An warmen Tagen stehen dort die Fenster offen. Dann ist eine unterrichtende Stimme zu hören und Radiomusik, die sie aus dem Hintergrund begleitet. Dann und wann steht einer von den Männern allein in der zugigen Hofdurchfahrt oder vor der sonnenbeschienenen Brandmauer und malt etwas an, mal mit dunkler Farbe eine vorstehende Betonsäule, mal mit heller Farbe ein zurückgesetztes Mauerquadrat, mal schreibt einer mit Hilfe einer Schablone »Aufgang 4« oder »Aufgang 5« auf eine Fläche, dazu malt er einen Pfeil, mal schreibt ein anderer »Notausgang« auf eine Tür.

Im vorderen Flügel des Gewerbehofes ist außerdem ein Sozialwerk eingezogen. Seither stehen in der windgeschützten Ecke vor dem Eingang zum Aufzug von morgens bis abends zerzauste Existenzen mit verklebten Haaren, zerschlissenen, verschmierten Brillen, versehrten Körpern, blutig geschlagenen Gesichtern, schlechtsitzenden Kleidern. Unter dem Vordach drängeln sich die Männer, daneben, wo der Regen hinreicht, wenn er von Osten fällt, die Frauen. Alle rauchen. Wenn Maurice morgens ankommt und auf dem Rad durchs Tor I in den ersten Hof fährt, sieht er sie da stehen. Wenn er abends auf dem Rad den Hof wieder verläßt, sieht er sie da immer noch stehen. Sie nehmen teil am Resozialisierungsprogramm des Bezirks.

Auf dem Weg zum Café »Solitaire« am Nettelbeckplatz liegt »Carola's Schreib-Shop«, der vor einigen Wochen geräumt wurde. Die Regale standen noch eine Zeitlang am Straßenrand. Ein Zettel hing an ihnen: »zu verschenken«. Nebenan die Fleischerei hat ebenfalls schließen müssen. Zuletzt lagen dort in der Auslage nur noch unansehnlich hohe Haufen bleichen Fleisches unter blauem Neonlicht, ausgekochte Euter, Schweinefüße und -ohren, halbierte Kiefer, Ochsenschwänze, Zervelatwürste. Dazwischen, aus Porzellan, Keramik oder Ton eine Sau in einer grünen Jägerkutte mit einer Mistgabel in der rechten Vorderklaue und einem Grashalm im Maul, schmunzelnd auf dem Rücken liegend, die Hinterhaxen übereinandergeschlagen. Zwischen den bleichen Haufen wand sich in grünen Wülsten Efeu oder Riesenpetersilie aus Plastik. An der Tür baumelte lange ein handgeschriebenes Schild »heute frisch Pansen«. Irgendwann waren die Fleischhügel weg, und das blaue Neonlicht brannte nicht mehr.

Im Café »Solitaire« dröhnt neuerdings laute Musik aus einer defekten Anlage. Immer kurz bevor ein Melodiebogen zu erkennen ist, beginnt das Gerät zu stottern, und ein rasend schnelles Stakkato setzt ein. Dann fängt sich das Gerät wieder, die Melodie formt sich von neuem, und wieder wird sie vom Gerät zerhackt. Das Geräusch erinnert an Maschinengewehrsalven. Niemand stört sich daran.

Seitdem der Faule nicht mehr auftaucht, teilen sich die wenigen Gäste geduldig in die vier Tageszeitungen, die auf dem Regal liegen, welches neben der Wendeltreppe steht, die in den Keller zu den Klos führt. In den Zeitungen stehen ermutigende Berichte über die genesende Volkswirtschaft. Kleinen Graphiken ist zu entnehmen, daß laut Umfragen die meisten Einwohner Deutschlands glücklich sind, daß es laut Statistik noch nie so wenig Selbstmörder gegeben hat wie zur Zeit, daß achtzig Prozent der Einheimischen ihren Gemütszustand mit »zufrieden« bezeichnen. Arbeitslose gibt es weniger. In Kinos, Theatern und Büchern wird einfühlsam von der nachwachsenden Generation berichtet, von deren Freud und Leid beim Erwachsenwerden. Die Verfasser der Berichte gehören meistens zu der vorangegangenen Generation, was sie aber beim Berichten nicht geniert, schließlich gehört, wer die Berichte anschaut oder liest, in der Regel ebenfalls der vorangegangenen Generation an und denkt: Ja genau, so ist sie, die Jugend.

Am Nettelbeckplatz alias Wüste lockt außer dem Café »Solitaire« das geheimnisvolle Etablissement »Jacqueline's Filmbar«

in die erste Etage über einem Restaurant, welches, seit Maurice es kennt, schon mindestens fünfmal den Namen gewechselt hat und zur Zeit »Pizzastation Santa Fe« heißt. Maurice hat sich bis zum heutigen Tag nicht getraut, die Filmbar aufzusuchen. Er fürchtet, dort würden nicht bloß Filme gezeigt, sondern man werde ausgeraubt, entführt, als Geisel genommen, umgebracht. Der Eingang liegt links neben demjenigen des Restaurants. Er ist verdreckt, unbeleuchtet, riecht stark nach Urin.

Da sämtliche Konditoreien in der Nachbarschaft schließen mußten und in erreichbarer Nähe nur noch ein billiges Stehcafé aufgebackenes Zeug anbietet, geht Maurice neuerdings, wenn er Lust auf Süßigkeiten hat, in einen nahe gelegenen Supermarkt und kauft dort abgepackte Kekse, zum Beispiel »Erdnußtaler«. Mit der Schachtel in der Hand überquert er den Platz alias Wüste und fühlt sich diesem zutiefst verbunden. Er schaut kurz zu »Jacqueline's Filmbar« hoch, sehnt sich ein wenig nach Jacqueline und geht weiter. Die Ladenkette, von der die Kekse vertrieben werden, heißt A&P, was für Attraktiv & Preiswert steht. Es gibt weit herum kein Geschäft, das seine Waren zu vergleichbar günstigen Preisen anbietet.

Was ihm heute außerdem noch erwähnenswert zu sein scheint, ist die Beobachtung, daß man im Leben manchmal verzweifeln möchte. Alles wiederholt sich mit einer derart erbarmungslosen Wucht, daß man hin und wieder meint, den nächsten Schritt nicht mehr machen zu können aus der schieren Angst heraus, ihn schon einmal gemacht zu haben.

Und doch muß man ihn machen. Auch Gedanken müssen immer neu formuliert werden, immer die gleichen, damit der Mensch sie wieder und wieder aufnehmen und darüber nachdenken kann. Zum Beispiel der von den »Lilien auf dem Felde«. Was für eine schöne, herzerfrischende Überlegung: »Sorget euch nicht um euer Leben und darum, daß ihr etwas zu essen habt, noch um euren Leib und darum, daß ihr etwas anzuziehen habt. Das Leben ist wichtiger als die Nahrung und der Leib wichtiger als die Kleidung. Seht auf die Raben: sie säen nicht und ernten nicht, sie haben weder Speicher noch Scheune; und Gott nährt sie doch ... Seht euch die Lilien an, wie sie wachsen: sie arbeiten nicht und spinnen nicht. Doch ich sage euch: selbst Salomo war in all seiner Pracht nicht gekleidet wie eine von ihnen. Wenn aber Gott schon das Gras so prächtig kleidet, das heute auf dem Feld steht und morgen in den Ofen geworfen wird, wieviel mehr dann euch, ihr Kleingläubigen! Darum fragt nicht, was ihr essen und was ihr trinken sollt, und ängstigt euch nicht. Denn um all das geht es den Heiden in der Welt. Euer Vater weiß, daß ihr das braucht. Euch jedoch muß es um mehr gehen; dann wird euch das andere dazugegeben.«

Er hat in letzter Zeit damit begonnen, Celloliteratur zu lesen, um sich fachkundig zu machen. Dabei fiel ihm eines Tages folgende Zeitungsnotiz in die Hände: »Die Genies sind unter uns. Vielleicht wohnen sie nebenan und fallen uns durch stundenlanges Tonleiternüben schon lange auf die Nerven. Nie kämen wir auf die Idee, daß ausgerechnet eines von ihnen der neue Rostropowitsch sein könnte. Spielt Ihr Nachbar Cello und heißt zufällig Boris Adrianov, ist es allerdings sicher, daß Sie ihn bald nur noch von fern, auf CD-Hüllen oder Konzertpodien, sehen werden. Der junge russische Student spielt wie ein Gott: Mit herzergreifend schönem, weich vibrierendem Belcanto-Ton und altmeisterlicher Noblesse macht er aus einem scheinbar harmlosen Boccherini-Konzert ein kleines Wunder an Anmut und diskreter Melancholie. In dieser galanten, zartgliedrigen Musik, in der das Gefühl stets die Contenance bewahrt, schöpft Adrianov alle Feinheiten des virtuosen

Diskurses aus, ohne je die Anstandsgrenzen zu verletzen. Eine Kunst der Andeutung, die selbst in den virtuosen Passagen immer auch nach innen weist und damit nicht nur Adrianovs Spiel, sondern auch Boccherinis Musik groß macht. Wohlweislich läßt ihn sein Lehrer als letzten bei der Meisterschülerpräsentation im Kammermusiksaal auftreten. Als sollte das monomanische Programm mit vier Boccherini-Cellokonzerten vor allem die verschiedenen Stadien der Meisterschülerschaft dokumentieren: Vom noch unspezifisch vitalen Timothy Park über die feinnervige, aber etwas nervöse Tatiana Vassilieva zur klarsichtigen Monika Leskovar, deren souveräne solistische Bewegungsfreiheit an sich schon Grund genug zum Staunen wäre. Wenn einer der vier bei Ihnen im Haus wohnt, sehen Sie ihnen bitte das Üben nach. Und gehen Sie in deren nächstes Konzert.« – Seither denkt Maurice darüber nach, ob sein Nachbar möglicherweise Boris Adrianov heiße.

Des weiteren hat er ein Gedicht gelesen, das nicht hierher paßt. Vieles paßt nicht dorthin, wo es auftaucht. In Wohnungen Fremder, zumal Verblichener, steht man beispielsweise nicht selten staunend vor den unterschiedlichsten Scherben rätselhafter Herkunft. Auch Maurice plagt oft die unangenehme Gewißheit, nicht dorthin zu passen, wo er ist. Nur wenn er allein und gedankenlos vor sich hin trottet, paßt er. Ein geschenkter Schal hängt an seiner Garderobe. Jeden Tag denkt er, wie unpassend! Diese Farbe! Diese Form! Er möchte ihn wegschmeißen, weiterschenken, aber der Schal bleibt hängen. Oder der Teppich in der Küche einer Verstorbenen, wie fehl am Platz! Ihre ganze Wohnung: ein einziges Sammelsurium von nicht zusammenpassendem Gerümpel. Alles beißt sich. Verbunden ist es nur gerade durch den säuerlich dumpfen Geruch, den es angenommen, und die einheitliche Staubschicht, die sich versöhnlich über alles gelegt hat. Ein Mensch sollte sich mit möglichst wenig umgeben, dann paßt er noch am ehesten. Was für eine schrille Erscheinung, ein geschminkter, geschmückter Mensch! Auf der anderen Seite: was für eine Freude, einer schrillen Erscheinung zu begegnen.

Das unpassende Gedicht hat den Titel »Idyll« und lautet:

Ein trüber, nasser Herbsttag. Auf der Brücke
Zusammenlauf von Volk. »Wo ist's geschehn?
Wie sah er aus?« Der Rettungsnachen, schwankend,
Stößt ab. Schulbuben kleben am Geländer.
Ein Polizist mit rohem Schelten prüft
Verdrossen einen Zettel. »Nicht vor Unglück,
Vor Ekel.« Aus der Ferne naht im Schwungseil
Schwebend ein Mädchen. Plötzlich stutzt sie, staunt
Und zaudert. Dann mit froh erregten Sprüngen,
Jauchzend, den blonden Lockenzopf im Wind,
Eilt sie verklärten Blicks herbei: »Was gibt's?«

Als er vor die Tür tritt, beginnt es zu regnen – was für ein schöner Anfang, seit Jahrtausenden: Als er vor die Tür trat, begann es zu regnen. Er kehrt um und holt seinen Schirm. Kaum öffnet er die Tür zum zweiten Mal, werden die Schleusen erst richtig aufgerissen, und das Wasser strömt herab wie aus Wannen. Er bleibt unter der Tür stehen und überlegt. Der auf den Boden prasselnde Regen zerplatzt und bildet Gischt, die in Schwaden an seine Hosenbeine herangeweht wird. Er schließt die Tür und geht zurück ins Büro. Dort setzt er sich auf den Besucherstuhl und wartet. Er greift nach einem Buch, das da liegt, und liest ein paar Seiten, ohne sich auf sie konzentrieren zu können. Er hat sich vorgenommen, einen Kaffee trinken zu gehen. Was er sich einmal in den Kopf gesetzt hat, kriegt er nicht so schnell wieder aus diesem heraus. Er schaut nach draußen. Der Regen hat nachgelassen. Nur noch kleine Tropfen fallen vereinzelt vom Himmel. Er greift wieder nach dem Schirm und geht zum dritten Mal los. Die Straßen sind naß. Triefende Mädchen kommen ihm entgegen. Die Sonne bricht durch die Wolken, alles glitzert. Im Café »Solitaire« setzt er sich unters Vordach, hinter die Topfsträucher, die, von Wind und Wetter geschützt, in einer Reihe dastehen und die Veranda vom Bürgersteig trennen. Spatzen fliegen heran und wälzen sich in der trockenen Erde unter einem der Sträucher, einem abgestorbenen. So ein Staubbad von Spatzen kennt er noch nicht. Neugierig schaut er zu und freut sich, etwas Neues geboten zu kriegen. Wie Pferde, Katzen oder Schweine, wälzen sich die Spatzen in der Topferde. Manchmal kippen sie auf die Seite, einmal sogar einer auf den Rücken, dermaßen heftig werfen sie sich hin und her. Ein Staubwölkchen steht über der Kuhle, die sie für ihr Bad ausgewählt haben und die durch den Gebrauch immer tiefer wird. Einer nach dem anderen fliegen sie heran, ducken sich in die Kuhle, werfen sich darin hin und her, rucken vor und zurück, scharren Erde auf, ducken sich hinein, wetzen den Schnabel links und rechts darin, dann hüpfen sie auf den Plastikrand des schwarzen Kübels, in welchem der abgestorbene Strunk steht, schütteln sich, plustern sich auf, fliegen weg oder lassen sich erneut in die Kuhle plumpsen.

Die nächste Wolkenfront zieht heran. Innerhalb kürzester Zeit verdüstert sich der Himmel und alles darunter. Große Tropfen beginnen zu fallen, dann schüttet es wieder wie aus Eimern. Die Spatzen verschwinden. Maurice trinkt seinen Kaffee. In einem leerstehenden Laden auf der gegenüberliegenden Straßenseite hat sich kurzzeitig ein Händler mit besonders billigen Schuhen eingemietet. Eine etwa fünfzigjährige, ungelernte Aushilfskraft steht als Verkäuferin zwischen

Türmen aus Kartonschachteln und schaut in den Regen. Sie ist dick. Ihre Füße stecken in engen, spitz zulaufenden Stöckelschuhen aus beigem Plastik. Wie gern Maurice diese Füße anschaut. Immer, wenn er am Schaufenster vorüberkommt, bleibt er stehen, gibt vor, sich für die ausgestellte Ware zu interessieren, und wirft dabei verstohlene Blicke auf die geschwollenen, verformten Knöchel. An den Rändern unserer Städte werden noch und noch billige Schuhe aus Niedriglohnländern angeboten, schlecht gearbeitete Kunststoffprodukte, in denen sich die Füße vor Schmerz nach kürzester Zeit zu krümmen beginnen. Die Besitzlosen kennen nur schmerzende Schuhe. Sie sind der Überzeugung, zu einem Schuh gehöre es, daß er drücke. Trotzdem sind sie immer auf der Suche nach neuen Modellen, welche sich möglichst unterscheiden sollen von den gerade im Moment getragenen, weil diese mehr als alle vorher gekauften drücken. Es sind Geschundene und Beladene, die hier oben Schuhläden aufsuchen in der Hoffnung, von ihren Schmerzen erlöst zu werden. Doch sie werden nicht erhört. Im Gegenteil, sie werden verhöhnt. Man dreht ihnen andere, noch schlimmere Folterzwingen an. So hinken sie durch ihre Tage und geben oft lange vor ihrem Ende das Gehen ganz auf, um sich die restliche Frist im von der Pflegeversicherung zur Verfügung gestellten Elektrorollstuhl fortbewegen zu dürfen. Es ist ergreifend zuzuschauen, wie sie verzweifelt vor den Angeboten auf und ab humpeln, alle mit der Sehnsucht, Linderung von ihren Qualen zu finden. Und wie sie dann etwas kaufen zu einem Preis, für den es in einem seriösen Geschäft im Südwesten der Stadt gerade mal ein Paar Schnürsenkel gibt. Und wie sie dann diese Schuhattrappen anziehen und darin den Laden verlassen mit dem Ausdruck von momentaner Erleichterung, gleichzeitig aber auch größter Skepsis im Gesicht.

Was für eine Zuneigung die engen, beigen Stöckelschuhe

mit den darüber hinausquellenden lila Knöcheln in Maurice auslösen! Dieser vorsichtige Gang, dieses Tippeln, das unbeholfene Tänzeln. Ach du lieber Boden, über den solche Schuhe gehen! Während er sie durchs Schaufenster betrachtet und den Aufwand bestaunt, mit dem sie vorgeben aus Leder zu sein und eine Gummisohle zu haben, übermannt ihn tiefes Einverständnis. Da ist keine Wut gegen die Hersteller oder gar gegen die Trägerin – beide sind sie Betrogene. Es erfordert Anstrengung und Kühnheit, von Schuhen zu verlangen, daß sie passen. Ebenso wie es Anstrengung und Kühnheit erfordert, dies vom Leben zu verlangen. Von Jugend auf lernt die Mehrheit aber, daß das Leben kein Honigschlecken ist.

Das Lustige an den Spatzen ist nicht, was sie getan haben. Das Lustige an ihnen ist, daß Maurice die Zeit hatte, sie wahrzunehmen. In jedem Augenblick tun Spatzen, Menschen, Elefanten und Meere, was sie tun. In jeder Sekunde geschieht alles, doch wir sehen es nicht und empfinden Stillstand. Wir glauben, interessant sei das Außergewöhnliche, die Rhythmusstörung, der Aussetzer. Das Grandiose ist aber der Rhythmus, der Fluß, die Allgegenwart. Wenn wir jederzeit offen genug wären, zu sehen, was uns umgibt, dann hätten wir ein Leben voller Überraschungen, den Traum eines Lebens, einen Roman, ein ewiges Abenteuer. Man stelle sich bloß vor, wir würden, wo immer wir gehen und stehen, Spatzen sehen, Hunde, Winde, die sich merkwürdig verhalten, Mücken, Menschen – immer wieder natürlich und vor allem Menschen, von denen wir am allermeisten glauben, längst zu wissen, wie sie sind, die wir für unseresgleichen halten und demnach für nicht weiter beachtenswert; doch wie sie sich verhalten, ist immer neu ganz und gar unbegreiflich.

Die Mode, hin und wieder für ein paar Tage dem gewohnten Alltag zu entfliehen, in einer fremden Stadt unterzutauchen und dort ein paar Nächte im Hotel zu verbringen, ist jung und wurde, wie alle Moden, von der Wirtschaft geschöpft. Fluggesellschaften hatten leere Maschinen zu füllen, Hotels freie Zimmer, Boutiquen hatten Lager, die geräumt, Opernhäuser Zuschauerräume, die gefüllt werden wollten, Museen träumten davon, ihre ausgestorbenen Säle zu beleben, Restaurants ihre Gaststuben. Man setzte sich also zusammen und entwickelte das Konzept der Wochenendstädtereisen. Die Flugzeuge waren von nun an gut besetzt, kurzreisende Paare saßen eng nebeneinander in den hinteren Reihen, bleich und verschwitzt, man flog von Paris nach Berlin, von Berlin nach Madrid, von Madrid nach London, von London nach Rom und von Rom nach St. Petersburg. Überall nahm die Auslastung in den Hotels zu, die Restaurants hatten keine freien Tische mehr, die Wirtschaft florierte. Die Menschen hingegen fühlten sich zerschlagener denn je. Sie hinkten in der Fremde an sogenannten Sehenswürdigkeiten vorbei, die sie sich zu Hause niemals angeschaut hätten, schleppten sich über sogenannte Boulevards, röchelten in überheizten oder unterkühlten Hotelzimmern, deren Fenster sich nicht öffnen ließen, husteten sich mit Unterdruck in den Ohren durch Wagneropern, die anzuhören sie sich zu Hause geweigert hätten, und schlichen mit entzündeten Augen empfindungslos durch weltberühmte Galerien.

Maurice fühlte sich verpflichtet dazu, an diesem besseren Leben ebenfalls teilhaben zu wollen. Er setzte sich mit seiner Freundin in ein Flugzeug und flog nach Mailand, um von dort aus Turin zu besuchen. Warum gerade Turin? Zu mehr reichte ihr Geld nicht, und schließlich ist Turin nicht weniger eine Stadt als jede andere auch, dachte er. Mit etwas gutem Willen könne man sogar sagen, es sei eine bemerkenswert schöne, intakte, unverfälschte Stadt. Da kaum jemand dort hinfährt, sind auf den Straßen mehrheitlich Einheimische anzutreffen, die da hingehören und nicht wegkönnen. Das wirkt erfrischend auf Fremde. In der Turiner Region regnet es oft; die Straßen sind deswegen von majestätischen Arkaden gesäumt. Überall laden Cafés, Bars, Patisserien und Restaurants zum Verweilen ein, man setzt sich hin und schaut den Vorübergehenden beim Vorübergehen zu.

Maurice steigt mit seiner Geliebten im Hotel »Dogana Vecchia« ab. Schon Mozart und Verdi sollen dem Vernehmen nach hier abgestiegen sein. Das Zimmer geht auf einen kleinen, stillen Innenhof hinaus. Es liegt in der dritten Etage. In der zweiten führt rundherum ein schmaler Balkon. Aus einem der Fenster ist durch die geschlossenen Läden ein Autorennen zu hören, aus einem anderen, ebenfalls durch die geschlossenen Läden, ein Mann, der eine Opernarie singt. Er singt schlecht. Das Zimmer ist nicht schön und ziemlich dunkel. Es wurde vor einigen Jahren renoviert und damals mit den preiswertesten Möbeln ausgestattet, die es zu jener Zeit gab. Im Bad gibt es anstelle eines Fensters einen Abzug mit lautem Ventilator. Die Wände sind mit schönen Steinplatten verfliest. Maurice schiebt die steife, dichte Gardine vor dem Zimmerfenster zur Seite und schaut in den engen Hof. Oben ist ein Fleck Himmel zu sehen, sehr hell, vielleicht blau, vielleicht weiß. Maurice dreht sich um, tritt zurück ins düstere Zimmer, leert den Koffer und räumt die Sachen in den Schrank. Seine Geliebte sitzt auf der Bettkante und schaut zum Fenster hinaus auf die gegenüberliegende Fassade mit ihren geschlossenen Fensterläden. Beim Einräumen stellt sich heraus, daß sie aus Versehen zwei verschiedene Schuhe eingepackt hat, der eine mit einem hohen, der andere mit einem niedrigen Absatz. Sie wird während der nächsten Tage kein Paar Schuhe zum Wechseln haben. Maurice und seine Geliebte sind nicht mehr jung. Ihre Füße schmerzen schnell, die Gelenke sind schartig und schaben. Betrübt schauen sie die zwei unterschiedlichen Schuhe an. Geld, um ein behelfsmäßiges Ersatzpaar zu kaufen, haben sie nicht. Das Reden ist ihnen schon während der Reise vergangen. Sie gehen stumm die Treppe hinunter, legen den Schlüssel auf den Tresen der Rezeption, treten hinaus auf die enge Gasse vor dem Hotel. Oben der Himmel ist auch hier von diffus gleißender Helligkeit. Sie gehen links, gehen rechts, überqueren einen der monumentalen Plätze, stellen dabei fest, daß der Himmel blau ist, gehen hinunter ans Ufer des Po, schauen in die braune Brühe, setzen sich in ein Café, trinken etwas, schauen aneinander vorbei, beide bemüht, nicht traurig zu werden, nicht aufzugeben, die Reise nicht für das zu halten, was sie ist, eine unsinnige, überflüssige Strapaze. Sie humpeln zurück zum Hotel. Die Frau an der Rezeption ist freundlich; sie schaut sie aufmunternd an, händigt ihnen den Schlüssel aus, wünscht weiterhin einen schönen Aufenthalt. Sie fahren mit dem Lift in die dritte Etage, treten in ihr düsteres Zimmer, ziehen die Schuhe aus, legen sich aufs Bett, schauen an die Decke. Sie wollen nichts weiter sehen von der Stadt; sie haben genug Städte gesehen. Sie liegen nebeneinander auf dem Bett und starren an die Decke. Irgendwann meldet sich Hunger, wenigstens eine kleine, schwache Erinnerung daran. Maurice sagt, komm, es ist Zeit zum Essen.

Sie ziehen ihre Schuhe wieder an und gehen los. Die Straßen sind jetzt voller Jugendlicher. Alles macht einen prallen, lebensbejahenden Eindruck. Man flaniert auf und ab, schleckt Eis, redet miteinander, lacht, bleibt stehen, steigt in Autos oder auf Motorräder, fährt weg, kehrt zurück und steigt wieder aus oder ab. Die beiden setzen sich im Gedränge hin und trinken ein Glas Prosecco. Dann erheben sie sich und machen sich auf die Suche nach einem Restaurant. Das entpuppt sich als schwierig. In den Straßen, in denen sie schauen, gibt es wenig Einladendes. Nach einem nicht enden wollenden Rundgang haben sie drei Adressen zur Auswahl. Die erste, am weitesten entfernte scheint ihnen die beste zu sein. Sie überwinden sich und machen sich auf den langen Weg zurück. Die Gelenke schmerzen. Im Restaurant kommen sie zerschlissen an. Trotzdem werden sie freundlich empfangen und an einen schönen Tisch geführt. Es ist ein einfacher Familienbetrieb. Die Gaststube ist voll, die Gäste lachen, reden, trinken, essen und rauchen; es ist schön. Die beiden schauen einander erschöpft an und lächeln. Sie sind froh, hierhergeraten zu sein. Das Essen schmeckt gut, der Wein auch, es ist nicht zu teuer, und sie denken, vielleicht hat sich die kurze Reise ja doch gelohnt. Sie zahlen, spazieren zurück, die nächtlich leere Stadt gefällt ihnen, sie wirkt wohltuend geräumig, luftig, selbstbewußt. Im Hotel werden sie vom Nachtportier freundlich empfangen und mit einem Gute-Nacht-Wunsch ins Bett entlassen. Im Zimmer ist es still. Nicht einmal eine Katze ist zu hören aus dem Hof. Sie schlafen tief und fest. Am folgenden Morgen fahren sie im Lift nach unten und frühstücken im Speisesaal. Der ist lange nicht renoviert worden. Die Tapeten lösen sich von den Wänden, zwei große, verstaubte Lüster hängen von der gewölbten Decke, das Parkett auf dem Boden ist abgenutzt, graues Holz. Durch die trüben Fenster aus buntem Glas fällt kaum Tageslicht. Ein verwunschener Raum, in dem möglicherweise tatsächlich Mozart und Verdi schon saßen. Ein Kellner tritt aus dem schummrigen Hintergrund. Sie bitten ihn um Kaffee mit heißer Milch. Er verschwindet. Sie holen sich von einem Tisch in der Ecke stark duftende, noch warme Apfelküchlein und Blätterteigrollen, die mit Vanillepudding gefüllt sind. Der

Kellner trägt den Kaffee auf, kräftig, schwarz und dampfend, die Milch schäumt. Maurice sitzt mit seiner Geliebten allein im großen, dunklen, stillen Saal, und sie freuen sich flüsternd. Nachdem sie zu Ende gefrühstückt haben, gehen sie die Marmortreppe hinauf, die auf der rechten Seite tiefer ausgetreten ist als auf der linken. Im Zimmer machen sie sich bereit für den Tag. Dann spazieren sie hierhin und dorthin.

Die Leute sind ausnahmslos freundlich zu ihnen, die Taxifahrer geben ihnen zum Abschied die Hand. Offenbar passiert es selten, daß Touristen nach Turin kommen. Die Trauer der beiden wächst, ihre Gehbeschwerden nehmen zu. Sie wissen nicht, ist es Gicht, ist es Rheuma, ist es Arthrose – alles schmerzt, Knochen, Muskeln, Gelenke. Werden sie in Zukunft keine Städtereisen mehr machen können? Werden sie in Zukunft zu Hause sitzen bleiben müssen? Zu Hause, wo es auch schön ist, wo die Menschen auch freundlich sind? Sie gehen nebeneinander her, Hand in Hand, sie an seiner rechten Seite, und die Trauer wiegt schwer. Das Eis schmeckt vorzüglich, die Schokolade nicht weniger, das Wetter ist schön wie am Tag zuvor, trocken und warm. Am Abend sitzen sie im selben Restaurant – nach langen, zermürbenden Gängen, auf denen sie nach einem zweiten einladenden Lokal gesucht hatten, ohne Erfolg, entschlossen sie sich gegen ihr besseres Wissen zu einer Wiederholung. Sie nahmen sich zur Sicherheit vor, nichts gleich zu machen wie am Abend zuvor, einen anderen Tisch zu wählen, andere Speisen, andere Getränke. Nichts von dem, was sie essen, schmeckt ihnen diesmal. Bedient werden sie von einem Kellner, der am Vorabend nicht da war. Er ist nett, aber unpersönlich. Sie fühlen sich nicht gemeint, sitzen da, schauen einander kaum an. Maurice erzählt, daß er als Kind einmal einen Spatzen erschossen, danach aber das Luftgewehr nie wieder angefaßt habe. Seine Geliebte erzählt, daß sie als Kind jeden Sonntag mit den Eltern und ihrer Schwester einen Spaziergang machen mußte. Manchmal seien sie in einer Gaststätte eingekehrt, wo der Vater jeweils Limonade für die beiden Töchter bestellt habe, eine Flasche für zwei, die sie sich dann hätten teilen müssen. Sie ertrage bis heute nicht, im Restaurant etwas mit jemandem teilen zu müssen, er soll bitte immer von allem zwei Portionen bestellen, auch wenn es zuviel werde, sie halte es nicht aus, mit ihm teilen zu müssen. Er sagt, er habe den Eindruck, sie möge ihn nicht mehr leiden. Sie sagt, ach was. Dann schauen sie wieder aneinander vorbei und wissen, daß keiner von beiden schuld ist.

Am nächsten Tag fahren sie zurück zum Flughafen. Der Bus ist klimatisiert, seine Scheiben sind getönt. Er fährt durch flaches Brachland. Manchmal stehen an der Straßenböschung ein paar Büsche beieinander. Lange führt die Straße durch triefend vollgesogene Reisfelder, zwischen denen Rinnsale fließen. Es geht über Kanäle, an kleinen Baumgruppen vorüber, an einem stehengelassenen Gerippe von einem Rohbau vorbei, zwischen Laubwäldchen voller Gestrüpp hindurch. Da und dort hockt eine dunkelhäutige Frau in grellbuntem Kleidchen unter einem Strauch auf einem Campingstuhl und betrachtet sich in einem kleinen Handspiegel, eine Prostituierte, mitten in die Einöde geworfen. Vielleicht wartet sie auf einen der Arbeiter, die in einiger Entfernung an einer Autobahn bauen, vielleicht auf einen Piloten, der ein paar Stunden Aufenthalt hat und zur Entspannung hier hinausfährt. Stumpfe Gesichter und Körper. Schön sind die leuchtenden Farben ihrer winzigen Röckchen und Leibchen, die samtene Dunkelheit ihrer Beine und Arme. Die Klimaanlage surrt, es ist kalt im Bus. Himmel ist durch die nach oben dunkler werdenden Scheiben keiner zu sehen, alles geht über in diffuses Nichts, die verwaschen sumpfigen Felder, die verwaschen sumpfigen Wäldchen, die

Kanäle, die Straßen, die Wegweiser – alles wirkt durch das getönte Glas blaß, selbst der rote Klatschmohn am Wegrand ist bleich und müde. Hinter einem mit Rasen bepflanzten Erdwall taucht das Flughafengebäude auf, ein riesiger, grauer Block. Drum herum stehen Tausende von Autos auf Parkplätzen. Leute steigen aus, Leute steigen ein, kraft- und blutlos, die Farben lösen sich auf. Der Bus hält, die beiden steigen aus.

In der Halle liegen Säuglinge wächsern in Wägelchen oder hängen matt an den schlaffen Brüsten stillender Mütter; die Vorderbeine junger Hunde baumeln über die Arme bleicher Väter; die Lider senken sich über die Augen anzugtragender Männer; die nackten, weißen Füße junger Frauen quellen geschwollen zwischen den veilchenfarbenen Riemen ihrer Sandalen hervor; auf dem Boden zerläuft schweinefüßchenfarbenes Erdbeereis; ein paar Spatzen fliegen durch die Halle, lassen sich zwischen den Beinen der Reisenden nieder, hüpfen von einem hellen Fleck auf dem gesprenkelten PVC-Belag zum nächsten; ein Mann auf einer elektrischen Kehrmaschine fährt langsam vorüber, ohne Geräusch; aus den Lautsprechern sind Namen zu hören von Personen und von Städten, manchmal rattert die Anzeigetafel, eine Kaffeemaschine zischt; Maurice und seine Geliebte schauen einander nicht in die Augen; sie sitzen auf einer verfleckten Polsterbank, starren vor sich hin, je eine Mineralwasserflasche in der Hand. Sie sagt, was machen wir hier bloß, was machen wir hier bloß. Er sagt, vielleicht ist das dieses Zwischenreich, das uns erwartet, wenn wir sterben. Vielleicht sind wir gestorben. Ob wir da jemals noch herausfinden? Hast du die Prostituierten am Straßenrand gesehen? – Ja. Ich habe gelesen, mit Prostitution lasse sich mehr Geld verdienen als mit Drogen. Frauen kosten nichts in der Herstellung. Man verfrachtet sie aus Rußland, Afrika und Asien nach Europa, sperrt sie hier in Container, transportiert sie dorthin, wo viele Männer auf einem Haufen sind – Messen, Großbaustellen –, setzt sie aus, sammelt sie abends wieder ein und kassiert ab.

Die sterbende Greisin liegt schief im Bett. Sie war ihr Leben lang nicht fähig, für ihren eigenen Vorteil zu sorgen. So kommt ihr auch jetzt nicht in den Sinn, sich gerade auszustrecken. Maurice sitzt neben ihr. Es ist still. Dann und wann bauscht sich die Gardine vor dem offenen Fenster. Draußen ist das feine Fiepen eines einzelnen Vögelchens zu hören. Die Sommersonne steht im Zenit. Es ist drückend heiß, die Luftfeuchtigkeit hoch. In der Ferne zieht ein Martinshorn vorüber. Was zu sehen ist, ruht, döst, atmet flach. Die Greisin schnarcht kaum vernehmlich. Ihr Mund steht halb offen. Ein Speichelfaden spannt sich zwischen Ober- und Unterlippe. Beim Einatmen biegt er sich nach innen, beim Ausatmen nach außen. Ein übriggebliebener, einzelner, karamelfarbener Zahnstumpf ist im unteren, rechten Kiefer zu sehen. Maurice sitzt auf dem fahrbaren Toilettenstuhl, der vor dem Bett steht. Den linken Arm hat er auf die Lehne gelegt. Mit dem rechten Daumen stützt er den Kopf unter dem Kinn ab. Der Zeigefinger bohrt sich ihm in die Schläfe, der gebogene Mittelfinger drückt seine Nasenspitze nach links, die Augen sind geschlossen. Das rechte Lid ist nach oben verschoben und läßt einen weißen Streifen durchschimmern. Sein Kopf rutscht langsam aus der Balance und fällt. Maurice schreckt hoch. Er fragt mit rauher Stimme, soll ich etwas vorlesen? ein Märchen? Die Greisin sagt äähh. Maurice geht in den schummrigen Altenheimflur zum Bücherregal. Memoiren von verstorbenen Politikern, an deren Namen er sich nur dunkel erinnern kann, stehen da, Klassiker, Sagen aus der Region, Bildbände, Kinderbücher. Er zieht ein altes

Schullesebuch aus der Reihe. Staub liegt dick obendrauf. Er trägt es vorsichtig zu einem Fenster, öffnet es, kneift die Augen zusammen, bläst den Staub nach draußen, schließt das Fenster, geht zurück ins Zimmer, setzt sich auf den Toilettenstuhl und schlägt das Buch auf. Der Geruch von ungewaschenen Haaren steigt ihm entgegen. Das Buch ist in altdeutscher Schrift gedruckt. Es gibt darin eine Abteilung mit Märchen. Das erste ist von Andersen und handelt von einer Nachtigall. Nach ein paar Sätzen ist die Greisin eingeschlafen. Maurice liest laut weiter, begleitet vom schleifenden Geräusch aus dem Rachen der Greisin. Das Märchen ist beklemmend. Ein sterbender chinesischer Kaiser kommt darin vor. In seinem Schloß sind überall Teppiche ausgelegt, um die Schritte der Untertanen zu dämpfen. Jedermann schleicht auf Zehenspitzen und flüstert oder murmelt nur noch. Sämtliche Fenster sind geschlossen. Lärm ist bei Todesstrafe untersagt. Maurice liest mit gehobener Stimme. Er ist nicht gewöhnt vorzulesen und wird davon heiser. Die Greisin schnarcht. Er liest stumm weiter. Eine sonderbar helle Traurigkeit nimmt von ihm Besitz. Es geht kalt zu im Märchen. Der Kaiser (der sterbende? bereits sein Nachfolger? nachlesen) hört eine Nachtigall im Wald, ist begeistert von ihrem Gesang und bittet sie zu sich an den Hof. Sie folgt seiner Einladung. Nach einiger Zeit langweilt er sich mit ihr und läßt sie durch eine künstliche ersetzen. Die echte fliegt zurück in den Wald und singt für sich allein weiter. Am Ende geht die künstliche kaputt, der Kaiser verlangt wieder nach der lebenden, sie kommt, singt für ihn und fliegt davon. Ende. Unversöhnlich. Ausweglos. (Ich habe »Die Nachtigall« nachgelesen. Der Kaiser darin stirbt nicht. Im Gegenteil, er erholt sich dank dem Gesang der echten Nachtigall und steht am Ende von seinem Sterbelager auf.)

Die Gardine bauscht sich. Maurice schaut nach draußen,

wo weiterhin alles bewegungslos ruht. Die Greisin röchelt und wacht auf. Er fragt, willst du ein anderes hören? Sie sagt chchch. Er liest mit lauter, heiserer Stimme das nächste, »Der kleine Muck«. Nachdem er auf der zweiten Seite bei »bist ein braver, kleiner Zwerg / hast ein Köpflein wie ein Berg / schau dich einmal um und guck / lauf und fang uns, kleiner Muck« angelangt ist, was er mit verstellter, hoher Kinderstimme gerufen hat, sagt die Greisin: Jetzt sag aber nichts mehr. Maurice steigt die Zornesröte ins Gesicht. Da gibt man sich Mühe, und dann... Er klappt das Buch zu und stellt es im Flur zurück ins Regal. Dann setzt er sich wieder auf den Toilettenstuhl und starrt die Greisin feindselig an. Beide schweigen. Sie hält die Augen geschlossen. Er überlegt, warum sie sein Vorlesen nicht schätzt. In seiner Vorstellung ergab das ein überaus anrührendes Bild: junger Mann, einer sterbenden Greisin Märchen vorlesend. Dann fällt ihm Andersens chinesischer Kaiser ein, der zum Sterben absolute Ruhe befohlen hatte, und er überlegt, ob er mit seinem geröhrten kleinen Muck die Greisin möglicherweise daran gehindert hatte, endgültig zu entschlafen? Vielleicht war er sogar an einem schmerzhaften Stich in ihrem Kopf schuld, hatte sie aus dem entscheidenden Dämmerzustand aufgescheucht, was nicht zu vergleichen ist mit den kleinen Stichen, die man erfährt, wenn man durch ein Geräusch oder einen Gedanken aus seinem eigenen täglichen Dösen emporgerissen wird. Das große Einschlafen braucht alles an Konzentration, Ruhe und Geborgenheit, was man nur aufzubieten hat. Man darf dabei auf keinen Fall unterbrochen werden. Jede Stimme stört, jedes Fiepen eines Vogels, selbst das Surren einer Fliege, die sich hinter die Gardine verirrt hat, lenkt ab. Die kleinste Störung läßt einen aufschrecken und emporschießen, zurück ins Leben. Und dann muß man den ganzen langen Weg noch einmal machen, den Abstieg in den Schlaf.

Die Greisin war möglicherweise bereits in finsterste Tiefen vorgedrungen, als er seinen kleinen Muck brüllte, und vollkommen erschöpft mußte sie zurückkehren an die Oberfläche, wo sie von Maurice nun ungehalten angeschaut wird. Er sitzt wütend auf ihrem Toilettenstuhl und schweigt, den Kopf diesmal auf die linke Hand gestützt, Zeige- und Mittelfinger an der Schläfe, den Unterkiefer auf dem Ballen, den abgeknickten kleinen neben dem abgeknickten Ringfinger am linken, hochgeschobenen Mundwinkel.

Seine Freundin hatte zu ihm gesagt: Ich bohre mir lieber ein Loch ins Knie, als daß ich jemandem beim Sterben zuschaue. Da bekommt man sein Leben lang in immer blumigeren Varianten erzählt, wie einmalig prägend die Erfahrung sei, beim Tod eines nahen Verwandten dabeizusein. Und wenn es dann soweit ist, erkennt man: Es langweilt einen. Ja, ich würde vor Langeweile sterben, wenn ich mir das Ende meines Vaters mit ansehen müßte. Was wird schon sein?! Irgendwann wird er zum letzten Mal ausatmen, und das war's dann. Und bis es soweit ist, ziehen sich die Stunden quälend langsam dahin. Eine erhellende Mitteilung wird er nicht machen. Irgendeinen überflüssigen Unsinn wie »Die Uhr muß aufgezogen werden« oder »Ist die Tür vom Kühlschrank zu?« oder »Der Wievielte ist heute?« oder »Komm mal hierher« wird er als Letztes sagen. Ich will nicht wissen, welche Banalität es ist. Da hat man ein Leben lang Zeit, sich Gedanken zu machen, und am Ende fällt einem nichts Besseres ein als zu fragen, »Der Wievielte ist heute?« oder »Ist die Haustür abgeschlossen?«. Das ist doch deprimierend. Soll es registrieren, wer will, ich empfinde es als Zumutung. Oder er wird nach meiner Hand greifen in der letzten Sekunde, damit ich danach immer wieder weitererzähle, mein Vater habe in seiner Sterbesekunde nach meiner

Hand gegriffen. Es tut mir leid, ich finde das armselig. Möge er in Frieden sterben, das wünsche ich ihm von Herzen. Daß er mir zeigen kann, wie man das anstellt, dieses berühmte In-Frieden-Sterben, das traue ich ihm nicht zu. Er hat mir nicht zeigen können, wie man mit Anstand lebt, wie sollte er mir dann zeigen können, wie man mit Anstand stirbt. Er wird genauso blödsinnig aus dem Leben stapfen, wie er durch es hindurchgestapft ist. Nicht daß ich ihm daraus einen Vorwurf mache – er wußte es nicht besser –, aber ich will's nicht mit ansehen, weil ich sonst bloß traurig werde eingedenk der Tatsache, daß ich aller Wahrscheinlichkeit nach keinen Deut besser bin als er. Denn wir sind wie unsere Eltern, und die sind wie ihre Eltern, daran gibt es nichts zu rütteln. Man möge mich anrufen, wenn es soweit ist, und man erspare mir die Details.

An Hamid:

»...Ob ihr Tod mir nahegegangen ist, weiß ich nicht zu sagen. Ich habe den Eindruck, ich sei dabei kalt geblieben bis ins Herz. Hinterher wurde sie blitzbeerdigt. Das Beerdigen ist hierzulande ein einziges Vergnügen. Alles, was damit zusammenhängt, funktioniert vorbildlich. Am liebsten würde ich mich nur noch mit Beerdigungen befassen. Alle mit dem Tod Beschäftigten erweckten ausnahmslos den ansprechenden Eindruck, ganz und gar vernünftig, zuverlässig, pünktlich und anständig zu sein. Ich war von ihnen in jeder Hinsicht angetan...«

Das einzige, was er danach mit Bestimmtheit sagen konnte, war, daß er froh sei, die Greisin, die sich in den Kopf gesetzt hatte, seine Mutter zu sein, einigermaßen leicht sterben gesehen zu haben. Sie sei eine sonderbare Frau gewesen, fast eine Kreatur nur. Sie habe hinterher niemandem gefehlt, habe keine

Lücke hinterlassen, sei einfach vorher dagewesen und nachher nicht mehr. Ihren gesamten Besitz habe er ungeprüft auf den Müll werfen können. Was sie war, habe er rasch vergessen können. Würde er sich bewußt so zum Verschwinden bringen können, wie sie sich schon zu Lebzeiten zum Verschwinden gebracht habe, würde er bei den Chinesen oder anderswo bestimmt ein großer Alter genannt werden, ein Meister, der auf irdische Güter und alles andere in seinem Leben zu verzichten gelernt hatte. Sie aber habe es einfach nicht besser gewußt. Sie habe nicht zu essen verstanden, nicht zu trinken, nicht zu denken, nicht zu reden. Sie habe zuletzt nur noch in ihrem Bett gelegen, habe dann und wann einen ziemlich dummen Satz gesagt, meistens eine Wiederholung, habe nicht verstanden, sich ihre Stunden leichter zu machen, habe einfach ratlos dagelegen und sei froh gewesen, wenn er sich neben sie gesetzt habe. Außer ihm habe sie niemanden vertragen, wobei sie selbst dies nicht auszudrücken verstanden habe. Sie habe keine Sprache, keine Taktik, keine Strategie, keine Diplomatie gekannt – sie sei zuletzt einfach ein Wesen im Bett gewesen, das endlich habe sterben können.

Ich habe den Kanal gestrichen voll, um zwischendurch einmal eine Redewendung einzuflechten, die zwar, wie das Gedicht weiter vorne, weder zu mir noch an diese Stelle paßt, die mich aber aufzuheitern vermochte, als sie mir eben gerade durch den Kopf wischte.

An Hamid:

»... Hinter der Wand haben sich die Dinge in eine andere Richtung entwickelt. Ich weiß, es interessiert Dich nicht, aber wem soll ich es sonst erzählen: Das Cello ist verstummt, dafür erklingt jetzt manchmal ein Klavier. Der Übergang vom einen

Instrument zum anderen verlief fließend. Eine Zeitlang spielten sie gemeinsam, beide ausgesprochen unbeholfen, was mich beim Cello verblüffte, das vorher doch oft geradezu meisterhaft gespielt worden war. Es klang plötzlich wie bei einem Musiklehrer, der zwei Anfänger gleichzeitig unterrichtet und ihnen aus pädagogischen Gründen einfache Duette zum Üben gibt. Das Cello fehlte dann aber zunehmend häufiger.

Das Bemerkenswerte am Klavier ist das Programm. Es wird nicht geübt, wie man das kennt: unsicher, holprig, mal laut, mal leise, mal schnell, mal langsam, von Mal zu Mal sicherer, anspruchsvoller, melodiöser. Es ist vielmehr ein motorisches Töne-Anschlagen ohne Richtung und Ziel. Zwar wird nicht geschludert; es ist kein dekonzentriertes, sondern ein besessenes Hämmern. Der Spieler hackt in schnellem Rhythmus auf eine einzelne Taste, viermal hintereinander, wechselt zur nächsten, wieder viermal, zur nächsten, und nach der vierten schlägt er alle vier auf einmal an, als sei er ausgerutscht, dann das Ganze rückwärts, dann einen halben Ton höher, so über die gesamte Tastatur, kräftig, immer gleich laut, als trainiere er den absoluten Anschlag. Das geht etwa eine halbe Stunde lang so, dann wechselt die Übung zu einem Auf und Ab. Vier Töne hoch, vier hinunter, verhältnismäßig rasch, mit häufigen Verspielern – deswegen kann ich mir nicht vorstellen, daß der Übende das Klavierspiel beherrscht und es sich nur um ein Fingeraufbautraining handelt –, wieder beachtlich lange und gleichbleibend heftig, wie Schumann vielleicht, als er von seiner Krankheit gejagt die Fingerfertigkeit schwinden fühlte und sich die absonderlichsten, qualvollsten Exerzitien auferlegte. Aber es sitzt kein Schumann hinter der Wand. Es werden niemals auch nur Ansätze einer Melodie probiert. Es eröffnen sich keine musikalischen Welten. Ausschließlich diese nebeneinandergesetzten Stakkatotöne sind zu hören, besessene Anschläge wie von einem gestörten Kind. Nach einer Weile wird das schnelle, regelmäßige Auf und Ab hypnotisierend, ich meine, ein minimalistisches System dahinter entdecken zu können, doch trotz der überwältigenden Einfachheit der Läufe – vier Töne hinauf, vier hinunter – passieren viel zuviele unkorrigierte Fehler – nicht so sehr im Rhythmus, der wird sklavisch eingehalten, sondern in der Tastenwahl –, als daß es sich um eine angepeilte Komposition handeln könnte. Es muß sich doch eher um eine Kräftigung der Fingermuskulatur oder um eine Beruhigung der Nerven handeln – ein hyperaktives Kind vielleicht, dem man zur Besänftigung Stunden am Klavier verschrieben hat, wo es mechanisch seine überschüssige Energie abreagiert.

An einem Samstagnachmittag dann tauchte plötzlich auch noch ein Fagott auf. Sein Klang drang geschmeidig durch die Mauer, rein und klar. Wieder waren es nur Tonleitern und kleine Tonabfolgen, die wiederholt wurden. Der Ton klang samten, geschmalzt.

Warum ich das alles so penibel festhalte? Draußen ist es kalt und naß. In der Zeitung steht, es sei der kälteste September seit hundert Jahren. So sitze ich länger als gewöhnlich in meinem Büro, mag nicht in den Regen hinaustreten und mich auf den Heimweg machen, warte, es wird dunkel, und etwa ab siebzehn Uhr beginnen sie jenseits der Mauer zu üben. Mal das Klavier allein mit seinen rasenden, dumm mechanischen Läufen, mal das Cello mit kurzen, fahrigen Versuchen, mal das ölige Fagott. Vielleicht wird ein Orchester zusammengestellt...«

Im Café »Solitaire« sitzt zuweilen eine junge Frau und liest die Zeitung, die auch Maurice bevorzugt. Er setzt sich, wenn es so ist, ungehalten an seinen Stammplatz und wartet, bis sie mit der Lektüre fertig ist. Während er warten muß, schaut er sie an. Sie sieht aus, als habe sie schwere Knochen. Ihr Gesicht ist weich und weiß wie roher Teig. Die dunklen Haare hängen daran links und rechts herunter und enden unentschieden irgendwo zwischen Brust und Bauch. Sie trägt eine schwarze Lederjacke. Wenn Maurice vor ihr da ist und die Zeitung liest, tritt sie manchmal an seinen Tisch und bittet ihn, ihr den Bund mit den Stellenanzeigen zu leihen. Dazu wischt sie sich mit der Hand fahrig die stumpfen Haarsträhnen aus dem Gesicht, und ein Schwall abgestandener Luft weht ihm entgegen. Er gibt ihr den verlangten Bund, sie setzt sich damit an einen Tisch in der Mitte des Raums und beginnt umgehend, die Annoncen zu studieren. Er überlegt, ob er ihr sagen solle, sie müsse sich waschen und ihre Haare ein wenig zuversichtlicher arrangieren, sonst werde sie nie eine Stelle kriegen. Aber er weiß, daß sie auch dann keine kriegen wird, wenn sie sich wäscht und die Haare anders legt. Sie ist nicht mehr ganz jung und kann sich deswegen nicht mehr so leicht biegen, wie das im Berufsleben allgemein nötig ist.

Der Koch des Cafés kommt mit einem tragbaren Fernsehgerät aus der Küche. Er ist aufgeregt, stellt das Gerät auf den Tresen und ruft nach der Kellnerin. Gemeinsam schauen sie auf den Bildschirm. Man sieht zwei Hochhaustürme in sich zusammensacken. Die Frau mit den dunklen Haaren hebt ihr teigiges Gesicht und schaut hin. Dann schaut sie wieder ins Blatt mit den Stellenanzeigen. Da die Kellnerin und der Koch abgelenkt sind, traut sie sich, eine Anzeige herauszureißen und in ihre Jackentasche zu stecken. Dann ruft sie, sie möchte bezahlen. Die Kellnerin geht hin und sagt, haben Sie's mitbekommen? Es gibt Krieg. – Krieg? – Ja, in Amerika. – Ah ja. – Das scheint Sie weiter nicht zu interessieren? – Nein. – Na hören Sie mal! Krieg in Amerika, das ist doch immerhin etwas?!

Die Frau in der Lederjacke bezahlt und geht. Maurice sagt,

er möchte dann auch gern bezahlen, gibt der Kellnerin das übliche Trinkgeld und folgt der Frau. Sie überquert den Platz und betritt eine Telefonkabine. Dort holt sie das herausgerissene Inserat aus der Jackentasche, liest die Nummer ab und wählt. Maurice schaut ihr dabei von draußen zu. Er überlegt, ob er ihr erklären solle, daß das Leben schön sei, daß man sich nur nach dem richtigen umzutun brauche, daß zum Beispiel dasjenige auf dem Land dem Vernehmen nach besser sei als das in der Stadt, daß insbesondere außerhalb Deutschlands, beispielsweise in gewissen Teilen Italiens oder Frankreichs, geradezu beneidenswerte Arten des Lebens zu finden sein sollen ... Sie wartet mit dem Hörer am Ohr, wischt sich eine Haarsträhne aus dem Gesicht, hebt müde den Kopf und begegnet seinem Blick. Er schaut betreten zu Boden und geht weiter.

In der U-Bahn, auf dem Nachhauseweg, hört er mehrmals: Diese Schweine, diese Schweine, jetzt reicht's diesen Schweinen aber. Am Abend klemmt die Kellnerin aus dem Café »Solitaire« vor der amerikanischen Botschaft vielleicht eine Rose ins Absperrgitter, und der Koch stellt eine brennende Kerze auf den Asphalt davor, neben andere, die bereits da stehen. Im Fernsehen ist später die Rede von betroffenen Bürgern und von einer Lichterkette, die sie gebildet haben. Dann tauchen auf dem Bildschirm all die bekannten Gesichter auf, die geblähten Köpfe älterer Herren, die mit Wollust ihre Gewandtheit im Reden und in Spielereien des Verstandes vorführen, ihre Fähigkeit, nichts an sich haften zu lassen und das einzige, was sie treibt, zu vertuschen, ihre Gier nach mehr Geld und ihre Sucht, den Kopf ins Licht zu rücken.

Am Tag darauf ist im Café neben der Treppe zum Klo eine Art kleiner Altar aufgebaut, ein Foto von der Freiheitsstatue, zu dessen Füßen fünfzehn brennende Teelichter in roten Plastikbehältern stehen.

Maurice legt den Kopf in den Nacken und denkt an seinen verstorbenen Vater. Ein anderer kommt ihm in den Sinn. Auch der eine Leiche. Die grauen Wollsocken an dessen Leichenfüßen... Von seinem eigenen weiß er nur noch, daß der eines Tages auf einem Spaziergang besonders langsame Schritte machte, ja, daß er geradezu schlich, und als Maurice ihn fragte, warum gehst du so langsam, antwortete er, verzeih, ich kann nicht mehr schneller. Auf seinem Gesicht stand größte Anstrengung geschrieben, als wären sie die letzte halbe Stunde gerannt. Das Herz will halt nicht mehr so, sagte er. Das war das einzige Mal, daß der Körper seines Vaters in Maurice' Bewußtsein trat. Bald darauf starb der Vater an einem Herzschlag, schnell und entschieden. Dazu legte er sich vorher ins Bett und streckte sich auf dem Rücken gerade aus. Er war ein ordnungsliebender Mann, überzeugt von der Logik der Dinge. Versuchte er sich auszudrücken, reihte er eine Eindeutigkeit an die andere. Er setzte auf Übersichtlichkeit. Da sich Eindeutigkeiten oft widersprechen, schwächte er die eine ab und bog die andere zurecht, damit sie aneinanderpaßten, worauf ihm die dritte suspekt vorkam, die er in der Folge ebenfalls zurechtstutzte. Am Ende lag regelmäßig ein wirres Knäuel aus lauter verschnittenen Eindeutigkeiten vor, ein verfilztes Gewürge, aus dem niemand klug werden konnte. Das präsentierte er mit größter Selbstverständlichkeit, überzeugt von der Klarheit seiner Schöpfung. Wäre Maurice vor ihn getreten und hätte ihm gestanden, daß er dem Gedankengang nicht folgen könne, ja, daß er nicht einmal seine eigenen Gedankenfäden auseinanderhalten und zurückverfolgen könne, wäre sein Vater empört gewesen über diese Schwäche seines Sohns und hätte gesagt, laß mal sehen, das werden wir schon hinkriegen, alles hat seine Logik.

Im Alter litt er unter Gicht an den großen Zehen. Irgendwo

hatte er gelesen, das komme von sauren Strömen, die durch seinen Körper fließen würden. Er müsse eine Matte aus basischer Kupferwolle unter seine Matratze legen und nachts um die Fußgelenke Kupferringe tragen, welche die Ströme abfließen ließen. Also hatte er sich Kupferwolle besorgt und unter die Matratze gelegt, dazu fingerdicken Kupferdraht, von dem er zwei Stücke abschnitt, deren Enden er rund feilte, um die Stücke dann zu Reifen zu biegen. Der eine war etwas enger und oval, der andere etwas weiter und eiförmig. Die streifte er sich abends, bevor er ins Bett ging, über seine Knöchel. Nachdem er gestorben und seine Leiche weggeschafft worden war, hatte Maurice die beiden Reifen auf dem Nachttisch neben dem Bett mit der alten, verfleckten Matratze entdeckt. Was für eine heiße Welle der Zuneigung schoß da durch ihn hindurch! Dann warf er die Ringe in den Abfalleimer.

Später einmal, nachdem der Schlaf auch ihn längst zu fliehen begonnen hatte, las Maurice in einer von Flavians Gesundheitsbroschüren, Schlafstörungen würden ausgelöst durch Wasser- oder Erdstromadern, welche unter den Wohnhäusern durchgingen. Ein sicheres Hilfsmittel sei, Zwiebeln unter dem Bettgestell auszubreiten. Diese würden jede Art von Strömungen neutralisieren. Also legte er Zwiebeln aus. Es roch angenehm. Er schlief ähnlich unruhig weiter und zählte die S-Bahnen, die unter dem Fenster vorüberfuhren. Nach einem halben Jahr räumte er die Zwiebeln weg. Sie waren von winzigen schwarzen Tierchen befallen, welche wie Sand aus ihnen rieselten.

Die Sonne scheint. Maurice fährt auf seinem Rad langsam an zwei Männern vorbei, die im Park am Rand des langgezogenen Tümpels nebeneinander Rumpfbeugen machen. Eine Mücke fliegt ihm ins Auge. Er vergißt die beiden Männer auf der Stelle, hält an, steigt vom Rad und beschäftigt sich mit der Mücke. Über seinem Kopf stehen Hubschrauber in der Luft. Präsidenten aus verschiedenen Nationen sind in Berlin auf Besuch. Sie werden von oben bewacht. Maurice ist froh, für gewöhnlich nicht von Hubschraubern behelligt zu werden. Der Lärm macht ihn nervös. Die Präsidenten sind angereist, um sich gemeinsam fotografieren zu lassen und miteinander zu dinieren. Nach dem Essen setzen sie sich an einen runden Tisch und reden übers Regieren, derweil die Verdauung sie träge macht. Was sie sagen, wurde ihnen von Angestellten aufgeschrieben. Die Angestellten, welche Präsidenten aufschreiben, was sie zu sagen haben, sind in der Regel unfroh und trinken aus Überdruß zuviel Alkohol. Die Sätze der Präsidenten sind deswegen meist vernebelt. Präsidenten hören einander jedoch nicht zu und stören sich deswegen nicht am Nebel, in dem sie gemeinsam versinken. Sie sind vom vielen Reisen müde und dösen vor sich hin, nachdem sie ihre Sätze abgelesen haben. Da Präsidenten in der Gefahr stehen, von Wahnsinnigen umgebracht zu werden, schirmt man sie von der Außenwelt ab. Auf diese Weise geschieht es nur selten, daß die vernebelten Sätze, die sie sagen, an die Öffentlichkeit dringen. Was an die Öffentlichkeit dringt, sind Zusammenfassungen ihres Gesagten, welche wiederum von anderen Angestellten gemacht werden, die ebenfalls aus Überdruß rauchen und zuviel Alkohol trinken.

Auch Hochschulprofessoren hören einander nicht zu. Sie stellen sich auf Konferenzen voreinander hin und rezitieren ihre Sätze wie auswendig gelernt. Nachdem der erste seins gesagt hat, setzt er sich ins Auditorium, während die anderen – die, solange er redete, geschwiegen hatten – mit den Fingerknöcheln auf erreichbare Tischplatten pochen. Dann erhebt sich der zweite und liest ab oder spricht auswendig, was er sich zu Hause ausgedacht und aufgeschrieben hat, dann der dritte und so fort. Auf das, was allfällige Vorredner geäußert haben, geht keiner ein. Selbst Professoren brauchen Zeit, um sich Gedanken machen und sie wissenschaftlich unterfüttern zu können. Diese Zeit steht ihnen auf Konferenzen nicht zur Verfügung.

Immer mal wieder hat Maurice Grund, sich über die Kunst des deutschen Straßenbaus zu freuen. In der Schule lernte er, im Dritten Reich seien vor und während des großen Kriegs vorbildliche Autobahnen gebaut worden. Jedermann auf der ganzen Welt habe Deutschland damals bestaunt. Nachdem Berlin Ende des zwanzigsten Jahrhunderts zur Hauptstadt der neu vereinten Nation gewählt worden war, setzte erneut ein heftiges Bauen ein. Regierungsgebäude mußten errichtet und Wohnungen für circa fünfzigtausend Staatsangestellte bereitgestellt werden, dazu kamen Flughäfen, Bahnhöfe, Gleise, Brücken und Straßen. Die Stadt wurde jahrelang umgestaltet, riesige Brachen wurden überbaut, Wege umgelegt, Wohngebiete untertunnelt, ganze Seen verschoben, Kanäle umgebettet. Auf Maurice' täglichem Weg ins Büro lagen verschiedene Großbaustellen. Um ungehindert die Arbeit erledigen zu können, mußte der Verkehr oft umgeleitet werden. Dazu legte man manchmal sogar Ersatzstraßen und -brücken an. Asphaltbänder wurden über den Sand ausgerollt wie schwarze Läufer, man fuhr ein paar Monate links um einen Krater, der dann zugeschüttet wurde, worauf das Asphaltband auf diese Seite verlegt wurde und man rechts um einen neuen Krater zu fahren hatte. Wenn alles fertig war, wurde die alte Straße wieder eröffnet, und man fuhr mittendurch. Jedesmal, wenn Maurice auf seinem Rad unverhofft auf eine solche Ersatzstraße wechseln mußte, war er entzückt von der Qualität dieses Ersatzes. Und wenn dann nach langer Bautätigkeit die alte Straße wiederhergestellt war, hatte er eine ebenso große Freude, wieder über sie fahren zu dürfen. Es war hier wie dort ein einziges Gleiten. Straßen sind in Deutschland dank der langjährigen Erfahrung etwas geradezu Gefedertes, Gedämpftes, Samtenes.

Denen, die noch leben, erzählen, wie es war, als sie lebten. Die wachsende Aufdringlichkeit der Tauben nicht vergessen, die weite Leere ringsum, die Anstrengung vieler, für etwas gehalten zu werden, bei gleichzeitiger Weigerung, etwas zu sein, und so weiter...

Einige Zeit stand zum Beispiel das Wort Gentechnologie auf den Titelseiten der Zeitungen. Die Verkäuferin im Supermarkt machte sich darüber ebenso ihre Gedanken wie der Verwaltungsratspräsident der Ladenkette, zu der ihr Supermarkt gehörte. Ein Amerikaner namens Kurzweil hatte die Chance am Schopf gepackt und sich ins Licht der Weltöffentlichkeit gerückt, indem er den Vorsitz derjenigen, die von Gentechnologie redeten, übernommen hatte. Wer etwas dazu sagen wollte, kam nicht mehr um den Namen Kurzweil herum. Gleichzeitig wurde in Hannover das Licht angeknipst zur erstmaligen Aufführung des ungekürzten Faustdramas Johann Wolfgang von Goethes. Der Regisseur, der das Werk bis aufs letzte Komma in Szene gesetzt hatte, wurde Titan genannt. Sein Name stand ein paar Tage lang neben Gentechnologie auf den Titelseiten der deutschen Zeitungen. Die Aufführung dauerte länger als zwanzig Stunden. Jeder Vers wurde gesprochen, derweil auf dem Nettelbeckplatz Obdachlose ein Fahrrad zerlegten. Früher gingen sie zu Fuß. Seit Fahrradfahren in Mode gekommen ist, liegen immer mehr ausrangierte Fahrräder an den Straßenrändern. Obdachlose haben die Angewohnheit, Liegengelassenes auf seine Verwendbarkeit hin zu prüfen. So kommt es, daß sich auf dem Nettelbeckplatz in der Ecke der Obdachlosen einige alte Fahrräder angesammelt hatten. Auch zum vergangenen Krieg in Jugoslawien ließen sich die Stützen der Gesellschaft weiterhin ihre Meinungen entlocken. Zu jener Zeit schien es günstiger zu sein, Gentechnologie für fragwürdig zu halten; der ehemalige Krieg in Jugoslawien fand etwa gleich viel Zustimmung wie Ablehnung, die Intelligenteren waren dagegen; der integrale Faust erhitzte die Gemüter wenig.

Wer mitreden will, muß Zeitungen lesen, am besten die einschlägigen. Das Wetter ist verschleimt. Es macht den Eindruck, sich nie mehr richtig erholen zu wollen. Maurice hat keine Meinung zu Gentechnologie, Jugoslawien und Faust, weiß nur gerade, daß es bisweilen günstiger ist, gegen das eine und für das andere zu sein. Zu den Fahrrädern auf dem Nettelbeckplatz ist die Meinung meistens freigegeben.

Im Theaterstück Faust stehen viele verunglückte Verse. Das ist natürlich. Niemand kann verhindern, dann und wann trotz allem auch dumm zu sein. Es ist eine Qual, den ganzen langen Faust vorgeführt zu bekommen und die zahllosen Unzulänglichkeiten darin schamrot aufleuchten zu sehen. An die Öffentlichkeit gezerrtes Geschriebenes macht nachdenklich und traurig. Es ist immer schlechter als das, was man sich davon erhofft. Manche kommen deswegen zum Schluß, überhaupt nichts mehr zu lesen und zu schreiben, sondern sich die Sachen nur noch vorzustellen. Die sitzen dann da und schweigen. Faust, wie man ihn sich vorstellt, ist erschütternd. Vor die nackten Augen gekarrt, ist er ernüchternd. Man kann dann auf einmal mitreden. Es heißt, Faust verkörpere das Deutsche schlechthin. Das stimmt nicht. Er verkörpert ein Stück Johann Wolfgang von Goethes und vertritt wie dieser die Meinung, zu einer Zeit, in der über Gentechnologie geredet werde, müsse man ein bißchen mehr von Gentechnologie verstehen als der Durchschnitt, dann bleibe man obenauf. So weiß Faust immer ein bißchen besser als die anderen, wovon gerade die Rede ist, und wähnt sich oben.

Die Obdachlosen stehen unter ihrer Platane. Der eine hält schwankend einen schlaffen Fahrradschlauch in die Höhe, ein anderer klammert sich an einem radlosen Fahrradgestell fest, ein dritter grölt und schwingt eine lose Fahrradkette durch die Luft.

Maurice sitzt im Café und liest die Zeitung, in der steht, ein Mann namens Goethe habe in mythologischer Raffgier versucht, alles, was ihm untergekommen sei, in eine deutsche Märchentruhe namens Faust zu stopfen und dieser dann das dramatische Gehen beizubringen, ein Herr Kurzweil schwärme von genmanipulierter Zukunft, ein Krieg in Jugoslawien sei richtig oder falsch gewesen, und das Wetter werde sich aller Voraussicht nach ändern.

Es muß sich um ein geistesgestörtes Kind handeln, das jenseits der Mauer haust! Monate sind ins Land gegangen, seit Maurice das letzte Mal auf die Töne geachtet hat, und nun, da er sie zufällig wieder einmal zur Kenntnis nimmt, ist es derselbe Stumpfsinn, der herüberklingt, dasselbe einfältige Gehämmer auf dem Klavier, das motorisch schnelle viermalige Anschlagen der einen Taste, der nächsthöheren Taste, der wieder nächsthöheren, gefolgt vom einmaligen Anschlagen mehrerer Töne gleichzeitig, mit dem Handballen oder einem Kinderfäustchen, dann wieder vier einzelne Töne schnell hintereinander ... Wollte Maurice all die bis hierher erwähnten Dinge seiner Geliebten erörtern, würde sie zwar stillhalten, möglicherweise, würde brav sitzen bleiben, ihn anhören, seine Betrachtungen über sich ergehen lassen, doch nur mit größter Willensanstrengung, unnatürlich wie ein Pferd, das man rückwärts leitet, oder wie ein aufgerichteter Pudel, der heimlich seitwärts schielt und blinzelt, sich sehnend nach dem Moment, da er sich zurückfallen lassen darf auf alle viere und davonspringen.

Des weiteren hatte er der Zeitung auch noch entnommen, daß ein am deutschen Geisteshimmel neu aufsteigender Denkstern öffentlich die Meinung vertrete, ein Schriftsteller müsse erst etwas Herausragendes erlebt, beispielsweise eine Prise KZ-Luft geschnuppert haben, bevor er anfangen dürfe zu schreiben. (Anfang Juni liegt über der ganzen Stadt der betörende Duft von Lindenblüten. Das nebenbei. In der Nähe verwilderter Grundstücke und am Rand von Ausfallstraßen wird dieser Duft überlagert von schwerem Holunderparfüm. Zwei ganz und gar trunken machende Gerüche. Was für ein Vergnügen, in einer Stadt zu leben, die so gut duftet. Nackte Mieter treten dann früh um fünf auf ihre Balkone, atmen tief durch, ziehen an ihren Zipfeln und schauen dem Quartier beim Erwachen zu, umweht vom lauen Morgenhauch, der über ihre offenen Poren streicht und die hellgrünen Blätter an den Bäumen zum Wispern bringt.) Der deutsche Denker, der sein Geld damit verdient, öffentlich die Meinung zu vertreten, man müsse erst aus seiner Haut gescheucht worden sein, bevor man die Feder ergreifen dürfe, hat offenbar das Glück, in seinem Redefluß nicht von querschießenden eigenen Gedanken behindert zu werden. Seine Sätze sprudeln und perlen vielmehr von seinen Lippen, daß es eine Freude ist, derweil jedoch im Zuhörer die fragwürdige Überzeugung keimt, die schöne Gabe des Beredtseins hänge möglicherweise untrennbar zusammen mit einer lebensbedrohenden Gedankenknappheit.

Wie es aussieht, wenn etwas knapp wird, kann man gelegentlich in Äthiopien beobachten, wo mangels Regen hin und wieder Jahrhundertdürren herrschen. In der Zeitung, die Maurice liest, werden dann jeweils Bilder abgedruckt von sandgelben Ebenen, auf denen verdorrte Tierkadaver liegen, die in ihren bizarren Formen an Asche von verbrannten Papierknäueln erinnern.

Im Dorf, in dem Maurice aufgewachsen ist, hat er – viel später einmal, als er längst von zu Hause fortgezogen und nur zufällig, auf einer Durchreise, wieder einmal dort abgestiegen war – Kinder gesehen, die mit gepackten Koffern an ihm vorübermarschierten. Sie schauten ernst und traurig und gingen stumm hintereinanderher. Er stand vor dem Zeitungskiosk, an dem er ein »Minor« kaufte. Das ist eine kleine, besonders süße Schokoladenstange, die er als Knabe oft gekauft hatte und deren Geschmack er wieder einmal auf der Zunge spüren wollte. Die Kinder überquerten die Dorfstraße, bogen beim Bäcker um die Ecke und verschwanden Richtung Turnhalle. Als letztes folgte ein Erwachsener. Maurice fragte ihn, ob er wisse, was die Kinder da machten. Der Mann erklärte, er sei Lehrer und dies seien seine Schüler. Er sei im Begriff, ihnen beizubringen, was es heiße, vertrieben zu werden. Immer wieder sei in der Zeitung von Vertriebenen die Rede. Also habe er die Kinder heute früh im Unterricht mit der Tatsache konfrontiert, sich vorzustellen, sie befänden sich im Krieg und das Dorf stehe kurz davor, vom Feind gestürmt zu werden. Sie müßten innerhalb von zwei Stunden das Wichtigste zusammenpacken und ihre Heimat verlassen. Dann habe er sie nach Hause geschickt, wo sie ihre Siebensachen gepackt hätten, und jetzt befänden sie sich vom Schulhaus bis zur Turnhalle auf der Flucht, um zu erleben, was das in realitas (er sagte in realitas) bedeute. Maurice schob die Unterlippe vor, zog die Mundwinkel nach unten, hob die Augenbrauen, schnaubte durch die Nase und nickte schwer mit dem Kopf, da ihm nichts Rechtes einfiel, das er darauf hätte erwidern können. Bestimmt hatte der Lehrer auf einem Fortbildungskurs die Thesen des neuen deutschen Denkers kennengelernt und versuchte sie nun sinnvoll in den Schulalltag einzubauen.

Die Sonne schien. Das Dorf ist sehr schön. Es leben viele Bauern in ihm; eine echte, alte Schmiede, in der Pferde beschlagen werden, gibt es ebenso wie zwei echte Bäckereien mit Backhäuschen, eine Käserei, zwei Schreinereien, eine Tischlerei. Den Kindern tat es ganz bestimmt weh, das alles zurücklassen zu müssen. Umgeben ist das Dorf von Seen und fernen Bergen. Je länger Maurice darüber nachdenkt, um so schöner kommt es ihm vor.

Auf einem Hügel, der südwestlich davon markant aus einer Ebene ragt und als Ausflugsziel viele Leute aus der Region anzieht, begegnete er am darauffolgenden Sonntag einer nicht weniger sonderbaren Prozession. Je zwei kräftige junge Männer in grauen Unterhemden und grauen Hosen trugen Gestelle, die aus Stahlrohren zusammengeschweißt waren und in die eine Art Hängematten aus starkem Leinenstoff gespannt waren, in denen Frauen in kurzen Hosen und mit Wanderschuhen an den Füßen lagen. Auch die Träger waren mit Wanderschuhen ausgestattet. Sie schwitzten stark und schnauften schwer. Einer hatte einen hochroten Kopf. Die Gestelle machten einen massiven und für die Träger wenig komfortablen Eindruck. Obwohl bequeme Wege sanft auf den Hügel führen, benutzten die Träger diese nicht. Im Gegenteil, sie schlugen sich quer durchs Gestrüpp und schleppten ihre Sänften die unwegsamsten Steilhänge hinauf. Begleitet wurde die Karawane von ein paar rucksacktragenden Männern, die zum Teil hinterher, zum Teil vorauseilten, um weitere möglichst schwer passierbare Stellen auszukundschaften. Einen von ihnen kannte Maurice; es war der Pfarrer aus seinem Dorf. Der erklärte ihm, dies sei ein Ausflug der in der Nähe gelegenen Strafanstalt. Die Träger seien verurteilte Mörder und Betrüger. Sie hätten in den Gefängniswerkstätten diese Sänften aus ausrangierten Fahrradrahmen zusammengeschweißt. Man habe vor, später einmal Gelähmte darin zu transportieren und mit diesen, auf karitativer Basis, Bergtouren zu unternehmen. Heute finde der erste Testlauf statt. Die Frauen seien die Gattinnen der Gefängnisaufseher, welche den Ausflug bewachten und mit ihren Rucksäckchen voraus und hinterhertrabten. In den Rucksäckchen seien Pistolen, Tee und belegte Brote; man werde oben auf dem Hügel ein Picknick veranstalten. Maurice wußte wieder nichts Rechtes zu antworten. Er nickte bloß gewichtig mit dem Kopf. Die Sonne schien immer noch. Es war schwül. Die Bremsen stachen.

Das Fahrradmotiv wurde hiermit auf unangestrengte Weise einmal mehr aufgenommen, wie auch auf die Sehnsucht von Schicksalslosen nach Vertreibungs- und Gaskammererfahrungen in diesen Ausführungen meiner Meinung nach in schönster Rondomanier eingegangen wurde. (Man könnte sich geradezu in Bernstein legen und davon einschließen lassen, so exemplarisch kommt man sich vor.)

Immer noch sitzt er im Café »Solitaire«. Er läßt die Zeitung sinken, schaut über deren Rand weg auf den Platz vor sich, wo sieben Schwaben beieinanderstehen. Natürlich sind es keine sieben Schwaben, ich nenne sie bloß der Einfachheit halber so, weil die meisten von uns in ihrer Kindheit den Sieben Schwaben schon einmal begegnet sind, sich deren Namen darum längst gemerkt haben und dankbar sind dafür, sich an dieser Stelle hier keinen neuen merken zu müssen. Es stehen also sieben Gestalten im Schatten der Laubbäume vor Maurice, Bierbüchsen in den Händen, einen Kreis bildend. In ihrer Mitte bespringt ein Hund eine Hündin, rutscht mehrmals ab, angespornt von lauten Rufen der Umstehenden, los, gib's ihr, fick sie. Endlich klappt es, die sieben Schwaben rufen donnernd bravo, aber hallo, brav, dann löst sich einer aus der Gruppe, tritt aus dem Schatten in die Sonne, geht an Maurice' Tisch vorüber zum Gestrüpp, das da steht und Piazzabegrünung heißt, dreht Maurice den Rücken zu, pinkelt in einen Strauch, wendet sich um, zieht den Reißverschluß zu, grüßt Maurice mit einem kurzen Kopfnicken und Augenzwinkern und kehrt zu seinen sechs Freunden zurück. Die Hunde haben sich ein paar Meter entfernt und umkreisen einander jetzt, ohne von den sieben Schwaben noch weiter behelligt zu werden.

Maurice schaut wieder in die Zeitung und sieht das abgebildete Denkergesicht vor sich, während er darüber nachdenkt, was er heute Wesentliches erfahren hat. Er kommt zum Schluß, daß es einmal mehr nichts war, daß er weiterhin erfahrungslos vor sich hin dümpelt, und eiskalt fährt es ihm in die Glieder.

In der Zeitung waren außer dem Denker Präsidenten abgebildet, Fußballspieler, ein Autorennfahrer und eine Frau mit einer blutigen Nase, der anzusehen war, daß sie nicht irgendeine Frau mit einer blutigen Nase war, sondern die Frau mit der blutigen Nase schlechthin. Sie spielte in einem Film mit, der das Thema »geschlagene Frauen« abzuhandeln schien. Normalerweise gucken wir eher konsterniert, nachdem wir ins Gesicht geschlagen worden sind. Diese Frau hatte die erste Verblüffung, den ersten Schmerz und die erste Empörung jedoch weit hinter sich zurückgelassen und verkörperte alle vor ihr geschlagenen und in weiterer Zukunft noch geschlagen werdenden Kreaturen auf einmal, es war ein Aufschrei gegen das Geschlagenwerden an sich, ein Fanal, und Maurice dachte kurz, vielleicht hat sie noch gar nie eins auf die Nase gekriegt, ihr Ausdruck zeugt von großer Ahnungslosigkeit, sie schaut wie eine, der man gesagt hat, sie soll sich vorstellen, eben gerade in eine Duschkabine gesperrt worden zu sein und nun gegen ihren Willen tödliches Zyklon B einatmen zu müssen. Da schauen die meisten heutzutage befremdet, weil sie nicht wissen, wie das ist. Um in Zukunft nicht mehr so oft diese ratlosen Gesichter in den Medien sehen zu müssen, kommt dann eben der eine oder andere Denker auf die Idee, von den Darstellerinnen und Librettisten mehr Schicksalshintergrund zu fordern.

Maurice sagen Frauen mit blutig geschlagenen Nasen nicht besonders viel. Es ist ihm darum einerlei, ob sie dazu abstrakt gucken wie die in der Zeitung abgebildete oder verdattert wie jene im Humboldthain, einer Grünanlage im Nordosten der Stadt, wo das Schicksal den Frauen öfter mal eine Faust auf die Nase versetzt. Manchmal enden die Geschichten im Humboldthain grausig, und die Frauen bleiben zerbrochen unter einem Busch liegen, wo sie fotografiert werden. Das Foto gelangt für gewöhnlich nicht in die Zeitung, sondern ein anderes, eines von früher, auf dem die Frauen noch mehr oder weniger unversehrt aussehen. Daneben wird manchmal der Fundort der zu Tode Gekommenen abgebildet, meist wenig gepflegtes Unterholz, in dem rotweiß gestreifte Plastikbänder flattern. Am Rand der Bilder ist dann und wann ein halb angeschnittener ockergrüner Polizeibeamter zu erkennen. Nun frage ich mich, was ich sagen wollte, und wieder fährt es mir eiskalt in die Glieder. Der Redefluß gefriert, Dampf strömt aus meinen Nüstern. Doch kaum ist die Frage, was ich eigentlich sagen wollte, vorübergeschlendert und um die nächste Ecke gebogen, taut der Fluß wieder auf, und die Schlüsselblümchen an seinen

Ufern öffnen erneut ihre Blüten. Mit Maiglöckchen läßt sich oft Freude bereiten. Maiglöckchen, was für ein Duft! Und was für eine Angst Maurice hat, jemandem, den er kennt, zufällig auf der Straße zu begegnen und mit ihm ein Gespräch führen zu müssen! Sätze ertragen sich nur, solange sie für sich allein sind. Kaum werden sie von jemandem erblickt, werden sie rot vor Verlegenheit, erstarren und schämen sich zu Tode. Nur dumme Sätze drängen an die Öffentlichkeit. Die anderen, die einen Rest an Scham und Anstand haben, verstecken sich, sobald jemand dahergegangen kommt. Wie Murmeltiere. Mit welcher Flinkheit die sich verziehen! Ein Murmeltier, das es nicht ins Loch schafft, bevor der Wanderer auftaucht, stellt sich (laut Brehms Tierleben) tot.

Fragt sich, ob wir vielleicht etwas öfter dezimiert werden sollten, da uns die Luft zum Atmen sonst leicht knapp werden könnte. Unsere Väter wurden regelmäßig ausgedünnt. Nach einem ihrer reinigenden Kriegsgewitter erhoben jeweils nur noch wenige ihre Köpfe. Die ordneten die liegengebliebenen Angelegenheiten, räumten auf und befruchteten die übriggebliebenen Frauen. Wer einen Kugelschreiber einigermaßen gerade halten konnte wurde Schriftsteller und Professor für Schriftstellerei, wer einen Pinsel halten konnte wurde Maler und Professor für Malerei, wer Mehl halten konnte wurde Bäk-ker und Professor für Bäckerei, wer bauen konnte wurde Bauer und so weiter, bis alle Lücken gefüllt waren und die lieben Behelfsmenschen von ihren Nachkommen abgelöst wurden. Dann kam wieder eine Seuche oder eine Schlacht, die Raum geschafft hat. Heute müssen die Leute erbarmungslos um einen Platz an der Sonne kämpfen und daher ihr Geld manchmal auch mit ungewöhnlichsten Einfällen wie beispielsweise der Forderung nach mehr Schicksal verdienen.

Aber eigentlich wollte ich vom Dings, vom Cello, das heißt vom Klavier... Oder eigentlich von Maurice und seinem Huhn... Er wuchs in dem eben erwähnten Bauerndorf auf, das an einem sanft ansteigenden Hang liegt, in der Nähe des Provinzstädtchens L., welches weiter vorne im Buch seine geographisch fragwürdig verankerte Rolle spielt. Zu Füßen des Dorfs erstreckt sich eine weite Ebene, die zu jener Zeit, als das Bild »Maurice mit Huhn« gemalt wurde, im Frühling und im Herbst jeweils unter Wasser stand und sich in einen riesigen Sumpf verwandelte, der am südlichen Fuß des Juras anfing und sich bis kurz vor Bern, der Bundesstadt der Schweiz, zog, von drei Seen umgeben, im Sommer voller Mücken und Fieber. Reisende auf dem Weg von Paris nach Rom mußten sich, nachdem sie diesen Sumpf, das sogenannte Große Moos, durchquert hatten, in der Regel in Bern auf eine Matratze legen und, bevor sie weiterreisen konnten, dort erst einmal das eingefangene Fieber auskurieren. Beim Bau der Eisenbahnverbindung zwischen Rom und Paris begnügte man sich auf diesem Abschnitt der Strecke vernünftigerweise mit einem Gleis, weil die Schienen im Sumpf dauernd absackten und man genug damit zu tun hatte, das eine Gleis befahrbar zu halten. Dem Maler zuliebe, der in dem besagten Dorf lebte, wo er unter anderem seinen Sohn mit einem Huhn in den Armen abgemalt hatte, baute man unten in der Ebene, über der auch heute noch fast immer Nebelschwaden stehen, einen Bahnhof mit einem Ausweichgleis, so daß einander entgegenkommende Züge hier kreuzen konnten. Obwohl das Moor später mit Hilfe eines komplizierten Drainageröhrensystems trockengelegt wurde, mußte bis in die jüngste Vergangenheit jeder Fernzug hier halten und auf den Gegenzug warten, um an ihm vorbeizukommen.

Der Maler verdiente mit Bauernszenen gutes Geld, speziell

in Paris, wo es eine Zeitlang Mode war, sich seine Darstellungen ländlichen Lebens in die Salons zu hängen. Er genoß deswegen bei sich zu Hause hohes gesellschaftliches Ansehen, was eben dazu führte, daß man beim Bau der Eisenbahnlinie seinen Wunsch nach einem obligatorischen Halt vor seiner Tür berücksichtigte und das eine notwendige Ausweichgleis hier baute, damit er mit seiner Familie jederzeit bequem einsteigen und seinen Bedürfnissen entsprechend nach Paris, wo er einen zweiten Wohnsitz hatte, oder nach Bern reisen konnte, was er beides gern und oft tat.

Bis vor wenigen Jahren konnte man deswegen an diesem Dorfbahnhof jeden Tag Züge besteigen, in denen Reisende aus oder nach Paris saßen, die zum Fenster hinausschauten und sich fragten, warum der Zug wohl gerade hier, an dieser einsamen Station mitten im Feld, haltmachte. Viele Knaben im Dorf tragen wegen des Bildes den Namen Maurice; die Mädchen werden aus Freude an einem wunderschönen Porträt, das der Künstler von seiner Tochter gemalt hat, Louise getauft. Das Haus des Malers ist erhalten geblieben und kann besichtigt werden: ein alter Bauernhof mit Malutensilien und Gebrauchsgegenständen aus früheren Tagen. Die Kinder und die Hühner, die durchs Dorf laufen, sehen heute noch aus wie damals, nur ihre Kleidung ist anders. Die Bilder des Malers werden nach wie vor zu hohen Preisen gehandelt. Einige sind von herausragender Qualität, ganz besonders die Porträts seiner eigenen Kinder. Sie hängen heute in den großen Museen Europas. Wer aus dem Dorf kommt und in einem dieser großen Museen zufällig auf so ein Original stößt, der bleibt ergriffen davor stehen. Die meisten Originale befinden sich jedoch in privatem Besitz. Wegen ihrer Motive und der naturalistischen Malweise sind es eher konservative, politisch reaktionäre Kreise, in denen sie gesammelt werden. Das ist bedauerlich, mindestens was die besagten Porträts und einzelne Detailstudien anbelangt.

»Maurice mit Huhn« zeigt den etwa fünfjährigen Sohn des Malers in einem blauen, rockartigen Bauernhemd. Er preßt ein prächtiges weißes Huhn an seine Brust, nein, er preßt es nicht an sich, er trägt es vielmehr , liebevoll an sich geschmiegt auf seinen Armen. Hühner haben spitze, starke Schnäbel. Sie können blutende Wunden zufügen, wenn sie wütend nach einem picken. Dieses hier verhält sich ruhig, wie hypnotisiert. Es läßt die Beine ausgestreckt hängen, hält den Kopf abwartend gerade, spreizt leicht die Krallen von sich, scheint dem Knaben aber zu trauen und nicht auf eine Fluchtgelegenheit zu lauern; mit aufmerksam geöffnetem Auge läßt es die Porträtsitzung über sich ergehen. Die Hände des Knaben sind weit geöffnet um den prallen, warmen Bauch des Tiers gelegt. Er genießt die weichen Flaumfedern unter den Fingern und fühlt die wohlige Wärme des Vogels an seiner Brust. Er freut sich, ist stolz auf das Huhn, schaut wach, hat gesundes Blut in den kugelrunden Wangen, eine reine Haut, zarte, gerade, golden glänzende Haare. Er achtet die Tätigkeit seines Vaters, ohne untertänig oder gar ängstlich zu wirken. Er schaut zutraulich, weiß aber, daß er sich nicht rühren darf, wenn das Bild etwas werden soll; er ahnt, daß er etwas für die Ewigkeit tut, etwas Wichtiges, Großes, indem er hier steht und ein Huhn in seinen Armen hält, welches den Ernst der Situation ebenfalls spürt. Jedes Detail auf dem Bild ist ausgesprochen liebevoll behandelt und meisterhaft gemalt. Außer vielleicht die Schwanzfedern des Huhns, bei denen der Maler sich ein wenig beeilt zu haben scheint – sie erinnern entfernt an einen Sporen, an den Hauer eines Ebers oder an das spitz zulaufende milchigweiße, wächserne Knochenknorpelstück des Hühnerbrustbeins, das sich beim Brathähnchenessen jeweils herauslösen läßt.

Man möchte so einen Sohn und so ein Huhn haben; man möchte so malen können. Das Porträt hängt heute als kantonale Leihgabe im Büro des Direktors der Strafvollzugsanstalt, in welcher die weiter oben beschriebenen Sänften aus ausrangierten Fahrradgestellen zusammengeschweißt worden sind. Das Gefängnis wurde nach der Trockenlegung mitten im ehemaligen Moor errichtet, weil es Häftlingen schier unmöglich ist, von dort zu entweichen, ist man doch als Flüchtender auf der riesigen Ebene stundenlang zu sehen, bevor man an deren Rand gelangt und in den Dörfern oder Wäldern untertauchen kann.

Meine Tochter spielt mit den Nachbarskindern draußen auf der Straße. Ich brauche mich nicht um sie zu kümmern. Ich gehe in den Supermarkt, kaufe Coca-Cola light, eine Flasche Rum, vier abgepackte Schnitzel, gehe nach Hause, schaue vor mich hin, studiere das Fernsehprogramm, trinke Coca-Cola mit Rum, studiere noch einmal das Fernsehprogramm, schrecke hoch, es ist Abend geworden, mir ist schlecht, die Nachbarn grillen im Garten und laden mich ein mitzuessen, ich mag nicht, sie konvenieren mir nicht, ich klopfe zwei Schnitzel flach, freue mich zu sehen, wie die Scheiben dünner und größer werden, paniere sie, brate sie für mich und meine Tochter, für die es das erste Mal ist, sie hat noch nie Wiener Schnitzel gegessen, sie ist begeistert davon, morgen will sie wieder eins haben, ich bin müde, gehe ins Bett, schlafe, stehe auf, nicht zu früh, um neun vielleicht, erschrecke, weil der Rum bereits zur Neige geht, nehme mir vor, im Getränkemarkt eine billigere Sorte zu kaufen und dann aufzuhören mit der Trinkerei, dann ist da noch mein Vater, der versorgt sein will, er brabbelt auf dem Klo vor sich hin, ich gehe in den Garten, pflücke ein paar Bohnen, auf meinem Jugendschreibtisch liegen neue Notizhefte und Bleistifte, ich hatte mir vorgenommen, diesmal während meines Besuchs im Elternhaus Ideen zu notieren, ungefiltert, alles aufzuschreiben und zu skizzieren, was mir durch den Kopf gehen würde, nichts geht mir durch den Kopf, die Hefte und Bleistifte liegen unberührt da, im Supermarkt gibt es T-Bone-Steaks aus Argentinien im Angebot, ich kaufe zwei, freue mich über die riesigen, blutigen Fleischbatzen, für den Vater kaufe ich Kinderbrei in Gläsern, als ich zu Hause die Tür öffne, fragt er, wie heißen Sie? ich sage, ich bin's, reiß dich zusammen, wie heißt dein Sohn? er lallt, Sohn? ich habe keinen Sohn, ich hatte noch nie einen Sohn, das wüßte ich, wenn ich einen Sohn hätte, er klingt wie einer, der ertrinkt, in Einsamkeit ertrinkt, nach einer Pause gurgelt er, hast du Kinder? ich sage, aber ja, natürlich, stell dich nicht an, du kennst die Kleine, sie spielt gerade draußen mit den Nachbarskindern, der Vater beklagt sich, daß ich ihm meine Tochter vorenthalten hätte, der Speichel läuft ihm aus dem Maul, eine weiße Schneckenspur, ich lasse ihn im Rollstuhl sitzen, gehe in den Garten, pflücke ein paar Himbeeren, gehe in die Küche, mische mir die Reste aus den Schnapsflaschen mit Zitronensaft und Zucker, trinke, studiere das Fernsehprogramm, vereinzelte Wäschestücke fallen mir ins Auge, ich räume sie in die Waschmaschine, die zu einem Viertel voll wird, drehe an den Knöpfen, das Geräusch des einlaufenden Wassers erfüllt mich mit Befriedigung, ich blättere Zeitschriften durch, versuche zehn Unterschiede zwischen zwei gleichen Bildern herauszufinden, ohne sie zu markieren, Kreuzworträtsel zu lösen ohne die Buchstaben in die Kästchen einzutragen, es ist nichts zum Schreiben in erreichbarer Nähe, ich habe nicht die Kraft, aufzustehen und etwas zu holen, es fällt mir ein, daß ich in der Blüte meines Lebens stehe, die Tochter ist ein schönes Mädchen geworden, der Himmel ist blau, ein Kater taucht im Garten auf, bleibt bei einem Strauch stehen, nähert sich ihm vorsichtig, zieht die Nase hoch, öffnet das Maul ein Stückchen, holt tief Atem, wie heißt es? flehmen, genau, er flehmt, ich gehe hin, der Kater rennt weg, ich untersuche den Strauch, entdecke nichts Auffälliges an ihm, knie nieder, rieche daran, kann nichts wahrnehmen, gehe zurück in die Küche, hole die anderen beiden Schnitzel aus dem Kühlschrank, beginne sie zu klopfen, freue mich darüber, wie sie größer und dünner werden, der Vater ruft, ich soll nicht vergessen, den Ölstand zu messen, früher hatte er ein Auto besessen, die Tochter kommt gerannt und will Coca-Cola, es ist keines mehr da, ich gebe ihr Geld, sie rennt weg, der Vater liegt vor seinem Rollstuhl am Boden und wimmert, etwas mit seiner Hüfte stimmt nicht, ich rufe die Ambulanz, eine Sirene nähert sich, was soll ich mit den restlichen Zitronen anfangen, ich gehe in den Getränkemarkt und kaufe eine halbe Flasche Gin, der Vater ist weg, er liegt im Krankenhaus, die Tochter steht vor mir und will ihr Wiener Schnitzel, ich freue mich darüber, wie die Panade in der Butter langsam golden und knusprig wird, Tränen steigen in die Augen vor Glück, mir ist schlecht, ich gehe ins Bett, lesen mag ich nicht, ich habe Gin übrig, die Zitronen sind ausgegangen, morgen werde ich Coca-Cola, Rum und Zitronen kaufen, jetzt habe ich also Schiffbruch erlitten, bin zu Hause, gestrandet, wozu ist ein Strand gut, wenn nicht ... Das ganze Leben besteht daraus, seinen Ort zum Stranden zu finden. Meine Tochter liebt Wiener Schnitzel, ich auch, der Vater wird erst einmal ein paar Wochen im Krankenhaus bleiben, er fragt, wer wir seien, als ich ihn zusammen mit meiner Tochter besuche, der Arzt scherzt, aber das ist doch unser Herr Sohnemann und unser Fräulein Enkelin, sind wir ein bißchen durcheinandergeraten von der ganzen Aufregung? Draußen, an der Haltestelle, fehlt mein Schatten. Mir wird schwindlig, ich konzentriere mich, suche, er ist weg. Das Gesicht meiner Tochter verschwimmt in der Dämmerung. Ich hebe den Arm und rieche unter meiner Achsel, Krankenhausduft steigt in die Nase. Nicht einmal das Leichteste, nicht einmal meinen Schatten und meinen eigenen Geruch kann ich halten, nichts, alles löst sich auf. Der Bus kommt, im Scheinwerferlicht huschen unsere Schatten zurück an ihre Stelle, zwei kräftige, gesunde, klare Umrisse, die mit uns zusammen einsteigen. Die Tochter will Wiener Schnitzel. Ich sage, ich habe keine mehr. Sie will aber. Ich sage, ich weiß etwas Besseres, du wirst staunen. Ich werde die argentinischen Steaks flachklopfen und panieren. Ob Schatten sich vollkommen auflösen können oder ob das nur unsere schwachen Augen behaupten – wenigstens meinen Schatten möchte ich bis zuletzt behalten, nur diese eine Gewißheit.

Was für ein Sohnemann, was für ein Vater, was für eine Tochter? Was für ein Durcheinander. Wer hat hier dazwischen gesprochen? Maurice' Freund? Ein Jugendfreund? Ein weiterer Maurice?

Sonnenschein bedeutet nicht überall dasselbe. In Berlin ist in der Regel hohe Luftfeuchtigkeit damit verbunden. Trotzdem löst Sonnenschein in Berlin allgemein gute Laune aus. Die Stadt ist im Sommer wenig belebt. Die Straßen wirken ausgestorben. Bei schönem Wetter treten die Daheimgebliebenen vor ihre Häuser, gehen ein paar Schritte, setzen sich auf Stühle vor Gaststätten und trinken in der Öffentlichkeit das eine oder andere alkoholische Getränk. Je weniger Geld sie verdienen, desto seltener gehen sie in Gaststätten. Sie kaufen die alkoholischen Getränke dann im Supermarkt, in Dosen oder Flaschen, setzen sich auf Parkbänke und trinken da.

Der Pianist ist bestimmt im Urlaub. Maurice nennt ihn nur noch den Pianisten. Der Klavieranschlag kommt ihm männlich vor, die ganze Art des Übens, die Systematik dahinter. Eine an Phantasielosigkeit grenzende Disziplin. Ein dumpfes Beharren, ein Durchhalten, ein Festhalten an Vorsätzen. Eine Frau, wie Maurice sie sich vorstellt, würde die Übungen weniger mechanisch durchführen, würde nicht so blind darauf vertrauen, daß der stete Tropfen den Stein bestimmt höhle. Sie würde die Übungen um der Übungen willen machen, nicht, um damit ein Ziel zu erreichen. Sie würde an die einzelnen Läufe glauben. Es würde weniger nach Kniebeugen klingen, nicht so sehr nach Seilhüpfen, mehr nach Musik. Man kann selbst Triller, die man übt, zu Musik machen, wenn man's kann.

Der Pianist ist im Urlaub. Es ist Sommer. Maurice geht am Haus, in welchem er das Klavier vermutet, vorüber und sieht vor sich einen Rentner aus der Tür des Optikergeschäfts in die gleißende Sonne treten. Der Rentner hat einen Feldstecher in der Hand und richtet ihn auf den hell beschienenen Plattenbau schräg gegenüber. Der Optiker, Jens Glück, steht neben ihm. Beide schauen interessiert Richtung Plattenbau. Auch Maurice schaut hinüber. Er vermutet eine nackte Frau hinter einem der Fenster. Wenn in Berlin die Sonne scheint, ziehen sich wegen der entstehenden Schwüle viele Leute zu Hause aus. Es bleibt auch nachts schwül. Die Haut ist rund um die Uhr von einem klebrig feuchten Film überzogen.

Warum der Rentner der Rede wert ist? Als er auf die Straße trat, öffnete sich vor Maurice einen Moment lang der ganze kleine Tag, das ganze Leben. Dazu muß man wissen, daß im Sommer viele Berliner aus den ärmeren Stadtteilen in den Süden fliegen, ans Mittelmeer, wo die Hotels dann Pauschalangebote machen.

Der ältere Mann, der mit einem Feldstecher in der Hand vor Maurice auf die Straße trat, tat das mit einer eigenartigen Aufgeregtheit, einer Vorfreude gemischt mit Scham. Bestimmt hatte er vor, mit diesem Feldstecher irgendwo im Süden nackte junge Menschen gucken zu gehen, an Stränden oder in Hotelanlagen, pauschal, von seinem Zimmer aus, vielleicht auch in gegenüberliegenden Zimmern. Der Optiker wußte das insgeheim, die Passanten wußten das insgeheim, die ganze Welt war gläsern, jeder sah jedem in den Kopf, die geheimen Laster traten an den Tag und standen herum im hellen Licht. – Die Sonne hat sich inzwischen hinter einem Schleier verborgen. Der Plattenbau ist im Dunst so trostlos anzuschauen wie einer auf Mallorca. Die ganze Welt liegt aber weiterhin offen hinter der Gaze: Der Rentner im engen, senffarbenen Hemd kann nichts machen dagegen, er ist durchschaut. Maurice geht an ihm vorbei, während dieser mit seinem Feldstecher fachmännisch auf die Fassade des Plattenbaus starrt und die Qualität des Glases prüft, und alle wissen, er ist kein Ornithologe. Maurice kauft in der Cafékonditorei ein abgepacktes Industrieeis und kehrt in sein schattiges Büro zurück.

Vor Jens Glücks Geschäft an der Gerichtsstraße steht derweil immer noch der Rentner und prüft die Qualität des Feldstechers. Er richtet das Glas auf die geschlossenen Fensterläden im dritten Stock des Plattenbaus schräg gegenüber. Dort flattert eine Taube auf und ab. Schweiß rinnt dem Rentner in die Augen und zwingt ihn dazu, sie zusammenzukneifen. Er zieht ein Taschentuch aus seiner Hose und reibt sich das Gesicht trokken. Er hat die Absicht, demnächst nach Mallorca zu fliegen und dort... (wurde bereits erwähnt).

Die Sonne entzieht dem Meer Wasser und läßt es in Form von Regen über dem Festland wieder fallen. Manchmal nimmt das kein Ende. Dann werden ganze Regionen mitsamt ihren Dörfern und Städten überflutet. Politiker ziehen grüne Gummistiefel an, stellen sich in die braune Brühe und lassen sich fotografieren.

Die Luftfeuchtigkeit ist in solchen Zeiten auch in den benachbarten Gebieten betroffener Regionen sehr hoch. Stechmücken vermehren sich explosionsartig und verdunkeln die Atmosphäre. Selbst unter der Dusche schwitzt man, von der Anstrengung des Duschens. Wer sich durch eine Stadt bewegt, die in der Nähe eines überfluteten Gebiets liegt, dem bleiben die Kleider am Leib kleben. Es ist besser, man bewegt sich nicht. In den Städten, durch welche Flüsse fließen, die woanders über die Ufer treten, in Berlin zum Beispiel, werden Schiffsrundfahrten angeboten.

Die Sonne ist bei hoher Luftfeuchtigkeit selten zu erkennen. Ihre Strahlen verteilen sich im Dunst, der dann aussieht wie von innen beleuchtete Zuckerwatte. Das stechend weiße Licht prallt von Häusern und Straßen ab. Man kann die Augen kaum offenhalten. Die Kapitäne auf den Ausflugsbooten bewegen sich, als hätten sie keine Knochen im Leib: langsam, schlingernd, wie Seegras. Die Kellnerinnen tragen Biergläser aufs Oberdeck und glänzen wie Bratwürste. Sie wirken entseelt. Die Passagiere sitzen auf Plastikstühlen und rühren sich nicht. Die Kapitäne sprechen in Mikrophone. Sie sagen, welche Gebäude links und rechts am Ufer zu sehen sind. Die Namen geraten ihnen durcheinander; die Jahreszahlen sprechen sie vor lauter Mattigkeit nur noch zur Hälfte aus. Die Passagiere drehen ihre wachsbleichen Köpfe willenlos nach links und nach rechts. Alles löst sich auf im Dunst, die Geräusche verebben, die Häuser beginnen zu wabern. Die Kapitäne raten den Passagieren, sich zu ducken, um die Köpfe nicht an den Brücken anzuschlagen. Selbst ducken sie sich nicht. Die Brükken rasieren ihnen die Köpfe weg. Tauchen die Boote hinter den Brücken in der Helligkeit wieder auf, sitzen auch die Köpfe wieder oben auf den Hälsen. Die leichenblassen Kellnerinnen kassieren Geld von den leichenblassen Passagieren.

Mangels besserer, bezahlter Arbeit nimmt Maurice heute einmal mehr das Leben durch. Wir haben gelernt, daß es träge dahinzieht und wir an dessen Oberfläche hilflos ausgeliefert auf und ab schaukeln. Einigen genügt das nicht. Die setzen sich an ihre Tische, fest entschlossen, solchem Ausgeliefertsein ein Ende zu bereiten und die Sache selbst in die Hand zu nehmen. Schließlich wünschen wir uns alle so sehr, in unserem Leben einen roten Faden zu erwischen, an dem wir uns festhalten können, an dem wir uns entlanghangeln können, ans Ende unserer Tage, am liebsten bis ins Grab hinein, wünschen uns aus dem Labyrinth heraus, möchten ein Schicksal haben, eine Geschichte, einen dicken, roten Faden, ein Tau von einem Faden, der stark ist und hält. Wir möchten uns verlieben, möchten hassen, möchten gebären, sterben, möchten das eine tun als Folge von etwas anderem, möchten aufeinander reagieren können, möchten uns selbst verstehen oder doch wenigstens so wirken, als wären wir verstehbar und durchschaubar. Also zerbrechen sich einige den Kopf darüber, wie sie sich eine Form, einen Weg, ein Ziel geben könnten. Sie erfinden in ihrer Not Geschichten mit Hand und Fuß, Anfang und Ende, Aktionen und Reaktionen, Ursachen und Wirkungen, Leichen, Polizisten, Intrigen, Liebe, Leidenschaft, Schicksal, Tod. Diese Geschichten schreiben sie nieder und verkürzen sich auf solche Weise immerhin ihre lange Weile.

Wer vor sich Rechenschaft über sein eigenes Leben ablegt, kommt zum Schluß, es gleiche sich tagaus tagein, es sei ein müdes Trotten durch ödes Einerlei aufs von jeglicher Überraschung bare Ende zu. Manche lesen deswegen die von den anderen aufgeschriebenen Räubergeschichten und lassen sich von ihnen zu Träumereien anregen. Es beginnt dann in ihrem Innern zu kribbeln. Sie möchten sich auf die Socken machen und selbst ebenfalls ein wenig über ihre Grenzen hinaustreten, etwas Neues riskieren, einen Diebstahl wagen, eine Droge ausprobieren oder sich sonst eine Unbotmäßigkeit herausnehmen. Dabei wäre das gar nicht nötig. Wer etwas genauer hinschaut, wird feststellen, daß sich in seiner unmittelbaren Umgebung die unfaßbarsten Tragödien und Komödien ereignen und er gar nicht ins Phantasiereich der anderen auszuwandern bräuchte, um angeregt zu werden.

Der Hausmeister in Maurice' Wohnhaus beispielsweise ist alkoholkrank. Vor kurzem ist seine Frau an einem bösartigen Leberkrebs gestorben, man muß sagen, elend verreckt. Der Hausmeister hatte vierzig Jahre mit ihr zusammengelebt. Sie hatte eine frischgeborene uneheliche Tochter mit in die Lebensgemeinschaft gebracht. Nach dem Tod ihrer Mutter, also mit vierzig Jahren, schleudert die Tochter dem Stiefvater ins Gesicht, sie ziehe es künftig vor, in den Armen einer Frau einzuschlafen, sie verlange von ihm, sie fortan als Lesbe zu bezeichnen, sie verlasse hiermit die elterliche Wohnung und ziehe für immer zu ihrer steinreichen Freundin. Dem Hausmeister bricht kurz darauf die Magenwand durch. Er wird als Notfall ins Krankenhaus eingeliefert und operiert. Vom Tod gezeichnet kehrt er zurück. Die Putzarbeiten im Haus kann er kaum noch bewältigen. Manchmal begegnet er Maurice leichenblaß im Treppenhaus, wimmert, seine Tochter habe ihn im Stich gelassen, sie sei andersrum geworden, er sei allein, sie sei herzlos, sie helfe ihm nicht, er könne nicht zurück in die Klinik, er habe Schmerzen, er müsse sich nachbehandeln lassen, könne sich auf eine Kur aber nicht einlassen, da er eine Katze namens

Dorle besitze, die regelmäßig ihr Futter brauche, aber seine Tochter lasse ihn hocken. Maurice sagt, ich kann doch solange Ihre Katze füttern (das meint er natürlich nicht ernst). Der Hausmeister – oder war er Buchdrucker von Beruf und das Gespräch fand im Treppenhaus vor Maurice' Büro statt? egal – streichelt ihm gerührt über die Wange und sagt, darauf trinken wir aber einen Schluck. Maurice läßt sich gern von todkranken Hausmeistern übers Gesicht streicheln.

Maurice' Geliebter, an den er sich längst gewöhnt hat, durch den er seit Jahren hindurchschaut, wenn sie zusammen sind, weil er ihn auswendig kennt, ist auf einem Auge plötzlich erblindet. Maurice hat es nicht bemerkt. Das Auge verfärbte sich und sah innerhalb von wenigen Wochen aus wie ein perlmuttfarbener Fladen. Es läßt sich nicht mehr reparieren. Der Geliebte schämt sich für seinen Fladen und trägt neuerdings eine dunkle Brille. Maurice trank darauf einen Schluck. Ein Freund, an den er sich längst gewöhnt hatte, durch den er seit Jahren hindurchschaute, wenn sie zusammen waren, weil er ihn auswendig kannte, rief ihn im Herbst an und sagte, er habe Magenkrebs, er werde bald sterben. Im folgenden Frühling wurde er beerdigt. Darauf trank Maurice einen Schluck. Die kerngesunde Gattin dieses Freundes, eine Frau, an die Maurice sich längst gewöhnt hatte, durch die er seit Jahren hindurchschaute, wenn sie zusammen waren, so gut kannte er sie, fühlte sich ein paar Wochen nach der Beerdigung ihres Mannes unwohl, ging zu einem Arzt, erfuhr, daß sie unheilbar an Lungenkrebs erkrankt sei, und wurde ein halbes Jahr später, im Herbst, ebenfalls beerdigt. Darauf trank Maurice einen Schluck. Der Sohn einer entfernten Freundin verfällt manchmal in geistige Umnachtung, schlägt das gesamte Mobiliar in der Wohnung der Freundin kurz und klein und würgt sie (seine Mutter, nicht die Wohnung); zum eigenen Schutz mußte sie ihn schließlich internieren lassen. Darauf trinkt Maurice einen Schluck. Die Tochter eines Freundes wurde von heute auf morgen depressiv, ließ sich auf den Boden fallen, lag da, starr wie ein Brett, aß nichts mehr, trank nichts mehr, rührte sich nicht mehr, sprach nicht mehr, atmete kaum noch, wurde schneeweiß im Gesicht – es war nichts mehr zu machen, der Freund mußte sie in eine geschlossene Anstalt einweisen. Darauf trank Maurice einen Schluck. Der Ehemann dieser depressiven Tochter sitzt seither zu Hause und wartet auf sie. Er leidet an einer heimtückischen, unheilbaren Krankheit, die bewirkt, daß man allmählich erblindet. Das Kind der beiden hat die Krankheit geerbt. Noch einen Schluck. Und so setzt sich's fort. Viel mehr Freunde hat Maurice nicht. Aus etwas größerem Abstand erlebt er Niedergänge ganzer Familiendynastien, Bankrotte, Enkel, die ihre sterbenden Erbtanten hintergehen, Geschwister, die einen ihrer Brüder, einen Sparkassenangestellten, der sich eine Unregelmäßigkeit bei der Kontenführung hatte zuschulden kommen lassen, zum Selbstmord zwingen, damit die Familienehre erhalten bleibt, geschundene Mütter, die ihre bald sechzigjährigen Söhne durchfüttern, um ihnen die erniedrigenden Erfahrungen des Broterwerbs zu ersparen, Maurice erlebt, wie Bekannte vor Kummer dick werden, wie erwachsene Kinder ihre Eltern in ihren eigenen Exkrementen liegen und darin ersticken lassen, darauf trinkt er einen Schluck, im Mietshaus, in dem er wohnt, gibt es dramatische, gewaltsame Trennungen, drogensüchtige Kinder, kotfressende Hunde, er wird tagaus tagein belogen und betrogen, wird überrumpelt von Todesfällen durch Autozusammenstöße oder Herzinfarkte, ist anwesend bei Nierenkoliken, erlebt mit, wie jemand von einer Lähmungserkrankung befallen wird, die eins nach dem anderen sämtliche Organe erfaßt und zuletzt zum Tod durch Ersticken führt, und gleichzeitig ist er der festen Überzeugung, daß in seinem Leben nichts Erwähnenswertes geschehe. Er liest aus diesem Grund gern packende Erzählungen von Gelähmten, Krebskranken, Krieg, Liebe, Drogen, Haß, Diebstahl, Mord, Selbstmord, möchte sich verlieben, hassen, in den Krieg ziehen, Frieden genießen, blickt von den Buchseiten auf, schaut in seinen grauen Alltag, der ihn nicht packt, und trinkt noch einen Schluck.

In der Zeitung steht, die Schmerzen eines Greises seien weniger schlimm als die eines Kindes, weil das Kind zusätzlich zu seinen Schmerzen noch unter dem Grauen leide, nicht zu wissen, was mit ihm geschehe. In seiner Verzweiflung beginne es zu weinen. Man erkläre ihm, was es erlebe und daß es seine Tränen lieber aufheben solle für Empfindungen, deren Namen und Sinn keine Mutter, kein Vater, kein Freund kenne. Danach weine es nicht mehr und warte auf das Unsagbare.

Maurice fürchtet sich vor Schmerzen, weil er kaum je welche hatte erleiden müssen. Der kleinste Schmerz, der ihn heimsucht, erschreckt ihn darum so sehr, daß ihm Schweiß auf die Stirne tritt. Manchmal, wenn er sich das Ende seines Lebens herbeiwünscht, da dieses ihm wenig sinnvoll erscheint, liegt er in seinem Bett und überlegt, wie er sich abschaffen könnte. Draußen fahren in beruhigendem Takt die S-Bahnen unter seinem Fenster durch. Er stellt sich vor, von der hochgelegenen Terrasse auf die Geleise zu springen, sich an einem Baum aufzuknüpfen, sich in einem Fluß zu ertränken – und während er versucht, sich die entsprechenden Situationen plastisch auszumalen, um nicht im Ungefähren steckenzubleiben und unverrichteter Dinge einzudösen, gelangt er jeweils an den Punkt, wo er auf den Geleisen aufschlägt, sich der Strick in den Hals schneidet oder Wasser in die Lunge dringt und ein unbekannter Schmerz sein Antlitz erhebt, was ihm einen solchen Schrecken einjagt, daß er die Gedanken auf der Stelle fahren läßt, sich in seinem Bett kummervoll auf die andere Seite wälzt und einschläft.

Im Leben macht man die Bekanntschaft verschiedenster Schmerzen und freut sich über jeden, der sich als der entfernte Verwandte eines vorausgegangenen herausstellt, weil man ihn dann immerhin einschätzen kann. Was man, solange man es sich nur vorstellt, für unaushaltbar hält, entpuppt sich, während man es erlebt, als aushaltbar. Das macht für weitere Erfahrungen offen und stimmt zuversichtlich. Es ist nicht Tapferkeit, was alte Leute ihre Leiden aushalten läßt – sie haben über die Jahre bloß das Alphabet der Schmerzen buchstabieren und verstehen gelernt. Von allem ist das erste Mal das einprägsamste. Jedes spätere Mal ist eine Wiederholung und wird an den Längen und Breiten des ersten gemessen. Wer als Erwachsener noch Angst hat vor Schmerzen, ist ein Kind. Das redet sich Maurice immer wieder ein, um keine Angst mehr zu haben. Es hilft nichts. Wer seinen Schmerz beim Namen zu nennen versteht, erlebt ihn nur halb so grimmig wie einer, der ihn als einen fremden empfängt.

Wie viel lieber würde er von Liebe sprechen, die auch das erste Mal schier unaushaltbar ist. Eine unaushaltbar große Enttäuschung meistens. Man möchte weinen, weil man nicht so liebt wie man geträumt hat lieben zu können. Man möchte weinen, weil das Schönste auf der Welt so unscheinbar dahergeschlendert kommt.

Er sitzt in seinem Büro, trinkt Tee, und das Kraut, das manchmal im Glas schwimmt und ihm zwischen die Lippen gerät, schnippt er hinter das Heizungsrohr in die Ecke. Neulich hat er den Boden gekehrt und entdeckt, daß sich hinter dem Rohr mittlerweile ein kleiner Haufen verschiedener Blättchen angesammelt hat, Hibiskus, Süßholz, Salbei, Pfefferminze, Zitronengras, Gunpowder, Jasmin, Schwarztee, Ysop, Melissen, Brennessel, Thymian … Das gibt bald ein ganzes Tütchen voll, dachte er und ließ es liegen.

Maurice' Freundin weint in letzter Zeit manchmal vor Erschöpfung. Das sieht schön aus. Sie ist eine Frau in mittleren Jahren, weint aber nach wie vor wie ein Kind. Die Tränen laufen dann über ihre Wangen, der Mund verzerrt sich, das Gesicht wird zu einer Grimasse und rötet sich. Sie hält die Hände davor und sagt, ich kann nicht mehr. So werden alle müde mit den Jahren und können sich irgendwann kaum noch vorstellen, wie sie mit ihrem Leben fertig werden sollen. Maurice hat gelesen, der Wind, der uns ins Gesicht blase, wehe vom Paradies her und treibe uns mit dem Rücken voran in die Zukunft, während der Haufen vertaner Chancen und zerschlagener Hoffnungen vor unseren Augen zum Himmel wachse. Die Verzagtheit meiner Freundin wird bestimmt damit zusammenhängen, denkt er. Wenn ihm dann einfällt zu sagen, doch doch, du kannst schon noch, und sie hört auf zu weinen, dann freut er sich. Es ist zwar nicht besonders geistreich zu sagen, ›doch doch, du kannst schon noch, du wirst schon fertig mit dem Leben‹, aber manchmal genügt es, und das ist dann schön. Maurice hat nie richtig gelernt zu denken. Er ist bis heute dumm geblieben und lebt in der beständigen Angst, enttarnt zu werden als das, was er ist und am Ende gewesen sein wird: ein Wissenskörner pickendes Huhn, das Huhn in seinen eigenen Armen.

Nomen *das;* -s, … mina ›lat.‹ (Name; Sprichw.; Nennwort…). Rinderknecht zum Beispiel, der Großindustrielle, der eine Leidenschaft hatte für Gnagis. Das heißt, Maurice' verstorbener Vater hegte eine solche Leidenschaft. Der kommt Maurice aber nicht in den Sinn ohne dessen Jugendidol Rinderknecht, den späteren Großindustriellen, von dem Maurice' Vater oft und gerne erzählte. Gnagis sind gekochte Schweinsfüße, die kalt gegessen werden. Dazu gehört eine winzige Tube Thomysenf. Ohne ein solches Tübchen braucht das Gnagi gar nicht erst anzutreten. Manchmal steckt in der bleichen Gnagi-Schwarte noch das eine oder andere Borstenhaar. »Ja, das Schreiben und das Lesen / ist nie mein Fach gewesen / denn schon von Kindesbeinen / befaßt ich mich mit Schweinen... mein idealer Lebenszweck / ist Borstenvieh, ist Schweinespeck«, singt Graf Zsupan im »Zigeunerbaron« und erobert damit immer von neuem mein Herz. Die Bißfestigkeit von Gnagifleisch ist einzigartig. Gnagis sind kleiner als deutsche Haxen. Sie schmekken im Vergleich zu diesen ziemlich fad. Trotzdem existiert in der Schweiz eine Gnagibegeisterung, die Maurice' Vater zu beschwingen vermochte und imstande ist, selbst seinen Sohn dann und wann mit sich zu reißen. Bricht sie angesichts einer Fleischereiauslage in ihm aus, verspannt sich sein ganzer Körper. Zitternd vor Erregung steht er dann vor dem Schaufenster, wie ein Hund an der Leine, und ist kaum noch wegzuzerren, bevor er nicht das Gnagi in den Händen hält und die Zähne hineinschlagen kann. Nach dem ersten Bissen legt sich seine Erregung jeweils, nach zwei, drei weiteren läßt er ab vom Gnagi.

Oder Gernot Pflaume, ebenfalls Großindustrieller, der in diesem Moment auftaucht und, soweit Maurice unterrichtet ist, einen Stahlkonzern leitet. Mindestens gehören ihm Tausende von Männern, die er über mehrere Jahrzehnte hinweg sicher an den Abgründen der freien Marktwirtschaft vorübergelotst hat, nicht ohne dabei nach und nach die äußere Erscheinungsform eines Lotsenboots angenommen zu haben, gedrungen und breit. Er kommt beinahe ohne Schlaf aus und tuckert von frühmorgens bis spätnachts in Bereitschaft vor sich hin. Wenn ihm jemand widerspricht, schiebt er den Unterkiefer leicht nach vorne, duckt sich, spannt seine Muskeln an, fixiert den Widersprechenden mit stählernem Blick, und das genügt, um dessen Einwand zu pulverisieren. Die Haare, die Pflaume auf seinem Kopf für überflüssig hielt, entließ er aus seinen Diensten. Die Farbe des Restbestands warf er ebenfalls über Bord. Die verbliebenen eisgrauen Stoppeln läßt er sich jeden Samstag kappen und frisch richten. Es herrscht äußerste Disziplin auf diesem Schädel; auch bei stärkstem Sturm rührt sich nichts vom Fleck. Seine Augen hat Pflaume dazu erzogen, sich auf das Wesentliche zu konzentrieren. Was über Aktendistanz hinausgeht, dazu lassen sie sich nur in Ausnahmefällen und mit Hilfe einer Brille manchmal kurz verführen. Wer Pflaume heißt, wird nicht selten zum Gegenteil einer solchen. Das hat mit der Kindheit zu tun, einer Zeitspanne, in der Namen gern zu Hänselzwecken mißbraucht werden.

Gernot Pflaume ist verheiratet mit einer Brasilianerin namens Mercedes, die ihn um einige Zentimeter überragt. Sie ist eine sogenannte Pracht. Ihr Akzent beim Sprechen ist so charmant, daß ihn sämtliche Stahlkocher der Firma Pflaume übernommen haben. Pikante Details dazu ließen sich farbenfroh ausmalen. (Als Kind liebte Maurice es, vorgezeichnete Figuren mit Buntstiften auszumalen; heute läßt er das lieber bleiben.) Pflaume ist eine bereits ein wenig trocken gewordene Ausgabe seiner Art, erwägt deswegen aber noch lange nicht, sich einwecken und lagern zu lassen. Seine Schritte folgen wie früher rasch aufeinander. Einem Geschoß gleich jagt er durchs Leben. Der Wind pfeift ihm dabei um die Ohren. Er ist ein Macher. Andere laufen mit den Jahren aus, dann wieder ein; ihre Haut wird ihnen dabei zu weit, das Fleisch schmilzt, die Wangen fallen ein, die Farbe verblaßt. Sie werden schrumpelig. Pflaume hingegen rollt prall wie seine Namensnichten über den glatten Betonboden seines Alltags. Bei dieser Tätigkeit ist er kurz vor Weihnachten, als er auf seinen kurzen Beinen zwischen den Lebkuchenhäuschen eines Adventsmarkts auf dem Alexanderplatz hindurcheilte, über ein von einem gedankenlosen Tagelöhner fallstrickartig verlegtes Stromkabel gestolpert, zu Boden gegangen und ohnmächtig liegengeblieben in einem Brei aus Bier, mit Ketchup verschmierten Papptellern, angebissenen Quarkkeulchen, weggeschmissenen Brötchen-, Folienkartoffel- und Paradiesapfelresten, Konfetti und gebrannten Mandeln. Vollgesudelt wie er war, hoben ihn Sanitäter mit Gummihandschuhen auf eine Bahre und lieferten ihn als Notfall in einer Unfallklinik ab, wo er von einem jungen Assistenzarzt namens Mus notdürftig gesäubert und zusammengeflickt wurde. Pflaumes Unterkiefer war gebrochen, sein Nackenwirbel angerissen, das eine Auge zugeschwollen und ein Trommelfell geplatzt. Nachdem er zu sich gekommen war, lallte er: Von einem Herrn Mus läßt sich ein Pflaume nicht behandeln, lassen Sie Professor Sauerbruch kommen. Das war der einzige Name, der ihm so schnell in den Sinn kam. Seine Gedanken waren ein wenig durcheinandergeraten beim Aufprall und folgten einander nicht so flink auf dem Fuß, wie er es gewohnt war. Professor Sauerbruch ist längst gestorben, klärte man ihn auf. Direktor Pflaume duldete aus Prinzip keinen Widerspruch. Er versuchte, den Unterkiefer vorzuschieben und stählern zu gucken. Das gelang ihm aus orthopädischen Gründen nicht, also ergab er sich fürs erste in die Situation und verfiel ins Grübeln. Könnte es sein, daß die Schaffenskraft, die mich bis heute zierte, Anstalten macht, sich von mir zu verabschieden? Das glaube ich nicht. Nur ein verantwortungslos verlegtes Stromkabel ist schließlich Ursache dieser kleinen Abweichung von meiner geraden Flugbahn.

Was ich damit sagen will, ist: Unter normalen Umständen vermag mich nichts zu bremsen; warum sollte es diesmal anders sein? Zögern und mutlos werden sollen die Herren Mus – ich fliege weiter Richtung Ziel. Darüber nachzudenken, wie Spätere das anpacken werden, was ich heute in den Händen halte, dazu habe ich keine Zeit. Noch hat der Ausdruck Nachfolger keine Aufnahme in mein Vokabular gefunden. Wie kommt es, daß ich das Wort eben dabei ertappe, wie es durch die Gänge meines Hirns schlendert? Und überhaupt: Diese entsetzlich bleichen Wände, von denen ich hier umgeben bin, die radebrechenden Nachtschwestern – wie konnte sich das alles Zutritt verschaffen zu mir?! Wo ist mein normalerweise mich schützender Troß? Wo ist meine Mercedes? Her mit ihr.

Selbstverständlich traten seine Gedanken in eleganter geschnittenen Anzügen auf. Er liebte sie maßgeschneidert. Sätze, die wie von einem Chirurgen aus dem schwammigen Organ des allgemeinen Sprachschatzes herausseziert waren, entzückten ihn. Die lernte er auswendig und versuchte, sich die Art, so zu formulieren, im Lauf der Zeit selbst anzueignen. Er sprach deswegen schlanker, als er war, und kam in seinen Formulierungen schneller zum Ziel, als seine Beine ihn trugen, ohne sich jemals über die Tatsache Gedanken zu machen, daß die Ziele sich, sobald er sie erreichte, jedesmal als keine entpuppten, so wie auch dieser Satz sich möglicherweise zusammen mit den von ihm in Frage gestellten Zielen selbst verschluckt, indem er sich hier entrollt, wenn so etwas zu sagen die Grenzen des Zumutbaren nicht sprengt.

Maurice hat eine Weise zu sprechen beobachtet, die es darauf abgesehen hat, anderen ihr Sprechen schwierig zu gestalten, wenn nicht gar, sie zu entmutigen und ihnen das Reden vollends zu verleiden: Man eröffnet ein Gespräch wie eine Schachpartie; antwortet der Partner ungeschickt auf den ersten

Satz, schließt sich die Schlinge schnell um seinen Hals, und nach kurzem ist er schachmatt gesetzt und schweigt. Das Sprechen kann zwar auch als Luxus betrieben werden; es ist nicht ausschließlich dazu da, einander zum Schweigen zu bringen, obwohl es sich dazu zugegebenermaßen gut benutzen läßt.

Direktor Pflaume hatte in seinem langen Leben gelernt zu vergessen, daß Sprechen ein Luxus sein kann. Er leistete sich keinen Luxus. Alles, was er tat, sollte Sinn und Zweck haben. Sprach er, sollte das Sprechen etwas bewirken. Wenn man ihm auf der Straße begegnete, sagte er: Daß wir einander jetzt grüßen, tun wir nicht zu unserem Vergnügen, sondern aus klarem Kalkül. Frage ich Sie, wie es Ihnen geht, ist das eine Arbeit, die ich neben meinem gedrängten Pensum zusätzlich erledige. Wenn Sie mir nichts nützen können, sagen Sie das lieber gleich, damit wir nicht zuviel Zeit miteinander verplempern. Obwohl, selbst dann würde ich aus diesem Rendezvous irgendwann noch meinen Nutzen zu ziehen verstehen, zerbrechen Sie sich darüber bloß nicht den Kopf, und werfen Sie sich auf keinen Fall vor, mich aufgehalten zu haben, dazu wären Sie gar nicht in der Lage. Und schon eilte er weiter und entwischte vom Denkbaren zurück ins Machbare. Jeder Satz, den er sagt, entspricht für gewöhnlich einer Tat. Das ist schön. Nur wenn er auf jemanden trifft, der die deutsche Sprache eleganter verwendet als er und mit der tödlichen Präzision eines Floretts einzusetzen versteht, verharrt er, und ein rosiges Lächeln breitet sich über seinem Gesicht aus. Ach du liebe Pflaume, laß los. Du bist gefällt worden von einem frei herumliegenden Stromkabel und kommst so schnell nicht wieder auf die Beine. Ruh dich aus. – Nein, noch nicht. Ich gebe zu, erste Ahnungen von Machtlosigkeit scheinen sich an meinem Horizont zusammenzubrauen. Ich liege in diesem lächerlichen Krankenhausbett und frage mich, ob es möglich sein sollte, daß auf mich eines

Tages verzichtet werden kann? Noch antworte ich darauf mit einem klaren Nein. Wo andere reden, da mache ich, wo andere denken, da handle ich. Zögern und Zweifeln sind Wörter, denen ich jegliche Daseinsberechtigung weiterhin abspreche. Ich bin kein Geschöpf, ich schöpfe; mich braucht's. Stillzuliegen gehört nicht zu den von mir angestrebten Fähigkeiten. Während ich mich hier erzwungenermaßen in dieser Disziplin übe, schwappen Gedanken an Dinge in mich, die ich nicht kenne, und die Gewißheiten verziehen sich. Was soll das? Könnte es sein, daß ich die Zeit hier nutzen soll, um mir eine Haltung meinem eigenen Verblassen gegenüber auszudenken? Was für eine Verschwendung. Würde ich einen meiner Stahlkocher dabei erwischen, wie er vor sich hin träumt und beispielsweise an seine auf ihn zukommende Arbeitslosigkeit denkt, würde ich ihn auf der Stelle entlassen und ihm seine Phantasien auf diese Weise konkretisieren helfen. Falls der Tod einer ist wie ich – und das muß er sein, seine gesunden Bilanzen belegen das –, wird er empfinden wie ich und jeden, der sich unnütze Gedanken über ihn macht, sofort abräumen. Darum weg mit diesen Dienstmädchenträumereien. Auf! Welch absonderliche Kapriolen im Geist einen so ein nicht normgerecht verlegtes Stromkabel schlagen läßt. Erwäge ich allen Ernstes eine Zukunft in Form von Humus? Und sollte das zu meiner Überraschung auch noch eine besänftigende Wirkung auf mein Gemüt haben? Ergebe ich mich hiermit ins Unausweichliche? Unsinn. Mit einem beherzten Griff in die Speichen des Schicksals werde ich die Dinge in ihrem Lauf ein weiteres Mal behindern. Was für eine Vergeudung von Energie, mich hier brachliegen und meine Zeit mit Gedanken an Selbstverständlichkeiten wie diejenige von unser aller dereinstigem Ableben verschleudern zu lassen!

Pflaume sträubte sich so heftig gegen sein Versiegen, daß das gesamte Klinikpersonal nach kurzem die Finger von ihm ließ und nur eine ungelernte Hilfskraft aus Tansania dann und wann noch vorbeischaute und dem Wütenden, ohne ihn zu verstehen, Tee einflößte.

Unten in Maurice' Vorderhaus befindet sich ein Restaurant, das sich über die Jahre zu einem Treffpunkt für Reiche und Mächtige gemausert hat. Die Kellner sind einer nach dem anderen ausgetauscht worden. Waren die früheren zuvorkommend, sind die aktuellen lauernd. Werden sie vom Gast an der Tür angeherrscht, fletschen sie die Zähne und kuschen. Verhält sich der Gast beim Eintreten neutral, wird er als harmlos eingestuft und herablassend kühl behandelt. Falls er trotzdem auf seinem Vorhaben besteht, hier zu speisen, wird er an einen abgelegenen Tisch komplimentiert und dort schmoren gelassen. Reiche und Mächtige ziehen es vor, unter sich zu bleiben. Früher war es in entsprechenden Restaurants möglich, einem unerwünschten Gast auf einem Tablett ein Kärtchen zukommen zu lassen, auf welchem stand, er möchte das Lokal bitte verlassen, seine Garderobe entspreche nicht den Vorstellungen der Direktion. Heute sind sämtliche Kleiderordnungen und andere ergänzende Regulierungsmöglichkeiten abgeschafft worden; es ist den Kellnern überantwortet, dem Profil der Kundschaft die erwünschte Kontur zu geben. In einer Zeit, in der weniger der Geist regiert als das Geld, gehört es sich, eine gewisse Härte im Umgang mit Untergebenen an den Tag zu legen. Nur wer Kellner in Schach zu halten versteht, hat es verdient, von einem solchen bedient zu werden. Der moderne Kellner ist ein dressierter, nicht ein ergebener. Der Gast muß Lust haben daran, ihn zu beherrschen, ihn mit scharfen Befehlen in jovialem Ton zum Parieren zu bringen; man hat

Geld, man zahlt gut und will dafür verachten dürfen. Sobald der Gast sich eine Blöße gibt, beißt der Kellner zu; solche Gefahr muß man mögen.

Maurice ist sanft. Er stellt sich unter einem Restaurant einen Ort vor in dem man sich hinsetzen und loslassen kann. Er versteht nicht, Kellnern das Gefühl zu vermitteln, sie seien auserwählt, weil sie gerade ihn bedienen dürfen. Er träumt von Kellnern, wie er sie manchmal in Italien erlebt hat, selbständig denkende, souveräne, schöne Männer, die sich ein Vergnügen daraus machten, ihm, dem Gast, ein paar angenehme Stunden zu bereiten.

Da das Restaurant elegant aussieht und die Küche einen guten Ruf genießt, glaubte er eine Zeitlang, es sei der ideale Ort für seine Treffen mit Flavian Karr, an denen er eisern festhielt nach dem Motto »Gib deinen und deines Vaters Freund nicht auf«, und das Ambiente würde ihre stockenden Gespräche möglicherweise beflügeln. Doch schon am Empfangskellner, einem aalglatten Kerl, glitten die beiden regelmäßig ab und wurden von ihm als minderwertig enttarnt und prinzipiell an den Katzentisch geführt. Flavian und Maurice mußten somit jedesmal entschieden darauf verzichten, sich für ein paar Stunden der Illusion zu ergeben, auch in oberen Regionen frei atmen zu können.

Der Mann jenseits der Mauer scheint sich endgültig für eine Karriere als Klaviervirtuose entschieden zu haben. Jeden Morgen, wenn Maurice sein Büro betritt, hört er ihn üben. Läufe. Die Tasten werden kräftig angeschlagen, rasch hinauf und hinunter, Wellen, zwölftonal, anschwellend und abflauend. Ein Orgeln wie über Jachthäfen, wenn der Wind stark weht und sich in den Tauen und Masten verfängt. Den ganzen Tag geht es so, mit kurzen Unterbrechungen und kleinen Variationen.

Die Finger müssen prachtvolle Exemplare sein, kräftig, flink, sehnig. Maurice bewundert die Disziplin, mit der geübt wird. Abends gegen fünf werden dann Noten hervorgeholt und gespielt. Erstaunlich bescheidene Kompositionen, nichts Überwältigendes, nichts, bei dem die Finger losgelassen werden und zeigen dürfen, wie schnell und muskulös sie über die Tasten galoppieren können. Eher verhaltene Sachen, nicht auftrumpfend gespielt, sondern einfach, konzentriert. Stücke, wie sie die jungen Heldinnen in Fontanes Erzählungen vielleicht vorgetragen haben. Die morgendlichen Läufe sind Maurice fast lieber. Sie strahlen Besessenheit aus, Zähigkeit. Sie zeugen von der Größe menschlichen Wollens, sie versprechen viel. Maurice sitzt auf seiner Seite der Mauer und verfolgt auf der anderen das Wachsen eines Pianisten, dessen Ziel und endgültige Größe nicht abzusehen ist.

Die Autos sind staubig, Katzen liegen tagsüber darunter, abends legen sie sich auf die noch warmen Motorhauben, Hunde streunen, die Arbeitslosen tragen Stühle und Tische vor ihre Mietskasernen und richten sich dort ein, an den Hydranten fehlen die Plomben, das Wasser ist aufgedreht, nackte Kinder spielen im Strahl, über den Mülltonnen stehen Wolken aus Fliegen, in den Abendstunden tauchen Stechmücken auf, Schwalben sirren durch die Dämmerung, Fledermäuse durch die Nacht, das Wasser aus den Kanälen riecht faulig.

Die vom Gewitterregen ausgewaschenen Straßen führen ins Elend, die Keller sind vollgelaufen, der Wind geht unfroh seinem Geschäft nach, schmeißt Plakatwände um und offenstehende Fenster zu, in den Kinos laufen Filme, die, da sie minderwertig sind, zu keiner anderen Jahreszeit irgendwo gezeigt werden können, Sommerlochfilme, über die Bühnen schleppen sich müde, zerfranste Ersatzschauspieler, die den Betrieb am Laufen halten müssen, denen das Geld fehlt, um nein sagen und ebenfalls in Urlaub fahren zu können, ausgeleierte Imitatoren, die den Glauben an sich verloren haben.

Maurice gehört zu denjenigen, die im Sommer ans Mittelmeer fahren. Das war in seiner Jugend so Brauch, und obwohl schon bald, wie überall, auch am Mittelmeer die Händler auftauchten und eine üble Angelegenheit daraus gemacht haben, ist ihm bis heute keine Alternative dazu eingefallen. Kein vernünftiger Mensch fährt heute noch im Sommer ans Mittelmeer, das weiß Maurice, und doch mag er nicht darauf verzichten, ebensowenig wie er aufs Theater verzichten mag, nur weil es längst von den Händlern besetzt worden ist. Als vor fünfzehn Jahren das Meer an Italiens Küsten anfing unappetitlich zu werden, als die Hoteliers dort überteuerte Preise forderten und das Essen zu einer Saumäßigkeit verkam, die ihresgleichen suchte, war er noch beweglich und wich aus auf eine der unzähligen griechischen Inseln. Als dann in Griechenland die Händler ebenfalls Einzug hielten, hatte er nicht mehr die Kraft, ein weiteres Mal zu fliehen... »Und Jesus ging zum Tempel Gottes hinein, und er machte eine Geißel aus Stricken und trieb heraus alle Verkäufer und Käufer und stieß um der Wechsler Tische und die Stühle der Taubenkrämer.«

Es gibt zu viele von seiner Sorte. Sicher, es gibt auch zu viele Spatzen, Katzen und Krähen, doch denen mag Maurice immer wieder gern zuschauen, sich selbst nicht länger. Neulich zum Beispiel hüpfte eine riesige, schwarz glänzende Krähe am Boden auf einen Kinderwagen zu und riß dem Kind seinen angebissenen Hot Dog aus der Hand. Das war verblüffend. Das Kind begann zu weinen. Die Krähe pickte Stücke von der

Wurst aus dem Brötchen und würgte daran. Eine kleinere Artgenossin, eine von denen mit grauem Hals, wippte neben ihr gierig auf und ab. Die große hackte zwischen den Bissen wütend mit dem Schnabel nach der kleineren. Eine zweite von der kleineren Art flog dazu. Die große flüchtete. Die beiden kleineren pickten abwechslungsweise in rasendem Stakkato die restliche Wurst aus dem Brötchen. Das Kind weinte, die Mutter lachte.

In der Zeitung steht, daß ein Gemälde von Max Liebermann, einem erfolgreichen, verstorbenen Berliner Maler, zu einem nie erwarteten Höchstpreis versteigert worden sei. Das Ölgemälde sei nicht allzu groß und zeige einen Tennisplatz am holländischen Strand in gleißendem Sonnenlicht. Das Werk war abgebildet, und in der Tat vermittelte es ein hochsommerliches Gefühl. Darunter stand, man sei damals allgemein der Meinung gewesen, dieses Motiv sei unmöglich mit den Mitteln der Malerei einzufangen, und gerade das habe Liebermann gereizt. Ist das nicht merkwürdig? Nicht das Motiv, sondern die Schwierigkeit, es abzubilden, reizte. Kunst will nicht das Dramatische, Grandiose, von allen Erkannte. Woraus man einen Film drehen sollte, worüber man einen Roman schreiben sollte, das ist nicht das, woraus gute Filme, gute Romane gemacht sind. Wovon man die Finger lassen sollte, woraus man nichts machen sollte, das ist offenbar der Stoff, aus dem Kunst besteht. Das Kriechen einer Schnecke, das Glitzern frühmorgendlicher Sonnenstrahlen auf deren Schleimspur, das Schwanken eines Betrunkenen, der unter sich schaut und registriert, wie sich seine Hose vorne langsam dunkel verfärbt, der Glanz eines glattrasierten Kiefers im Fond einer nachtblauen Limousine, die bleiche, dunkelbehaarte Hand eines Anwalts auf seiner Aktentasche.

In der polnischen Tiefebene sammelt sich der Staub. Die Bauern vor den Toren Berlins reden von Jahrhundert und Dürre. Weiter südwestlich hängen schwere Wolken über dem flachen Land, und es ist kühl und feucht. Eine Zeitlang war es in den Tageszeitungen Mode, von Klimaverschiebungen zu reden, von erhöhten Ozonwerten, von Smog über den Städten. Irgendwann hatte man das über und sprach von Gentechnologie und Börsenkursen. Jedes Wetter macht irgendwann müde. Nur wer wirklich nichts Besseres zu tun hat, stellt fest, daß die Sonne möglicherweise kräftiger oder weniger kräftig scheint als früher. Kleinen Notizen unter »Verschiedenes aus aller Welt« ist zu entnehmen, daß irgendwo gerade der heißeste Tag seit hundertfünfzig Jahren gemessen wurde, daß der Monat der trockenste seit neunzig Jahren war, daß hingegen in Italien, das ehedem für Sonne und Trockenheit stand, die Flüsse über die Ufer treten und Schlammlawinen die Menschen unter sich begraben.

Maurice ist eingeladen worden, irgendwo hinzureisen, um dort an einem Kongreß für Kommunikation und Technik jemanden zu vertreten, der als Einspringer für jemand Drittes auf dem Programm stand, aber leider nicht kommen konnte. An Kongressen trifft sich der Ersatz. Maurice mag das. Keiner ist gemeint. Jeder steht für jemand anderes. Es sind aus diesem Umstand prinzipiell hilfsbereite Menschen, denen man an Kongressen begegnet, vom Leben leicht eingedätschte Exemplare mit zusammengeknüllten Hoffnungen, Zweifler, die es nicht gewohnt sind, für sich selbst zu stehen, die immer als zweite oder dritte Wahl in Erscheinung treten.

Der eine oder andere Einspringer verliert jeweils unterwegs die Lust, oder der Mut verläßt ihn, er fährt in den Straßengraben, versäumt das Flugzeug oder schützt eine Erkältung vor, um nicht ein weiteres Mal der Tatsache ins Auge blicken zu müssen, daß er nicht gemeint ist. Kongreßteilnehmer sind schlecht bezahlt. Die Stoffe ihrer Kleider sind dünngeschabt, die Absätze ihrer Schuhe schiefgetreten. Zu Beginn der Kongresse wird ausführlich von jenen gesprochen, die gemeint waren, aber aus den unterschiedlichsten Gründen ihre Zusage leider zurückziehen mußten, dann von jenen, die im Stau stekken, es aber möglicherweise noch rechtzeitig schaffen werden, am liebsten aber von jenen, die ohne Nachricht verblieben sind und als Verschollene nun besonders sehnsüchtig erwartet werden. Das ist die Wirkung der Abwesenheit. Ob Maurice wohl auch so zu strahlen beginnen würde durch Abwesenheit?

Das Reisen zu Kongressen ist beschwerlich. Meistens werden dazu Flugzeuge bestiegen, wobei die Organisatoren, um Kosten zu sparen, auf Billiglinien ausweichen und die Ersatzteilnehmer bitten, mehrmaliges Umsteigen in Kauf zu nehmen. Flughäfen wachsen zur Zeit rasch. Flughafenarchitekten müssen in erster Linie glänzende Rhetoriker sein. Wie überhaupt das meiste, was bei uns entsteht, nur dank der großen Überredungskunst, die dafür aufgewendet wird, es bis zur jeder Vernunft Hohn sprechenden Vollendung bringt. (Auch im alten Rom gab es Perioden, in denen ausschließlich die Kunst der Rede noch zählte. Bei Tacitus ist im Kapitel über die Verkommenheit zu Tiberius' Zeiten zu lesen, daß die besten Köpfe mit nichts als übler Nachrede in den verordneten Selbstmord getrieben wurden.) Unsere Flughäfen gleichen riesigen Geschwüren. Kein Kind würde in seinem Sandkasten solch jämmerliche Anlagen bauen. Man hat aber als Kongreßteilnehmer nicht die Muße, sich über Flughafenarchitektur die nötigen Gedanken zu machen. Man steigt aus dem einen Flugzeug und eilt mit seinem Tagungsköfferchen durch endlose, unterirdische, labyrinthisch angeordnete Schlauchkorridore zum nächsten, hinter anderen Kongreßteilnehmern her. Die meisten sind nicht besonders gut auf den Beinen. Sie tragen nichts Bequemes, Luftiges an den Füßen, sondern in der Regel zu enge, sogenannt elegante Busineßschuhe. Viele Kongreßteilnehmer haben außerdem falsche Hüftgelenke. Auf ihnen hinken sie schwitzend durch die unterirdischen Gänge und reden sich zu, doch bitte gelassen zu bleiben, weil sie sonst nur unnötig Energie verbrauchen, die ihnen später, am Kongreß, fehlt. Auf halber Strecke bleibt der eine oder andere stehen und überlegt, ob er aufgeben soll. Einige lassen sich auf den Boden fallen. Umgehend kommen Sanitäter und schaffen sie wortlos aus dem Weg. Diejenigen, die bis ans Ziel gelangen, suchen dort nach dem kleinen, hoteleigenen Bus, der vor der Ankunftshalle laut Kongreßunterlagen warten soll. Haben sie ihn gefunden, lassen sie sich vom Chauffeur den Koffer abnehmen und die Tür öffnen. Der Chauffeur ist Ausländer und wäre zu sehr viel mehr in der Lage als nur gerade dazu, einen Kleinbus vom Hotel zum Flughafen und zurück zu fahren. Er hadert mit seinem Los und wirft die ihm anvertrauten Köfferchen mißmutig in den Gepäckraum, schmeißt die Türen angewidert zu, schwingt sich hinter das Steuer und fährt wütend um die Kurven. Die Köfferchen rutschen hin und her und gehen aus dem Leim. Die Kongreßteilnehmer halten sich an den Vordersitzen fest. Die Hotels liegen günstig zwischen sämtlichen Kongreßhallen, Flughäfen, Bus- und Fernbahnhöfen dieser Welt. Ihre Fenster sind schallisoliert und lassen sich nicht öffnen. Das Wetter bleibt draußen. Es ist zu kalt für die Jahreszeit, zu kalt und zu feucht. Das feuchteste Wochenende seit fünfundsiebzig Jahren, wie zu lesen ist.

Die Zimmer in Kongreßhotels sind groß, in den Badezimmern hängen Vergrößerungsspiegel. Die Tagungsteilnehmer untersuchen darin ihre Gesichtshaut und entdecken, wie unrein sie ist. Sie fangen an, sie zu säubern. Am Abend, beim ersten Cocktailempfang, haben sie rote Flecken auf Nase, Wangen und Stirn. Das Schwitzen ist für jeden Kongreßteilnehmer eine besonders große Belastung. Da man sich ausschließlich in geschlossenen Räumen aufhält, kommt der Körper nie richtig an die Luft. Ein klebriger Film überzieht Rücken und Brust. Der Schweiß riecht fremd. Man duscht sich, wann immer man Zeit dazu findet. Man steht in Unterhosen da und schaut aus seinem versiegelten Zimmerfenster über Landebahnen und Gleise. Der eigene Körper macht einem wenig Freude. Und dann diese Kongreßteilnehmersocken! Diese Kongreßteilnehmerunterhosen! Die Haare auf dem Kopf sind stumpf. Wie schön junge Zähne in jungem Zahnfleisch stecken, ist im Fernseher zu sehen. Auch glänzende Penisse junger Männer sind dort zu beobachten, wie sie in saftige Vaginen junger Frauen geschoben werden, dann wieder herausgezogen, von neuem reingeschoben werden, raus, rein, wobei es rundherum tröpfelt. Die Kongreßteilnehmer lesen durch, was sie zu Hause vorbereitet haben, um es hier vorzutragen. Es kommt ihnen unpassend vor. Das Wetter ist nicht so, wie sie es sich zu Hause vorgestellt hatten, das Hotel nicht – alles in ihren Unterlagen entspricht nicht den Gegebenheiten und sollte überarbeitet werden.

Irgendwo im triefenden Dunst liegt die Stadt, in welcher der Kongreß stattfindet. Man könnte sich erkundigen, wie man hinkommt. Doch die Zeit ist knapp. Und was wird schon sein, irgend so eine Stadt halt. Man stellt sich unten an die Bar und trinkt einen Tee. Die Bedienung ist freundlich. Wahrscheinlich hat sie Krebs. Oder ihr Freund hat Krebs. Heute haben alle Krebs und sterben.

Es ist der nasseste September, seit Septembernässe gemessen wird, also seit über hundert Jahren. Pilze wachsen in den Wäldern in einer Größe und in Mengen wie noch nie. In den Zeitungen werden nasse Menschen mit triefenden Haaren abgebildet: Sammler, die riesige Eierschwämme in die Höhe halten und lachen. Eine Japanerin läuft die Berliner Marathonstrecke in weniger als zwei Stunden zwanzig Minuten, einer Zeit, die vom Radiosprecher als Schallmauer bezeichnet wird. Die halbe Stadt ist auf den Beinen und schaut den restlichen Marathonläufern, die noch nicht am Ziel angelangt sind, beim Rennen zu. Es nieselt. Ein japanischer Kameramann läuft neben einem japanischen Tonmann auf Nebenstraßen in eine bestimmte Richtung. Sie überholen Maurice. Beide tragen Hosen, die knapp unter dem Knie enden. Darunter sieht man ihre Waden, die ballonartig rund sind. Sie laufen vor Maurice her, und er starrt auf ihre Waden. Bei einem Hotel biegen sie ab und verschwinden im Entree. Offenbar ist dort die japanische Läuferin abgestiegen, die nun interviewt wird.

Maurice trifft seine Geliebte. Laß uns nach Hause gehen und die Heizung aufdrehen, sagt er zu ihr. Dann legen wir uns aufs Bett, essen Schokolade, und du läßt mich in dich eindringen, in dein warmes, weiches Fleisch. Dann schlafen wir ein paar Minuten, und heute abend gehen wir essen, dazu trinken wir Wein. Laß uns nicht vom nassen September reden, nicht von den zwei Stunden zwanzig Minuten, nicht vom Krieg. Zeig mir deine Haut und erzähl mir von deinen Haaren, die sich in der feuchten Luft kräuseln, und dann sag mir, worauf du Lust hast. Vielleicht können wir sie befriedigen, deine Lust. Im Theater wird das zur Zeit beste Theater gespielt, das wir getrost verpassen können, weil morgen ja wieder das zur Zeit beste Theater gespielt werden wird. Irgendwann einmal schauen wir uns das dann gerade beste Theater der Zeit an und werden später erzählen, wir hätten seinerzeit das zu jener Zeit beste Theater der Zeit gesehen, worum uns die Zuhörer beneiden werden. Lieber als das beste Theater der Zeit würde ich Theater sehen. So wie ich lieber als den besten Wein des Monats Wein trinken, lieber als das beste Buch der Saison ein Buch lesen würde, denn das Beste ist immer eine herbe Enttäuschung, da es die Hoffnung auf Besseres zerstört. Einer meiner Freunde, den du auch kennst, nuschelt und mümmelt seine Empfehlungen in der Regel so schwer verständlich zur Seite, daß ich jeweils nur gerade mit knapper Not realisiere, wenn er von etwas der Meinung ist, es lohne sich, angeschaut oder gelesen zu werden. Das tut er aus lauter Angst davor, sonst zu hohe Erwartungen zu wecken. Es ist schön, mit dir die Zeit verstreichen zu lassen. Wir reden dummes Zeug miteinander, in den immer gleichen, kleinen Kreisen, du gibst mir an den immer gleichen Punkten recht, an den gleichen Punkten unrecht, ich schneide dir an den gleichen Stellen das Wort ab, lasse dich an den gleichen Stellen weiterreden in die Leere, immer neu, immer ähnlich, es ist beruhigend, beglückend, diese Gewißheit, diese Sicherheit, diese Vertrautheit. Und wir wachen auf und sagen das gleiche, und wir schlafen ein, nachdem wir das gleiche gesagt haben, und manchmal kommt ein neuer Gedanke hinzu, der uns überrascht, eine neue Redewendung, die uns gefällt...

Die Stadt leuchtet am folgenden Tag weißgolden auf. Die Straßen sind noch dunkel vom kurzen Regen, der im Morgengrauen niedergegangen ist. Im Park sind die Wege weich von den quittegelben Blättern, die in der Nacht lautlos zu Boden gefallen sind. Die Sonne scheint von der Seite in die Büsche, glitzert auf den Pfützen, funkelt auf den Wiesen. Ein glühend buntes Geflimmer. Über dem langgezogenen Tümpel steht

Dampf. Die Baumstämme wärmen sich in den Strahlen. Der Wind jagt einzelne gelbe Blätter vor Maurice her, eine Herde verschreckter Mäuse.

An Hamid:

»... Herzlichen Glückwunsch zum Geburtstag. Verzeih, daß ich mich so lange nicht gemeldet habe. Ich erlebe nichts und habe Dir nichts zu berichten. So einfach ist die Erklärung. Aus schierer Not dann immer wieder vom Musiker hinter der Wand anzufangen, das bringe ich nicht mehr über mich.

Eben habe ich die Fenster in meinem Büro geputzt. Sie hatten es nötig. Ich fürchte, das letzte Mal, daß ich sie geputzt habe, ist über ein Jahr her. Beim Putzen ist mir aufgefallen, daß es mir schwerer fiel als früher. Nicht nur, weil es mir von Mal zu Mal mehr zuwider ist, sondern weil meine Arme schwächer werden und ich bald nicht mehr mit derselben Kraft reiben mag, mit der ich meine reiben zu müssen, um die Scheiben so blank hinzubekommen, wie sie in meiner Vorstellung sein sollten. Und dabei – auf dem Hocker stehend – dachte ich darüber nach, wie das erst in zehn, zwanzig oder gar dreißig Jahren aussehen möge, und merkte, daß es mir im Grunde genommen ganz und gar unvorstellbar ist, als Achtzigjähriger immer noch einmal im Jahr auf den Hocker steigen und meine Fenster putzen zu müssen, und dann überlegte ich, wie um alles in der Welt ich bloß auf die Idee kommen könne, daß irgendwann einmal Schluß sei mit Fensterputzen, dafür gäbe es doch eigentlich keinerlei Anzeichen, selbstverständlich müsse der Mensch, wenn er durch saubere Fenster nach draußen blicken wolle, diese putzen, ob er nun zehn oder achtzig Jahre alt sei – und diese Vorstellung gab mir dann doch sehr zu denken. Stell Dir vor, wir stehen mit achtzig noch immer auf unseren dann längst wackelig gewordenen Hockern und verschmieren mit schwachen Armen den Dreck auf unseren Fensterscheiben (jeden Tag auf einer Scheibe, weil die Kraft zu mehr dann nicht mehr reicht) – das ist doch irgendwie jämmerlich? Und andererseits ist es wohl wirklich so, das Leben: daß wir bis zum letzten Tag immer dasselbe tun müssen, aufstehen, frühstücken, spülen, einkaufen, denken, uns ärgern, uns freuen (ja, das hoffentlich auch immer wieder) – und dabei fällt uns doch alles von Jahr zu Jahr schwerer und schwerer... Ja. Das Thema paßt in diesen Brief: Herzlichen Glückwunsch zu Deinem soundsovielten Geburtstag, werde Chinese und schicke Dich, hoffentlich ohne allzu große Widerstände oder gar Bitterkeit, in Dein Los, das Los, eine weitere Jahresmarke zu überschreiten, ohne Dir darüber mehr Gedanken zu machen als nötig (chinesisch nenne ich alles, was mir gelassen vorkommt, alles, was bei sich ist, was Jahrtausende alt und gleichzeitig immer ganz neu ist, alles, was über solch grandiose Erkenntnisse wie die eben dargelegten übers Fensterputzen lacht). Vielleicht müßte man lernen, sich an schmutzigen Scheiben nicht mehr zu stören. Überhaupt: vielleicht gewöhnt man sich mit dem Alter an Schmutz. Alte sind oft unreinlich wie Kinder. Nun ja, das werden nicht Deine Probleme sein; Du hast Personal.

Was für eine grandiose Erfindung: Glas! schoß mir unter anderem beim Putzen durch den Kopf. Wäre ich fleißig, würde ich mich umgehend auf den Weg zu einer Bibliothek machen und dort alles heraussuchen, was es über Glas zu wissen gibt. Danach könnte ich Dir von Kohle, Asche, Glut, dem Erzgebirge und Murano erzählen, könnte Seite um Seite füllen mit unterhaltsamen kriminalistischen Anekdoten, würde Berichte von Leidenschaften und Spionage ausgraben, von königlicher Habgier, von alchimistischen Träumen, von Irrsinn und Schamlosigkeit, von Eifersucht und Glashüttenelend, von hochfahrenden Glasbläserträumen und venezianischen Intrigen. Geheimnisvolle Wörter würde ich entdecken in der gläsernen Welt, Fachausdrücke, die nur Eingeweihten bekannt sind, und andere, die seit Generationen als verschollen gelten, Wortschöpfungen von unvergleichlicher Strahlkraft. Ich würde von Wollust und Morden erfahren, von Rivalen, die in Bleiglas eingeschmolzen wurden, von Hunderten von Libellen, die als Larven in hohlen Glaskugeln eingeschweißt wurden, um dort in der Wärme zu schlüpfen und darauf feenzart in den Tod zu tanzen, angestrahlt von Tausenden von Kerzen, in deren gebrochen weichem Licht sich lüsterne Dogen räkeln, die dabei zuschauen, wie nackte, blasse Mädchen von Bluthunden sodomisiert werden. Ja, ich sollte in die Bibliothek gehen oder meine Sekretäre dorthin schicken.

Ging dann, meinem trägen Naturell entsprechend, doch lieber ins Café (das trostlose mit der scheußlich lauten Musik, am andern Ende des Nettelbeckplatzes – auch was Nettelbeck anbelangt, sollte ich mich in der Bibliothek endlich einmal kundig machen, um Dir über ihn berichten und Dir damit die Zeit versüßen zu können, immerhin soll er einer der wenigen deutschen Sklavenhändler gewesen sein, die es gab). Auf dem Weg vom Café zurück hörte ich ein merkwürdiges Geräusch, so etwas wie das rhythmische Knarren eines alten Bettes. Es klang nicht sehr nah, füllte aber den ganzen Platz. Ich blickte um mich, da war nichts, hob den Kopf, und schließlich entdeckte ich hoch oben im Himmel einen großen, sichelförmigen, glitzernden Schwarm von Wildenten oder Gänsen, der in der tiefstehenden Herbstsonne Richtung Süden zog, über die Stadt weg, und dachte, das muß wunderschön sein, jetzt dort oben zu fliegen, zu knarren und zu ächzen (Gänse schnattern zwar, aber so kann man nicht nennen, was ich hörte; wie heißt das Geräusch, das Enten machen? vielleicht war es das?) und herabzuschauen auf die vielen grauen Häuser, die einander hier unten im Weg stehen und sich gegenseitig verschatten.«

Hamid ruft an. Er dankt für den Brief und sagt, er leide unter einer dummen Magengeschichte, voraussichtlich sterbe er bald, ob Maurice in den nächsten Tagen vorhätte wegzufahren, oder ob er in Berlin bleiben werde. Maurice lacht und sagt, da auch er wahrscheinlich bald sterben müsse, beabsichtige er nicht wegzufahren, es sei vorher schließlich noch viel zu viel zu erledigen. Dann scherzen beide, erzählen dies und das, reden von der Vergangenheit. Hamid fragt, tritt meine Frau noch manchmal auf oder ist sie bereits so klapperig, daß man sie nicht mehr vors Publikum läßt? Maurice hatte gehört, sie verdiene ihr Geld inzwischen in einer internationalen Science-Fiction-Fernsehserie, wo sie als Spinne auftrete, die in künstlich animierten Bildern kleine Kinder aus Plastilin zu erdrosseln und zu verschlingen habe. Die Serie laufe deutsch synchronisiert nachmittags um zwei Uhr, Hamid könne den Sender bestimmt auch in Genf empfangen und seiner Frau bei ihrem schaurigen Treiben zugucken. Bloß dürfe er ihr nicht sagen, daß er's von Maurice erfahren habe; sie möge nicht auf die Serie angesprochen werden.

Zum Schluß sagt Hamid, also dann, ich komme dich in drei Tagen besuchen, die Zeit ist knapp. Seine Stimme klingt am Ende des Gesprächs matt, die Wörter kommen nur noch einzeln durchs Telefon getröpfelt wie durch einen Infusionsschlauch. Er erweckt den Eindruck, als ob er sonst kaum noch mit jemandem spreche und sich schwer erinnern könne daran, wie das gehe, das Sprechen, was da auf das eine gesprochene Wort als nächstes zu folgen habe usw. Seine Wörter wirken fremd in Maurice' Ohren, irgendwie gelallt.

Drei Tage später kommt er an und steigt im Hotel Steigenberger ab, wo sie sich in der grellbunten Lounge treffen. Er sieht käsig aus und aufgedunsen. Zur Begrüßung lacht er und sagt, hier bin ich also. Das mit dem Magen war kein Witz. Die Ärzte sagen, sie können nichts mehr machen. Sie geben mir noch drei Wochen, maximal zwei Monate. Maurice lacht ebenfalls und sagt, mit mir darfst du keine solchen Scherze treiben; du weißt, ich bin leichtgläubig. Hamid sagt noch einmal, das ist kein Scherz. Im Grunde genommen ist es auch gar nicht weiter schlimm, man stirbt so oder so, bevor man mit dem Leben fertig ist, ob heute oder in hundert Jahren, es ist immer der verkehrte Augenblick. Und eine junge Leiche ist allemal schöner und melancholischer als eine alte. Vor dem Gemüsedasein fürchte ich mich nicht, nur der Weg dahin ist mir unheimlich. Ich möchte nicht darauf ausrutschen und hinfallen, auf dem Weg da hinunter. Dann kneift er die Lippen zusammen, dann die Augen, dreht sich zur Seite und schweigt.

Maurice fällt nichts ein, das er sagen könnte. Es ist still in der Lounge. Aus Wandlautsprechern ist leise, undefinierbare Musik zu hören. Nach dreißig Sekunden schaut Hamid Maurice wieder an und sagt lachend, ich habe dich bloß noch einmal sehen und fragen wollen, ob du dich, wenn ich nicht mehr da bin, ein wenig um meinen Sohn kümmern könntest. Der kommt jetzt in ein Alter, wo er einen Vater braucht. Maurice ist nicht auf solche Geschichten gefaßt. Er lacht verlegen und sagt, einen Vater braucht man nie. So schnell stirbt man nicht, sagt er auch noch. Wenn es so leicht ginge, hätten wir uns doch alle längst aus dem Staub gemacht. Hamid lacht und antwortet, ach, ich weiß nicht. Es ist doch ganz schön, das Leben? Maurice weiß nichts zu erwidern.

Zu Hause dann, später, sucht er in den Gesundheitsmagazinen, die er über die Jahre hinweg immer mal wieder von Flavian zugesteckt bekommen hat, nach alternativer Schonkost für gestörte Mägen. Am nächsten Nachmittag fängt er an, Hamid von Rohkost zu erzählen. Der bekommt scharfe Falten um den Mund und sagt, er möchte nichts von Diäten hören, er werde sonst ungehalten und aggressiv. Er glaube nicht an den Unsinn; »der Tod ist im Topfe, Mann Gottes!«, zweites Buch der Könige, viertes Kapitel, Vers vierzig; so sei die Lage. Also läßt Maurice es bleiben. Ab und zu steht Hamid auf, zieht sich auf die Toilette zurück und kommt erst nach geraumer Zeit wieder. Maurice sagt, gewiß werde ich mich um deinen Sohn kümmern, aber sei dir nicht zu sicher mit dem Sterben. Wahrscheinlich wird dein Sohn dich noch verfluchen, wenn du mit Hundertzwanzig immer noch fit bist und an ihm rumerziehen willst. Ja und so weiter. Am Abend verabschieden sie sich voneinander. Hamid fliegt am nächsten Morgen zurück nach Genf. Danach telefonieren sie noch ein paarmal miteinander, Hamid macht weiterhin seine Scherze und erzählt eines Tages, heute habe ihn sein Arzt endgültig aufgegeben, er könne nun endlich wieder ganz über sich bestimmen und brauche sich an nichts mehr zu halten. Darauf trinke er jetzt als erstes eine Flasche »Comte Alexej«. Maurice denkt immer, was für ein eigenartiger Humor. Drei Wochen später ist Hamid tot. Jetzt hat Maurice einen Ziehsohn. Der ist fast erwachsen und braucht ihn nicht. Geld hat er geerbt für zehn, und Lebenshilfe erwartet er keine. Maurice hat ihn bei der Beerdigung kennengelernt. Er stand leuchtend jung neben seiner winzigen, bleichen, zarten Mutter (die aussah wie einer dieser durchsichtig grünlich-wässerigen Elfenfalter, die in Sommernächten manchmal abends in die Wohnungen fliegen, wo sie morgens an ihren Flügeln von den Gardinen gepflückt und im Freien wieder fliegen gelassen werden können), ein ausnehmend hübscher junger Mann, hochgewachsen, schlank, mit dunklen Augen und blitzendweißen Zähnen.

Steht einem der Tod gegenüber, schaut man offenbar überallhin, bloß nicht diesem ins Gesicht. Hamid hangelte sich in der Hotellounge von einem faden Witz zum nächsten, machte anzügliche Bemerkungen, schmierige Anspielungen, bemüht, sich mit Maurice zu verbrüdern auf eine gemeine Art, in der sie nie miteinander verkehrt hatten, als ob er Maurice mit jemandem verwechselte. Er fragte zum Beispiel die Kellnerin, könnten Sie mir bitte einen Blasen...tee bringen, und zwinkerte Maurice dabei komplizenhaft zu. Der schaute ihn entgeistert an und sagte nichts – er sagt nie, wenn ihn etwas stört. Hamid äußerte der Kellnerin gegenüber weitere Schlüpfrigkeiten dieser Art, Maurice immer mit einbeziehend. Die Kellnerin schaute die beiden feindselig an, Maurice starrte vor sich auf den Boden. Irgendwann raunte er Hamid zu, so kenne ich dich nicht. Laß diese Sprüche bitte bleiben in meiner Gegenwart. Erstens kapiere ich sie nicht, und zweitens finde ich es unangenehm, mit ihnen in Verbindung gebracht zu werden. Hamid sagte, aber so bin ich nun mal. Vor allem: so wollte ich immer sein. Weißt du, ich sterbe in zwei, drei Wochen, »der Tod ist uns durchs Fenster gestiegen«, Jeremia, neuntes Kapitel, Vers einundzwanzig, da kommt einem jede Hemmung und jede Selbstbeherrschung unsinnig vor.

Wahrscheinlich war der Tod tatsächlich durchs Fenster in die Hotellounge gestiegen und stand mitten im Raum. Maurice weiß es nicht. Hamid ließ keine Lücke offen, in die der Tod hätte eindringen, keine Pause, in der er sich hätte räuspern können. Maurice starrte Hamid an, sagte, er solle aufhören mit dem Sterbegefasel, oder wenn schon: ob er nicht wenigstens einen letzten Wunsch hege, der der Rede wert sei, einen Traum, den er sich noch erfüllen möchte? Er würde gern dazu beitragen, so einen Wunsch erfüllen zu helfen. Hamid sagte, willst du mir ein schlechtes Gewissen machen? Die berühmte letzte Chance, mich zu ändern? Die letzte Möglichkeit, davonzukommen? Die letzte Warnung? Und nehme ich sie nicht ernst, bleibe ich auf mir sitzen? Ich fürchte, ich muß dich enttäuschen: Ich werde kein anderer mehr, ich bleibe derselbe.

Maurice setzt sich auf dem Nettelbeckplatz auf eine Bank. Die Sonne ist durch die Wolken gebrochen, es wurde kurz warm, ein letztes Aufbäumen vor dem Winter. Ein alter Mann in vollgepinkelter Hose wankt quer über den Platz auf die Bank zu. Maurice fürchtet, der Alte wolle sich bestimmt neben ihn setzen und reden. Tatsächlich grüßt er, fragt, ob frei sei, läßt sich nieder, ächzt »Was für ein schönes Altweibersömmerchen«, immer wieder, den Halbsatz leicht variierend. Dann sagt er »Aus deiner stolzen Macht fahre hinab«, Ezechiel, zweiunddreißigstes Kapitel, Vers neunzehn. Wohl oder übel wendet Maurice sich ihm zu und bemüht sich, ein Gespräch in Gang zu bringen. Der Alte erzählt Geschichten aus dem Krieg. Er redet nicht dumm, äußert überraschende Ansichten, spricht respektvoll, ja geradezu liebevoll von den sogenannten Feinden, den Polen und den Russen, die großartige Menschen gewesen seien. Zwischendurch trinkt er Bier aus der Büchse, unter ihm tropft es, einzelne Haare, die er beim Rasieren nicht erwischt hat, stehen vom Kinn lang ab, grau, ein gebogenes weißes Haar dreht sich ihm von der Braue in die verschlierte Pupille, er reibt mechanisch immer wieder das Auge, und Maurice denkt, das ist unerhört, dieser Mann hat ein ganzes Leben geführt, er hat sich etwas dabei gedacht, hat Erfahrungen gemacht, und keiner will ihn anhören, er wird mit seinen Schlüssen ins Grab sinken, und ich, ich werde ähnliche Erfahrungen machen und Schlüsse ziehen, und keiner will sie hören, und ich werde ins Grab sinken. Warum können wir nicht aufnehmen und verstehen, was andere uns erzählen? Wir hören es zwar, natürlich, aber nur als aneinandergereihte Wörter. Wir kapieren sie nicht mit unserem eigenen Kopf. Wir nehmen sie nicht auf mit dem eigenen Körper. Ja, usw. Das hätte ich Hamid gestehen sollen, als er vom Sterben redete, was doch eigentlich eine große Sache ist, an die wir alle irgendwann einmal denken werden: daß ich ihn nicht höre, daß ich ihn nicht sehe, daß ich ihn nicht schmecke.

In Italien und Griechenland tragen alte Leute heute noch Wollunterhemden. Maurice hat diese Angewohnheit übernommen. Bis in den frühen Sommer hinein trägt er eins, und schon ab dem Spätsommer wieder, also auch jetzt. Leibchen ohne Ärmel, herrlich, aus weißer Wolle, die mit der Zeit gelb wird, dann karamelbraun. Unschöne Farben zwar, die aber nichts an der Beschaffenheit der Leibchen ändert. Sie wärmen, saugen Schweiß auf, halten nicht zu warm und legen sich doch jederzeit schützend um ihren Träger, kaum erhebt sich ein kühler Wind. Sie sind ganz und gar, was sie vorgeben zu sein: liebe, anhängliche, treue Begleiter. Im Reisekoffer beanspruchen sie wenig Platz für sich, stören nie, sind einfach da und tun ihre Pflicht, die sie jedoch nicht als eine solche empfinden, sondern als Bestimmung, der sie so lange treu dienen, bis sie nicht mehr können und in nikotinfarbenen Fetzen vom Leib fallen. Als Kind fand Maurice solch vergilbte Wolleibchen, die zum Auslüften vor irgendwelchen Schlafzimmerfenstern alter Leute hingen, unappetitlich. Heute noch kommen sie ihm vor wie Zeugen der Armut und des Unglücks, wenn er sie irgendwo auf einer Wäscheleine entdeckt, ebenso wie er auch verfleckte, ausgeleierte Unterhosen als Elendsbeweise empfindet. Und doch weiß er, daß Unterwäsche etwas von dem ist, was seinen Namen ausfüllt, große, wahre Gegenstände, die da baumeln, Helden an ihrem Platz, zuverlässige Dinge, die ihren

Auftrag niemals verraten, die auf sich bestehen, wie auch Streichhölzer oder Papier niemals mehr sein wollen, als sie sind. Man sollte sie umarmen und küssen, die Wolleibchen und die Unterhosen, wenn man sie irgendwo hinter einem Reihenhaus erschöpft von einer Wäscheleine herunterbaumeln sieht.

Kaum saß er wieder am Schreibtisch, waren auch die Klaviertöne wieder da. Sogleich riß er das Fenster zum hinteren Hof auf, lehnte sich weit hinaus, neigte den Kopf zur Seite, hielt die Luft an und lauschte – es gab keine andere Möglichkeit, die Töne mußten ganz eindeutig aus dem rückwärtig angebauten Nachbarhaus kommen. Doch nur ein virtuoses Geigensolo drang von dort dünn an Maurice' Ohr. Ob sie wohl im Duett übten, und durch die Wand drangen nur die tiefen Klaviertöne, während es draußen, durch die kalte Februarluft, nur die hohen schafften? Jemand pfiff, wie man einem Hund pfeift. Maurice machte bestimmt einen sonderbaren Eindruck, wie er da mit schiefgehaltenem Kopf bedrohlich weit aus seinem Fenster hing. Das Pfeifen wurde wiederholt. Maurice hatte das unangenehme Gefühl, es gelte ihm. Er zog sich zurück und schaute sich, sobald er wieder festen Boden unter den Füßen spürte, suchend um, doch da war niemand zu sehen. Wahrscheinlich machte sich ein Knabe einen Spaß mit ihm und pfiff, hinter einem Mauervorsprung versteckt, in der Hoffnung, der fremde Mann würde Übergewicht bekommen und aus dem Fenster fallen. Maurice schloß das Fenster. Da waren sie wieder, die Klaviertöne. Akkorde. Er freute sich, als sei ein ersehnter Mensch nach langer Abwesenheit unverhofft wieder aufgetaucht. Nun wollte er der Sache aber endlich auf den Grund gehen. Doch er war unrasiert und ungewaschen: Sich in dieser Aufmachung jemand Fremdem vorzustellen als einer, der seit Jahren nichts Besseres zu tun hat, als an dessen Wand zu lauschen, das würde selbst in Berlin Mißtrauen wecken. Maurice hätte bestimmt nicht allzuviel herausbekommen, vielleicht sogar die Tür vor der Nase zugeschlagen gekriegt. Also setzte er sich einmal mehr an seinen Tisch und versuchte, an anderes zu denken.

Jeden Tag der Blick auf die gegenüberliegende Wand anstatt der in die Weite. Die Wand auswendig lernen. Hinter ihr den Pianisten vermuten. Schon wieder sind Monate vergangen. Und er spielt immer noch. Inzwischen recht manierlich. Und immer noch hat Maurice ihn nicht aufgesucht. Nur immer dieser unschlüssige Blick auf die Wand, hinter der er spielt. Und dann werden sie beide gestorben sein. Das ist von ungeheurer Lächerlichkeit. Dem Ziellosen nachjagen, dem Unbrauchbaren, Überflüssigen. Sich noch einmal und noch einmal wiederholen. Darauf beharren. Lieber sich zerstören lassen, als eine bestimmte Richtung einzuschlagen. Lieber sich von ihm überrollen lassen, als auf den Wagen der Vernunft aufzuspringen. Was für eine befreiende Tat, all die unterdrückten Dummheiten, die zurückgehaltenen Wörter und Laute auf die offene Wiese hinauszutreiben, sie laufen zu lassen, sie galoppieren und Sprünge machen zu sehen – Kühe, die einen Winter lang im Stall gestanden haben, machen, wenn sie im Frühling zum ersten Mal ins Freie gelassen werden, die merkwürdigsten Sprünge, mit allen vieren in die Luft, mit den Hinterbeinen seitwärts ausschlagend, sie bringen einen zum Lachen, sie machen einen glücklich, weil sie sich so ungelenk, so ungekonnt bewegen, so unberechenbar, die reine Lust am Dasein, die Lust, ein Wort zu sein, hinter einem anderen hergaloppieren zu können, auf ein anderes draufsteigen zu können, es ohne Penis zu bespringen, zu rammeln ohne Absicht, ohne Ziel, ohne Zweck. Sie ziehen zu lassen, die Wörter...

Mein armes Herz, magst nicht mehr singen / leb wohl, helle Freude / leb wohl, Liebe / leb wohl, Glück.

Lange sind wir zusammen gegangen / nun hat das Alter uns eingeholt / der Winter ist da mit seinen eisgrauen Stoppeln und den kalten Tropfen unter der Nase.

Seid gegrüßt, glasige Jahre / fahle Träume von Vergangenem.

Lebt wohl, Hoffnungen / seid nicht mehr da, zerplatzt wie Blasen / Sehnsucht ist an eurer Statt eingezogen und wohnt jetzt in meiner Brust, ein Stechen / ach, es ist zu ärgerlich, und so traurig / ja, bis zu Tränen, bis zum Schmerz.

Die Tage sind kürzer / länger die Nächte / der dunkle Herbst zieht ein und Frost / was kann man da sagen? / was kann man da sagen? / wir sind nicht mehr dieselben / es ist schwer zu verstehen.

Der Weg hat sich verloren / schmaler und schmaler ist er geworden / zusammen sind wir ihn gegangen / haben die Haut auf ihm gelassen / hetzten weiter, rannten / bis auch das Fleisch sich in Fetzen / von uns zu lösen begann / unser altes Fleisch / und wir endlich, stolpernd über unsere eigenen Eingeweide / erschöpft das Ziel erreichten / zweifellorbeergeschmückt / sorgenblumenbekränzt.

So wachen wir auf seit einiger Zeit / im Grauen des Morgens / und schauen auf die Trümmer der Startblöcke / die wir vor einigen Jahren zum ersten Mal / um uns herum wahrgenommen hatten / und nach anfänglichem Schulterzucken als unsere eigenen identifizieren mußten / und die wir seither mit ziemlichem Unbehagen dabei beobachten / wie sie zu Staub zerfallen.

Herr Margitta, der Lottoverkäufer, hatte ihm damals, als Maurice sich nach dem Cello erkundigte, geraten, im Optikergeschäft nebenan zu fragen; Herr Glück sei Eigentümer des Hauses, bestimmt kenne der jeden seiner Mieter und wisse, ob einer von ihnen Musiker sei. Dieser Vorschlag war so überzeugend, daß Maurice ihn sofort verdrängte. Die Angst vor der Auflösung des Rätsels hinderte ihn daran, Jens Glücks Laden zu betreten. Er machte von nun an sogar einen Bogen um das Geschäft. Auch vermied er es, den Pianisten bei den nur noch selten stattfindenden Abendessen mit Flavian überhaupt noch zu erwähnen. Er kam sich zu blöd vor mit seiner endlos lauen Geschichte. Zumal Flavian eines Abends vorgeschlagen hatte, demnächst einmal im Kommunikationskontor vorbeizuschauen und mit Maurice zusammen den Musiker »in seinem Loch aufzustöbern«. Natürlich hatte er recht: so schwierig konnte das nicht sein. Es war die reine Bequemlichkeit von Maurice, der Sache nicht auf den Grund zu gehen; ihm gefiel das Rätsel. Seit Flavian angedroht hatte, zu kommen und es zu lösen, erzählte ihm Maurice nichts mehr von den Tönen hinter der Mauer. Darauf angesprochen, wich er künftig vielmehr aus und sagte, er habe sie schon lange nicht mehr gehört; er kümmere sich auch gar nicht mehr um sie; was solle schon sein?

Doch kam er sich – auch unabhängig von Flavian – zunehmend albern und unglaubwürdig vor. Wäre er ein Privatdetektiv, hätte er das Problem innerhalb einer halben Stunde lösen müssen und können. Es gab keinen Grund, es weiter vor sich herzuschieben und in der Schwebe zu halten. Er sprach mit niemandem mehr über die Töne, behielt seine Überlegungen, was deren Herkunft betraf, für sich, lauschte der Musik – inzwischen waren es bekannte Sonaten von Beethoven und berühmte Variationen von Bach – und beobachtete mit wachsendem Mißbehagen das Versiegen seiner Neugier.

An Flavian Karr:

»... Verzeih bitte, daß ich gestern abend nicht gekommen bin. Allein beim Gedanken an ein weiteres Essen mit Dir hat mich eine Erschöpfung gepackt, wie ich sie Dir gar nicht schildern kann. Ich weiß nicht, woran es liegt – sicher nicht an Dir. Ich schaffe es einfach nicht mehr, mich zu einem Treffen mit jemandem aufzuraffen. Wenn es trotzdem manchmal noch zu einem kommt, sitze ich da wie auf Nadeln, unendlich angestrengt vom Versuch, zu kapieren, was der andere mir erzählt, und davon, darauf vernünftig zu reagieren. Es ist eine einzige Tortur. Inzwischen ist es sogar schon so weit, daß mir siedend heiß wird, wenn ich auf der Straße einen Bekannten aus der Ferne auf mich zuschreiten sehe, von dem ich befürchte, angesprochen zu werden. Noch bevor wir uns begrüßen, lähmt mich schon die Vorstellung, er könnte mich etwas fragen, worauf ich antworten müsse; sofort beginnt mein Hals zu schmerzen. Und fragt er mich dann tatsächlich etwas, beginne ich zu schwitzen, senke den Blick und fange an zu fiebern. Stelle ich mir also vor, Dich zum Essen treffen zu müssen, packt mich das Grauen, und ich möchte im Erdboden versinken.

Hab Verständnis dafür: Einer, der mit hohlen Augen dasitzt und vor sich hinglotzt, ohne etwas Vernünftiges über die Lippen zu kriegen, der ist nun wirklich niemandem zuzumuten. Vielleicht sollte ich einen Psychiater aufsuchen? Oder ist es doch eher normal? Hat nicht jeder vernünftige Mensch ab einem gewissen Alter von sich das Gefühl, er sei unzumutbar? Wobei ich einschränken möchte: Dich finde ich jederzeit zumutbar. Nichts lieber, als an Deiner Seite (allerdings nur schweigend und streng voneinander abgewandt!) einen Tee zu trinken oder ein Glas Wein oder nichts, und zu spüren, daß jemand neben mir sitzt, dem ich traue, den ich für redlich halte, und daß es, solange ich so jemanden kenne, doch eigentlich ganz schön ist, auf der Welt zu sein – wenn man nur Muße und Geduld genug hätte, es auch wirklich schön zu finden. Denn das muß schließlich auch von jemandem erledigt werden: das Schönfinden des Daseins, welches doch nichts anderes im Sinn hat, als schön zu sein, und dies seiner Meinung nach auch ist, weswegen es dauernd von uns erwartet, schön befunden zu werden, was wir aus Zeitnot aber meistens nicht leisten können – wenn der Gedanke nicht längst aus der Kurve getragen worden ist, den ich da eben versuche in Worte zu fassen (wie es mir, währenddem ich ihn aufschreibe, zunehmend den Eindruck macht). Ich befinde mich, wie Du siehst, in einer blödsinnigen Verkrampfung. Irgendwann wird es mir hoffentlich gelingen, sie zu lösen. Dann werde ich Dich als allerersten anrufen und zu einem Festessen einladen; das verspreche ich hiermit. Bis dahin rechne ich mit Deinem Verständnis, denn daß Du Dich insgeheim ebenfalls für eine Zumutung hältst, davon bin ich felsenfest überzeugt.

Herzliche Grüße. An sich geht es mir gut, wenn da nur nicht Tag für Tag dieses Leben wäre. (›Sie setzen, wie mir scheint, alles daran, einmal so richtig in einen Chlapf hineinzulauern?‹ ist mir auf dem Fahrrad eingefallen, als ich hierhergefahren bin; ich weiß nicht warum und denke, den Satz brauchst Du Dir nicht weiter zu merken. Er wird wohl aus dem Russischen stammen, wo er mit ›willst du eins mit dem Pfahl übern Schädel haben?‹ übersetzt würde, was soviel bedeutet wie: Um zu spüren, daß man im Glück ist, muß man erst einmal ordentlich eins über den Schädel gezogen kriegen – danach kommt einem alles andere rosig vor.)«

Er betritt den Optikerladen und trägt mit belegter Stimme sein Anliegen vor. Herr Glück, ein heiterer, freundlicher Mann, mustert ihn, wiegt ab, ob es sich bei ihm wohl um jemanden handeln könnte, der sich beschweren wolle und Übles gegen den Musiker im Schilde führe, entscheidet sich dann aber dafür, Maurice zu trauen, und erklärt, ja, im Hinterhaus wohne in der ersten Etage tatsächlich ein junger Mann, der sich während der letzten Monate fürs Konservatorium vorbereitet und gerade vor einer Woche die Aufnahmeprüfung bestanden habe. Und in der Tat hätten sich die anderen Mieter im Haus über ihn beklagt, weswegen er, Jens Glück, sich gut vorstellen könne, daß das Klavier immer dann, wenn Maurice den Hinterhof betrete und an der Fassade hochschaue, stumm bleibe. Linus Schröder, so heiße der Mieter, sei sehr zurückhaltend und stets bemüht, Konfrontationen auszuweichen. Er, Jens Glück, sei übrigens auf die Beschwerden der Mieter nicht eingegangen. Er halte es für wichtig, daß in einem Mietshaus auch klassische Musik abgespielt oder – noch lieber – selbst gemacht werde, gerade hier oben, im Nordosten der Stadt. Früher habe eine chinesische Cellistin in der Wohnung gelebt und geübt. Die sei inzwischen in Bratislava engagiert. Ob Maurice den Pianisten kennenlernen wolle? Linus Schröder sei bestimmt zu Hause. Wenn er, Jens Glück, bei ihm klingle, öffne er jederzeit die Tür. Sonst meistens nicht, wie gesagt, aus Angst vor unerfreulichen Auseinandersetzungen.

Maurice läuft der Schweiß über den Rücken von der Anstrengung, mit jemandem reden zu müssen. Bei der Vorstellung, gleich auch noch einem wildfremden Linus Schröder vorgestellt zu werden, wird ihm fast schwarz vor Augen. Er bedankt sich tausendmal und wehrt ab. Nein, wirklich, bemühen Sie sich nicht, es hat mir bloß keine Ruhe gelassen, Sie verstehen, die schiere Neugierde. Bestimmt werde ich mich später einmal bei Herrn Schröder melden und ihm sagen, was für ein Vergnügen mir sein Spiel bereitet, im Ernst, nein, vielen Dank, Linus Schröder also, den Namen werden wir uns wohl merken müssen, schön, einen guten Tag noch, gleichfalls, Ihnen auch, herzlichen Dank, guten Appetit, auf Wiedersehen ... Linus Schröder, Linus Schröder ... »Und der Mensch gab einem jeglichen Vieh seinen Namen«!

Tagelang vermeidet er es danach, an den Geschäften von Glück und Margitta vorbeizugehen. Er gewöhnt sich einen anderen Weg an, vom Nettelbeckplatz aus Richtung Südosten. Doch das Geklimper von nebenan stört ihn, seit er weiß, von wem es kommt; es lenkt ihn ab; er kann sich nicht mehr auf seine Korrespondenzen konzentrieren. Als Schröder dann auch noch mit freien Jazzimprovisationen anfängt, nimmt Maurice sich vor, mit ihm zu reden und ihm vorzuschlagen, ob er nicht vielleicht lieber woanders üben wolle, bestimmt werde es im Konservatorium Räume für Absolventen wie ihn geben.

Fest entschlossen, sich der Tortur dieser Konfrontation auszusetzen, macht er sich auf den Weg zum »Solitaire«, wo er sich erst einmal sammeln und innerlich auf das Treffen vorbereiten will, indem er in Ruhe einen Milchkaffee trinkt und einen Blick in die Zeitung wirft. Er überquert den Platz und tritt vor das Café, doch die Tür ist zu. Im Fenster hängt ein Schild, auf dem steht »wegen Geschäftsaufgabe vorübergehend geschlossen«. Oben ragt aus der Wand ein aufgerolltes weißes Elektrokabel, an dem ein Zettel befestigt ist: »Wenn Du Dein Leben liebst wie Ismael dieses Kabel, dann laß die Finger davon.«

Maurice bleibt verwirrt stehen, geht dann ratlos ein paar Schritte zurück und setzt sich auf dem Nettelbeckplatz auf eine Bank. Eine alte Frau sitzt am anderen Ende. Er überlegt, wie er das Problem mit Linus Schröder lösen könnte, als ihm siedend heiß einfällt, daß seine Freundin für diesen Abend ihre Rückkehr von ihrer Reise in den Süden angekündigt hat.

Was könnte ich ihr zum Wiedersehen schenken? Möglicherweise würde sie sich freuen über einen geschliffenen Spiegel? Sie geht auf der Straße gern an Spiegeln vorüber. Manchmal tut es mir geradezu leid, nicht selbst Spiegel zu sein. Sie schaut mich an, und ihr Blick wird finster, weil ich sie nicht widerspiegle. Dann läuft es mir heiß den Rücken hinunter, und ich denke, ach, wäre ich doch ein geschliffener Spiegel. Also könnte ich ihr doch durchaus einen solchen als Willkommensgruß überreichen, mit einem fünfunddreißig Millimeter breit geschliffenen Rand? Wo aber soll ich so schnell einen solchen Spiegel herkriegen? – »Gute alte Frau, ist das, was da neben Ihnen auf dem Boden steht, zufälligerweise ein Spiegel? Wollen Sie den nicht vielleicht verkaufen?« – »Doch, ja«, lispelt die Nachbarin auf der Bank, »wie haben Sie das herausgefunden? Dies ist tatsächlich ein Spiegel. Ich wollte ihn meinem Schwiegersohn mitbringen, zum Geburtstag. Aber eben gerade dachte ich, daß das vielleicht keine gute Idee ist: ein geschliffener Spiegel! Lieber schenke ich ihm bares Geld, das er sich in die Haare verteilen mag, denn dort gehört seiner Meinung nach hin, was ich jeweils mitbringe, denke oder sage. Mindestens sagt er zu fast allem, was von mir kommt, ich könne es mir in die Haare schmieren. Bei einem Spiegel könnte er außerdem annehmen, ich halte ihn für schlecht rasiert oder was weiß ich. Ich will ihn nicht kränken. So bin ich eigentlich ganz froh, wenn ich das Ding loswerde. Zumal ich glaube, mich daran erinnern zu können, daß ein geschenkter Spiegel Tod und Verderben bringe? Er ist aus Kristallglas und hat einen fünfunddreißig Millimeter breit geschliffenen Rand. Ich hoffe, das stört Sie nicht. Nehmen Sie.«

Und so kommt es, du mein Liebling, daß ich dir hier, zum Empfang, einen geschliffenen Spiegel überreichen kann. Leider hat es mich eben gerade unten an der Bahnhofstreppe umgehauen, wobei nicht nur mein Knie arg in Mitleidenschaft gezogen wurde, sondern leider auch mein Willkommensgruß, der besagte Kristallspiegel. Er ist in die Brüche gegangen. Wenn die Alte recht hat, hätte er uns allerdings sowieso nur Unglück gebracht. Nehmen wir also an, mein Treppensturz sei das, was er an Unheil über uns zu bringen hatte. So brauchen wir uns vor weiterem Pech nicht zu fürchten. Hier bist du wieder! Wie schön! Gehen wir etwas essen?

Ja, sagt Maurice' Freundin. Sie freut sich über den Spiegel, den sie beinahe geschenkt bekommen hätte. Müde von der Reise, geht sie an Maurice' rechter Seite ins Restaurant.

Wie war's denn so, fragt er. Ach, das übliche, seufzt sie. Dann betrachten beide glücklich das Essen vor sich auf dem Tisch und schweifen in Gedanken ab.